KB057159

작은 동네

손보미 장편소설
작은 동네

초판 1쇄 2020년 7월 1일
초판 4쇄 2022년 2월 18일

지은이 손보미
펴낸이 이광호
주간 이근혜
편집 조은혜 최지인 이민희 박선우 방원경
펴낸곳 ㈜문학과지성사
등록번호 제1993-000098호
주소 04034 서울 마포구 잔다리로7길 18 (서교동 377-20)
전화 02)338-7224
팩스 02)323-4180(편집) 02)338-7221(영업)
전자우편 moonji@moonji.com
홈페이지 www.moonji.com

ⓒ 손보미, 2020. Printed in Seoul, Korea

ISBN 978-89-320-3748-6 03810

이 도서의 국립중앙도서관 출판예정도서목록(CIP)은 서지정보유통지원시스템 홈페이지
(http://seoji.nl.go.kr)와 국가자료공동목록시스템(http://www.nl.go.kr/kolisnet)에서
이용하실 수 있습니다. (CIP제어번호: CIP2020025735)

이 책은 대산문화재단의 기획으로 교보생명 〈광문문에서 읽다 거닐다 느끼다
www.kyobostory.co.kr〉에 연재된 작품입니다.

작은 동네

손보미 장편소설

문학과지성사

차례

1. 반작용

— 웃음은 떠나게 하고 고통은 되돌아오게 만든다

내 남편은 서른일곱 살이지만, 신문이나 잡지를 찢어서 정리를 해둔다. 마치 옛날 사람처럼. 물론 그는 옛날 사람이 아니다. 그는 10여 년간 연예 기획사에서 일을 해왔는데, 처음 몇 년 동안에는 자신이 담당하고 있는 연예인과 관련된 기사 내용을 정리해주려고 스크랩을 시작했고, 지금은 그냥 자기 자신이 중요한 위치를 차지한 사람이라는 느낌을 받고 싶어서 하는 것 같다. 내 말의 요지는 그가 무능하다는 게 아니다. 오히려 그는 유능하다. 유능한 직원이면서 동시에 유능한 남편. 그는 자신이 홀어머니 밑에서 어렵게 자랐다는 말을 하는 걸 좋아한다. 그게 자신을 돋보이게 해준다고 생각하니까. 그는 착실하게 삶의 계획을 세우는 스타일이었다 — 그는 특정 시기까지 아이를 갖지 않으려고 비영구적인 수술을 받았다 — 살아생전, 어머니는 내게 이렇게 말하곤 했다. "너희 남편 같은 사람을 만난 건 커다란 행운이야. 정말로 과분한 행운이지, 그걸 명심해라." 내가 하고 싶은 말은 아침마다 무언가를 가위로 오리고 풀로 붙이는 그 손쉬운 행위가 다른 어떤 과업보다 그를 고양시켜주는 것처럼 보인다는 의미이다. 그는 그 일을 멈출 수 없을 것이다. 왜 아니겠는가? 어떤 일을 하면서 자신이 세상에서 제일 중요한 사람이라는 생각에 빠져들 수 있다면 누군들, 왜 그 일을 마다하겠는가?

남편이 출근한 후 나는 가끔 남편의 스크랩북을 펼쳐 본다. 글쎄, 더 정확하게 표현하려면 '몰래'라는 단어를 붙여야 할지도 모른다. '몰래 펼쳐 본다.' 하지만 이게 정확한 표현일까? 남편은 딱히 스크랩북을 숨겨놓거나 한 적이 없다. 물론 그는 자신이 여전히 스크랩을 한다는 사실을 다른 사람들에게 한 번도 말한 적이 없고, 내가 누군가에게 이야기하는 것도 원하지 않을 것이다. 하지만 집 안에서만큼은 달랐다. 그는 스크랩북을 그저 식탁 위에 올려둘 뿐이다. 펼쳐놓은 채로 출근을 한 적도 많다(자르다 만 종이와 가위, 풀, 기타 등등!). '몰래'라는 표현 때문에 내가 마치 남편의 스크랩북을 보고 싶어서 안달이 났다는 듯한 인상을 풍길까 봐 걱정이 된다. 그건 사실이 아니다. 나는 몇 년

8

째 — 부정기적으로 — 대학에서 현대 일문학과 관련된 강의를 하고 있는데, 강의가 없는 날이면 가끔 커피를 만들어서 식탁 앞에 앉아 시간을 때울 때가 있다. 그러다가 문득, 남편의 스크랩북을 펼쳐 보게 되는 것이다. 그게 거기에 있으니까 그럴 뿐, 다른 의미는 없다. 스크랩된 기사나 글들이 특별히 내 흥미를 끌었던 적도 없고, 그걸 읽는 걸 남편에게 숨겨야 한다고 생각한 적도 없다. 이제껏 남편이 "당신 이거 읽었어?"라고 물어본 적은 없지만, 만약 그렇게 묻는다면 나는 당연히 읽었다고 대답할 터였다. 남편의 스크랩은 중구난방이고 어떤 원칙이나 규칙을 찾기는 힘들다. 그저 자신의 흥미를 끌거나, 혹은 반대로 전혀 흥미를 끌지 않는 것들을 마구잡이로 오려서 붙여놓은 것이리라. 나는 가끔 남편의 **진정한** 관심사가 뭔지 알고 싶을 때가 있다.

솔직하게 말하자면, 남편의 스크랩이 도움이 될 때가 있긴 하다. 강의 중에 학생들이 지루해서 못 견뎌 하거나, 혹은 학생들의 주의를 요하고 싶은 순간이 오면, 나는 남편의 스크랩북에서 읽은 기사를 인용하곤 한다. 며칠째 지속되는 외국의 산불, 어린아이 납치 사건, 전염병, 노인들의 집단 자살, 한반도 남부에서 일어난 강력한 지진…… 기타 등등. 지난 학기 마지막 수업날 한 학생은 내게 질문하고 싶은 게 있다고 했다. 아주 진지한 태도로 그녀는 이렇게 질문했다.

"교수님은 왜 수업 시간에 끔찍한 사건만 이야기해주시는 거예요?"

나는 약간 과장된 투로 한숨을 쉬고 대답했다.

"내가 교수가 아니라 시간강사라는 이야기를 몇 번을 해줘야 하죠? 이 강의실 안에서 내가 한 이야기는 그런 식으로 뭐든지 다 잊어버리는 거죠?"

나는 가끔 이런 식으로 모든 상황을 농담처럼 흘려버리려고 노력한다. "다른 사람과 쓸데없는 갈등을 겪지 마. 그냥 웃어버려. 모난 돌이 정 맞는 거란다." 나는 어렸을 적부터 어머니로부터 이런 이야기를 너무 많이 들으며 자랐다. 농담은 내가 생각해낸 최고의 방어였다. 그리고 때때로 내가 예상하지도 못한 방식으로 이득을 주기도 했다. 이를테면 남편을 처음 만났을 때, 그는 내 농담이 좋다고 말했었다. 심지어는 청혼을 할 때도 이렇게 말했다. "당신의 농담을 평생 듣고 싶어." 어쩌면 그가 좋아한 건, 곤란한 상황을 농담처럼 흘려버리는 나의 능력이었는지도 모른다. 결혼후, 우리가 다툴 때마다 그는 이렇게 말했다. 마치 내가 모든 상황을 농담처럼 생각하리라고 철석같이 믿었다는 듯이, 그렇게 하지 않는 게 마치 남편을 속이는 행위라도 된다는 듯이. "아, 당신이 그렇게까지 심각하게 받아들일 줄 몰랐어." 그리고 시간이 흐른 후에 그 말은 이렇게 바뀌었다. "아, 여보, 나는 지금 너무 바빠, 그런 이야기 나눌 시간이 없다고. 당신은 나처럼 매일 출근을 안 하니까 잘 모르겠지."

어쨌든 강의실 안에서 내 농담은 여전히 잘 먹히고, 대부분의 학생들은 내 농담 때문에 웃음을 터뜨렸다. 질문을 한 학생도 난처하다는 듯한 표정을 짓다가 친구들을 따라 웃었다. 그뿐이다. 나는 그 질문에 대답을 해줄 필요도 없다. 왜냐하면 그들은 웃기 전에 나눴던 질문을 잊어버릴 것이기 때문이다. 설령 기억하고 있다고 해도, 웃음이 터진 이상 그 질문을 계속 끌고 가는 게 불필요하다고 느끼게 될 것이다. 그러고 나서 웃음이 끝나면 질문도 저절로 끝나버린다. 바로 그게 포인트이다. 웃음은 폭발적으로 관심을 응집시킬 수 있지만, 웃음이 끝남과 동시에 그 웃음을 둘러싼 상황은 쉽게 사그라든다. 사람들은 점점 사라져가는 웃음의 꼬리를 붙잡고 싶어 하기 때문에 웃음 다음에 내가 하려는 이야기에서는 점점 멀어질 것이다. (그 학생의 표현에 따르면) 끔찍한 이야기, 고통스러운 이야기는 반대이다. 그 이야기가 품고 있는 불길한 공기는 그들에게 끈질기게 들러붙고 떨어지지 않으려고 할 것이다. 그들은 거기에서 벗어나고 싶기 때문에 어쩔 수 없이 그들 외부, 내 목소리에 귀를 기울이게 될 것이다.

반작용—웃음은 떠나게 하고 고통은 되돌아오게 만든다.

이게 내 이론이다. 남편은 내 이론이 엉터리라고 말한다. 가끔 남편은 그런 식으로 말한다. 그러니까, 아주 직설적으로 말이다. 그는 많은 사람들을 만나서 협상하거나 구슬리거나 설득하는 일을 한다. 그러므로 그는 정확하고 직설적인 화법을 구사하는 편은 아니라고 말해도 좋다. 하지만 그는—"당신 이론, 완전 엉터리야"라고 한 것처럼—때때로 직설적으로 말을 한다. 그런 적이 몇 번 있다.

이를테면 내 어머니가 돌아가신 이후에 그가 내 아버지에 대해서 말했던 것처럼.

지난해 5월에 담낭암으로 돌아가시기 전에, 어머니는 내게 될 수 있으면 많은 이야기를 해주고 싶어 했다. 내가 병실에 가면 어머니는 간병인을 밖으로 내보낸 후, 마치 비밀을 누설하듯 이야기를 시작하곤 했다. 어머니의 목소리가 너무 작아서 나는 어머니에게 바싹 붙어 있었다. 어머니에게는 이 세상에서 의지할 사람이 나밖에 없었다. 어머니는 너무 많은 이야기를 했고, 나는 사람이 죽기 전에는 누구나 그런 식으로 자신의 인생을 복기하는 건지 궁금했지만, 그 궁금증을 해결할 수가 없었다. 부모님을 잃은 누군가에게 "당신 부모님도 돌아가실 때 그토록 자신의 인생에 대해 많은 이야기를 털어놓으시던가요? 그게 당신을 혼란스럽게 하던가요?"라고 질문할 수는 없는 노릇이니까. 남편이 스크랩해둔 그 수많은 글에도 그런 내용은 없었다. 어머니가 돌아가신 후, 나는 한동안 어머니가 내게 남긴 그 많은 이야기 속에서 둥둥 떠다녔다. 손발이 묶인 채로 바닷속에 던져진 사람처럼 말이다.

어머니의 장례식장을 찾아온 아버지를 봤을 때, 나는 긴가민가했다. 내가 열한 살 때, 아버지가 어머니와 나를 떠난 이후로 아버지를 만난 적이 없었다. 처음엔 얼굴도 잘 알아보지 못했다. 아버지는 슬프다기보다는 무척 당황한 것처럼 보였다. 그날, 장례식장에서 나는 아버지와 어머니가 연락을 주고받은 적이 있다는 사실을 알게 되었고, 그 때문에 약간 실망감을 느꼈다. 아버지가 우리를 떠난 후 어머니는 온갖 일을 하며 나를 키웠고, 아버지에게는 양육비도 일절 받지 않았다. 하지만 누구에게, 왜 실망을 한 거냐고 누군가 묻는다면 나는 뭐라고 대답할 수 있을까? 아버지는 나와 이야기를 나누고 싶다고 했다. "너에게 해줄 아주 중요한 이야기가 있단다." 맹세컨대, 나는 아버지를 미워한 적이 없었다(그 정도의 관심도 주고 싶지 않았다고 말하는 게 좀더 적절할까?). 내가 아버지를 미워한다고 아버지 혼자 오해하는 것도 싫었다(내가 아버지에게 그 정도의 관심이라도 있다고 생각하는 게 싫었다고 말하는 게 좀더 적절할지도). 아버지와 단둘이 이야기를 나누는 건 더 싫었다. 아, 싫다는 표현은 오해를 불러일으킬 것 같다. 그건 그냥 시간 낭비인 것 같았다. 대체 아버지와 나 사이에 남은 이야기가 뭐가 있단 말인가? 아버지는 내게 용서를 받고 싶은 건지도 몰랐다. 어머니의 죽음이 아버지의 마음속에 무언가, 파장을 일으킨 것이리라. 나는 아버지가 가증스럽다고 생각했다.

나를 놀라게 한 건 아버지가 지나치게 끈질기게 굴었다는 점이었다. 어떻게 전화번호를 알았는지 모르겠지만, 장례식 후부터 여름이 끝날 때까지 아버지는 일주일에 한두 번씩은 꼭 전화를 걸었다. 한 번은 호의를 베푼다는 심정으로 하고 싶은 말이 있으면 다 들어줄 테니까("1박 2일이 걸려도 좋아요" 유의 농담을 던지려고 해봤지만 잘되지 않았다) 수화기에 대고 하라고 했더니 아버지는 이렇게 대답했다.

"이건 꼭 얼굴을 보고 해야만 하는 이야기란다."

그 말을 들은 나는 아버지가 정신이 나간 것 같다고 느꼈고 그것 때문에 한동안 집으로 걸려오는 전화는 아예 받지도 않았다.

여름이 끝나갈 무렵의 어느 날, 저녁 식사를 하고 있을 때 전화벨이 울린 적이 있다. 잠시 후 겸연쩍은 표정으로 돌아온 남편은 식탁 앞에 앉더니 이렇게 물었다. 목소리를 가다듬고, 그러니까, 아주 직설적인 방식으로.

"당신 아버지, 원래 그렇게 뻔뻔하셨어?"

나는 고개를 흔들며 대답했다.

"기억이 안 나. 잘 모르겠어."

반년 후쯤에도 남편은 한 번 더 '그런' 식으로 말을 한 적이 있다. 남편과 함께 회사 송년회에 다녀온 다음 날의 일이다.

송년회는 연례행사였다. 매해 나는 그 모임에 가기 위해 며칠 전부터 입고 갈 옷을 정하고, 손톱을 정리하고, 미용실에도 다녀왔다. 아름답게 꾸미고 가서 남편의 옆에 앉아 있는 것, 그것이 내가 할 일이었다. 남편의 회사는 그 바닥에서 꽤 알아주는 편이었고, 직원 처우가 좋기로 명성이 자자했다. 연말이 되면 회사는 시내에 있는 연회장을 빌려서 직원들을 위한 연말 파티를 열어주었다. 훌륭한 케이터링이 준비되어 있고, 연회장 앞쪽의 무대에서는 4중창단이나 현악단, 소프라노 가수들이 나와서 차례로 공연을 했다. 자신이 가지고 있는 것 중 가장 좋은 옷을 입은 사람들이 하얀색 테이블보가 깔린 원형 식탁에 앉아서 공연을 즐겼다. 6인용의 원형 테이블 위에는 사람들의 이름표가 놓여 있었다. 공연이 끝나면 사람들은 자신의 자리로 음식과 술을 가져다가 먹었다. 상상하는 것만큼, 그렇게까지 화려하지는 않았겠지만, 나는 거기에 있는 그 모든 게 충분하다고 느꼈다. 격식을 차리고 앉아서 음식을 먹고 박수를 치고 입을 가리고 웃는 내 자신이 근사하게 느껴질 때도 있었다. 기본적으로 직원들을 위한 모임이었기 때문에 그 회사 소속 연예인이 나타나는 경우는 없었고 그런 걸 특별히 바라는 사람도 없었다. 하지만 가끔 나타나는 연예인도 있었다. 아니다. 사실, 그랬던 사람은 단 한 명뿐이었다. 윤이소. 그녀는 유명한 영화배우였다. 나는 4년 전에 처음으로 남편을 따라—그때는 남편이 아니었다. 우리는 결혼을 몇 달 앞두고 있었다—그 송년회에 갔었고, 그리고 거기에서 윤이소를 처음으로 실제로 보았다.

그 시점에 그녀의 명성은 이미 내리막길을 걷고 있었지만 나는 그녀를 보고 깜짝 놀랐다. 생각했던 것보다 그녀가 너무 왜소하고, 지나치게 아름다웠기 때문이다. 하지만 우아한 아름다움은 아니라고, 나는 생각했다. 마치 한대 얻어맞은 것 같은 느낌을 가지게 만드는 유난스러운 아름다움. 다른 이들의 눈길을 끌어야 직성이 풀리는 아름다

16

움. 남편은 아주 오래전에, 그러니까 나를 만나기도 전에 그녀의 일을 봐준 적이 있다고 했다. 1년 정도. 남편은 윤이소에 대해 이렇게 말했었다. "공주님처럼 자라서 세상 물정 같은 건 하나도 모르는 여자야." 사실, 남편은 그 시절에 대해 이야기하는 걸 좋아하지 않는다. 이제 남편은 더이상 그런 식으로―남편의 표현에 따르면 연예인의 뒤치다꺼리나 하는―일하지 않는다. "나는 훨씬 더 중요한 일을 하지." 남편이 이런 식으로 말하면, 나는 동의한다는 뜻으로 고개를 끄덕인다.

내가 윤이소를 처음 봤던 날, 윤이소는 몸에 딱 달라붙는 스퀘어넥의 하얀색 원피스를 입고 있었다. 모르는 사람이 그녀를 본다면 결혼을 앞둔 신부라고 착각했을지도 모른다고, 나는 생각했다. 우리 테이블에 앉아 있던 누군가 그녀를 가리키며 말했다. "터줏대감이죠. 항상 나타나거든요." 나는 그 말을 한 사람을 보고 살짝 웃었다. 2년 후엔가, 누군가 그녀를 가리켜서 이렇게 말했다. "완전 난봉꾼이라니까요. 어휴." 나는 그게 너무 무례한 표현이라고 생각했지만 그때도 그냥 웃어넘겼다. 그 후로 몇 년 동안 그녀의 명성은 더 이상 그럴 수 없다고 생각될 정도로 급격하게 하향 선을 그렸다. 영화에는 출연하지도 못했고, 작년 여름부터 〈또 다른 여자〉라는 아침 연속극에 조연으로 겨우 얼굴을 비치는 중이었다. 그래도 그녀는 매년 혼이 나갈 정도로 아름다운 차림으로 송년회에 나타나 자신의 자리를 차지하고 존재감을 과시했다. 이 세상에 그녀에게 타격을 줄 수 있는 건 마치 아무것도 없다는 듯이. 그녀의 옆에는 언제나 그녀의 매니저와 매니저의 아내가 앉아 있었다. 나는 그녀의 매니저가 매년 똑같은 옷을 입고 온다는 사실을 알고 있었다. 싸구려는 아니었다. 한눈에 봐도 고급이라는 걸 알 수 있었다. 매니저의 아내는, 물론 윤이소만큼은 아니었겠지만 아름답게 꾸미고 왔다. 소매 부분이 부푼 검정색 원피스, 진주 목걸이와 진주 귀걸이, 백금으로 만든 팔찌, 어깨까지 내려오는 머리카락. 테이블은 6인석이었지만, 그 테이블에는 언제나 그렇게 세 개의 이름표만 놓여 있었다. 송년회가 끝날 때까지 머무는 경우는 없었고, 그들 셋은 언제나 중간에 함께 사라져버렸다.

처음 윤이소를 보고 집으로 돌아갈 때 나는 남편에게 말했었다.

"저 사람들, 가족 같아."

"가족?"

그리고 또 내가 윤이소에 대해 어떤 말을 했던가? 남편은 내가 윤이소에 대해 한 말을 기억하고 있을까?

이번 송년회 때에는 윤이소가 나타나지 않았다. 윤이소

의 매니저와 그의 아내만 나타났다. 매니저는 매년 입던 옷을 착용하고 있었지만, 매니저의 아내는 아무런 액세서리도 하지 않았고, 재킷과 청바지를 입고 있었다. 그들의 이름표는 다른 평범한 사람들과 섞여서 6인용 테이블 위에 놓여 있었다. 그들 부부는 마치 평생 동안 그런 식으로 다른 사람들과 어울렸다는 듯이 거기에 앉아서 공연을 보고 음식을 먹었고 옆 사람들과 이야기를 나눴다.

　나는 윤이소가 왜 나타나지 않았는지 묻고 싶었다. 윤이소에게 무슨 일이 생긴 건지 궁금했던 것이다. 하지만 다른 한편으로는 정반대의 마음도 있었다. 절대로 그렇게 하고 싶지 않다는, 윤이소가 왜 나타나지 않았는지 그런 걸 결코 궁금해하지 않으리라는 그런 마음. 의아한 일이었다. 윤이소가 나타나든 나타나지 않든, 내가 신경 쓸 이유 같은 건 하나도 없었다. 윤이소와 나는 아는 사이도 아니었고 제대로 된 대화 한번 나눠본 적이 없었다. 윤이소가 이곳에 나타나지 않은 게 특별한 일인가? 아니었다. 그냥 이런 모임에 얼굴 비치는 게 갑자기 싫어진 건지도 몰랐다. 사람들이 등 뒤에서 자신의 명성에 대해 이러쿵저러쿵하는 걸 더 이상 견딜 수 없게 되었거나, 아니면 그날 아침 컨디션이 좋지 않았던 것일 수도 있었다. 그것도 아니면…… 맙소사, 그 연회장에 앉아서 나는 계속 윤이소에 대해 생각하고 있었고, 그런 생각에서 빠져나오지 못한다는 사실 때문에 불쾌한 기분마저 들었다. 내가 자리에서 일어나자 남편이 물었다.

"어디에 가? 뭐가 필요해?"

나는 남편이 일부러 저런다는 것을 알고 있지만, 웃으며 대답했다.

"화장실."

같은 테이블에 앉아 있던 직원의 아내가 그런 내 남편을 보고 볼멘소리를 했다.

"우리 남편은 내가 어딜 가든 하나도 관심이 없는데."

화장실로 들어가자, 한편에 마련된 파우더룸 소파에 윤이소 매니저의 아내가 흐트러진 채 앉아 있는 게 보였다. 나 자신을 들쑤실 수 있는 빌미를 마련해주는 이런 우연의 일치가 전혀 달갑지 않았지만 손을 씻는 내내 나는 거울에 비친 그녀를 흘깃거리고 있었다. 그녀에게서는 술냄새가 났고(저 여자는 대체 언제 저렇게 술을 마신 걸까? 그전에는 한 번도 술에 취한 적이 없었는데), 눈에는 눈물이 조금 고여 있었다. 취한 여자, 그녀는 취한 여자였다. 문득 내가 어렸을 적에 보았던 **취한 여자**가 떠올랐다. 어머니는 그 여자가 분별력을 잃어서 그런 거라고 말했었는데…… 내가 그 순간 매니저의 아내에게 말을 건 건 순전히 그 생각—그

취한 여자에 대한—을 멈추고 싶어서였지 다른 의도는
없었다.

"윤이소 씨는 안 오셨나 봐요."

그녀는 잠시 동안 멍한 눈빛으로 나를 바라보았다.

"그 여자를 알아요?"

"아니요, 아니요, 개인적으로는 몰라요. 그냥 궁금해서."

"왜 궁금해요, 그게?"

뭐라고 대답해야 할지 몰라 머뭇거리는 내게 그녀가 손
짓을 했고 그녀가 앉아 있는 의자 앞으로 가자, 이번에는
자신의 옆자리를 손으로 두드렸다. 나는 그녀의 옆에, 가
까이에 앉았다. 그녀가 내 귀에 대고 말했다. 마치 우리가
오래된 친구라도 된다는 듯이.

"그이는 이제 이곳에 안 나타날 거예요. 그이는 사라져
버렸거든요."

나는 그게 무슨 말인지 몰라 되물었다.

"사라졌다고요?"

"네, 내 말을 못 알아듣겠어요?"

그녀에게서는 짜증스러움과 술 취한 사람 특유의 흥분
이 느껴졌다. 하지만 그런 느낌들은 곧장 사라졌고, 그녀는
갑자기 내 얼굴을 응시하더니 미간을 구기며 물었다.

"그런데, 당신 누구라고요?"

내가 당황해하자, 그녀는 그런 건 중요하지도 않다는 듯이 손사래를 쳤다.

"하긴, 당신이 누군지 그게 뭐가 중요하겠어요. 그죠? 중요한 건, 그 여자가 편지 한 장을 남겼다는 사실이죠. 그런데 아무도 나한테 그 편지를 안 보여주는 거 있죠? 나는 자격이 없다나 어쨌다나."

그렇게 말한 후, 비참하다는 듯이 고개를 절레절레 흔들던 그녀는 자리에서 벌떡 일어났다.

"안녕, 잘 있어요."

마치 내 집에 초대되었던 사람인 양 정중하게 인사를 건네곤 그녀는 비틀거리며 화장실 바깥으로 나가버렸다.

사라져버렸다.

나는 이 업계 사람들이 '사라진다'는 말을 시도 때도 없이 사용한다는 걸, 잘 알고 있었다. 그저 일을 그만두는 것뿐인데도, 굳이 그런 표현을 사용했다. 윤이소가 편지를 남긴 것도 충분히 이해가 되었다. 특별한 일도 아니었다. 그녀는 이 회사에서 너무 상징적인 존재였다. 그냥 떠날 수는 없었을 것이다. 어떤 종류의 정리가 필요했을 것이다. 어쩌면 그건 편지가 아니라 서류였을까? 회사의 주식이나 뭐 그런 것들과 관련된. 하지만 내가 궁금한 건, 왜 매니저의 아내에게는 '편지'를 보여주지 않았는가 하는 점이었다. 그들은 가족이나 마찬가지였을 텐데. 화장실에서 돌아온 후 나는 윤이소 매니저 부부 쪽을 흘긋거리며 윤이소에 대해 여전히 궁금해했지만, 그다음 날 아침에 눈을 떴을 때는 윤이소에 대한 생각은 이미 사라진 후였다. 그리고 그다음 날도, 다다음 날도, 그 다다음 날도, 나는 윤이소를 떠올린 적이 없었다. 더 정확하게 말하자면 나는 그 후로도 한동안 윤이소에 대해서는 완전히 잊어버렸다. 윤이소를 다시 떠올린 건 두 달여가 흐른 후였다.

송년회 다음 날은 토요일이었다. 오전 늦게 눈을 떴을 때, 남편은 옆에 없었다. 출근을 한 모양이었다. 몇 달 전부터 주말에도 그가 급하게 호출을 받는 일이 잦아졌다. "당신이 산부인과 의사야?" 처음에 이런 일이 있었을 때 그에게 전화를 걸어 농담하는 투로 말했을 때, 그는 산부인과 의사와는 비교도 할 수 없을 정도로 피곤해 죽을 지경이라고 하소연을 했었다.

침실 밖으로 나가 보니 식탁 위에는 남편이 스크랩을 한 흔적이 그대로 남아 있었다. 부분부분이 잘린 신문, 펼쳐진 잡지들, 풀과 가위, 종이 쪼가리. 나는 커피 한 잔을 만들어 식탁 앞에 앉아서 그걸 정리하려다가 그날 아침 정리한 스크랩을 보게 되었다. '얼굴맹'이라는 단어가 눈에 들어왔다. 나는 스크랩북의 맨 앞을 펼친 후, 꼼꼼히 읽어

보기로 했다. 그런 후에는 서재로 들어가서 남편이 거기
에 모아둔 스크랩북 — 무려 스무 권이 넘었다! — 을 하나
씩 꺼내서 읽기 시작했다. 그게 바로 내가 처음으로 남편
의 스크랩북을 본격적으로 읽기 시작한 순간이었다. 그 후
로 나는 서재에 있는 그의 스크랩북을, 마치 먹어치우듯이
읽어내렸고 나중에는 온갖 기사들이 내 머릿속에서 뒤죽
박죽 되어버렸다. 가끔 나는 비슷한 잘못들이 이 세계에서
너무 자주 반복된다는 생각에 사로잡히곤 했다.

그날, 하루 종일 연락도 없이 밤늦게 돌아온 남편이 내
옆에서 순식간에 곯아떨어지고 나서 한참이 지난 후에도
나는 쉽사리 잠을 이루지 못했다. 나는 마치 패배를 인정
한다는 심정으로 침대 맡에 놓인 작은 독서 등을 켰다. 그
작고 미약한 빛 때문에, 남편이 웅얼거리는 소리를 냈다.
나는 남편을 흔들어 깨우기 시작했다. 잠에서 깬 남편은 이
상황이 믿기지 않는다는 듯한 표정으로 나를 바라보았다.

"무슨 일이야?"

무슨 일이 생겼나? 아니었다. 그럼 대체 나는 왜 그를 깨
웠단 말인가? 도대체 왜?

"나, 아버지를 만나고 싶어."

"뭐? 누구? 왜?"

남편이 눈을 깜빡이며 내게 물었다. 왜냐고? 나 역시 그

순간 내 입에서 왜 그런 말이 튀어나왔는지 알 수 없었고 어안이 벙벙했다. 아버지를 만나고 싶다고? 하지만 일단 한 번 밖으로 내뱉고 나니까 마치 그게 내가 열렬히, 계속해서 원해온 일처럼 느껴졌다.

"나, 아버지를 만나고 싶다고."

"그 이야기를 꼭 지금, 이 새벽에, 나를 깨워서 해야 하는 거야?"

남편은 어이가 없다는 듯이 말했다. 그러고는, 그 직설적인 말투로 이렇게 덧붙였던 것이다.

"자기가 아버지를 만나고 싶다면 만나야지. 그건 당신 자유니까…… 그렇지만 만나고 나면, 내가 장담하는데, 당신 분명히 후회하게 될 거야. 무조건 후회하게 될 거라고."

나는 대답했다.

"후회 안 해."

그는 내 말에 아무런 대답을 하지 않고 내 쪽으로 몸을 기울여 독서 등을 끈 후 다시 자리에 누웠다. 아주 조금 시간이 흐르자, 남편의 코 고는 소리가 들려오기 시작했다. 방 안에는 빛 한 점이 없었다. 남편의 말마따나 아버지를 만나고 나면 후회하게 될까? 하지만 후회할 일이 무엇이 있단 말인가? 분명한 건 아버지는 자신의 죄책감을 덜고 싶어 한다는 것이었다. 아버지에게 내가 그를 용서할 수 없다는 걸, 우리를 버린 죄책감을 절대로 덜 수 없으리라는 걸 정확하게 알려줘야 한다는 생각이 들었다. 죄책감은 그런 식으로 사라지는 게 아니었다. 그 분야에 대해서라면 나는 전문가나 마찬가지였다.

나는 후회하지 않을 거야. 나는 웃을 거야. 그 모든 걸 떠나보낼 거야.

문득, 열한 살 때 내가 살던 그 작은 동네를 떠나던 날이 떠올랐다. 어머니와 나는 둘이서 그 모든 이사 준비를 해야 했다. 어머니는 딱히 슬퍼하거나 좌절한 것처럼 보이지는 않았다. 머리를 질끈 묶고 열심히 몸을 움직였다. 우리는 정말로 많은 것들을 그냥 버려야 했다. 어머니는 나를 독려했다. 이걸 모두 버리면 우리는 떠날 수 있는 거야, 새로운 곳에 가서 살게 되니까 좋지 않니? 나는 고개를 젓고 싶었지만 그냥 그렇다고 대답했다. 다른 식의 대답은 상상도 할 수 없었다.

우리가 떠나던 날, 동네 사람들은 아무도 우리에게 작별인사를 하러 오지 않았다.

2. 지상과제

어머니가 병상에서 했던 이야기 중, 다른 무엇보다 나를 놀라게 했던 건 어머니의 여동생, 그러니까 내게 이모가 있다는 사실이었다. 입원하기 전에도 — 아마도 내가 고등학교에 입학한 이후의 일이었던 것 같은데 — 어머니가 자신의 과거에 대해 이야기할 때가 있긴 했다. 그 이야기에는 뚜렷한 목적이 있었다. "이 하늘 아래 가족이라고는 너랑 나 둘밖에 없는 거야." 나는 어머니가 그런 식으로 아버지를 우리 가족 — 그러니까 어머니와 나 — 에게서 지워버리려고 한다는 걸 알고 있었다.

어머니는 서해에 있는 작은 섬에서 태어났다. 나는 어머니가 섬 출신이라는 건 알고 있었지만, 그 섬의 정확한 명칭을 알게 된 건 어머니가 돌아가시기 얼마 전의 일이었다. 섬의 이름이 어쩐지 익숙하다고 느꼈는데, 나중에 되짚어 보니 남편의 스크랩북에서 읽은 적이 있기 때문이었다. 간첩 조작 사건에 대한 기사에서였다. 호기심이 발동한 나는 그 사건과 어머니를 ─ 아주 미미하더라도 ─ 연관시켜보려고 애썼지만, 실제로 그럴 가능성은 없었다. 기사의 내용은 이랬다. 1970년대 초, 오징어 잡이 배가 실수로 북방 한계선을 넘었고 그 바람에 그 배에 탑승했던 남자들은 북한에 압송되었다가 몇 달 후 남한으로 돌아올 수 있었다. 그들은 몇 달 동안 중앙정보부에 끌려가서 고생을 했는데, 그 고생은 거기서 끝나지 않았다. 10여 년이 흐른 후, 그들은 다시 간첩으로 몰려서 고문을 받고 억울한 옥살이를 해야 했다는 것이었다. 고초를 겪은 사람들은 어머니의 아버지, 그러니까 외할아버지의 아들뻘들이었다. 어머니에게는 ─ 나중에 여자 형제가 있다는 사실이 밝혀지긴 했지만 ─ 남자 형제가 없었다. 나는 궁금했다. 어머니는 그 섬에 살다가 간첩으로 몰린 사람들을 알고 있었을까? 그들의 얼굴을 본 적이 있을까? 내가 이 이야기를 남편에게 하자, 그는 내게 이렇게 말했다.

"여보, 그걸 특정한 사람들만의 일로 치부해서는 안 돼. 그건 우리 모두가 겪은 일이나 마찬가지라고."

내 외할아버지는 어부였다. "그리고 아주 구식이었어."

병상에 앉아 이렇게 말한 어머니는 웃으며 자신의 말을 정정했다. "아니, 구식이 아니라 그땐 그런 게 자연스러운 거였단다." 그곳 사람들은 대부분 한평생을 그 지역에서 살았다. 어머니는 한국 전쟁이 끝나고 몇 년 지나지 않은 해에 태어났고, 어머니의 아버지, 그러니까 외할아버지의 지상과제는 가족들이 굶어 죽지 않도록 하는 거였다. 어머니의 어머니 — 내 외할머니는 어머니가 아홉 살 때 돌아가셨다. 외할아버지는 평생 혼자 사셨는데, 어쨌든 어머니 표현에 따르면 "대체로 자신의 과제를 잘 수행했다". 하지만 그 당시 십대였던 내 어머니의 지상과제는 달랐다. "나는 철이 들기도 전에 그 섬을 떠나고 싶었어. 그게 내 지상과제였단다." 어머니는 이런 말도 했다. "너네 외할아버지는 날 그 섬에 두려고만 했어. 내가 스스로 글자를 깨우쳐서 책을 읽거나, 내 생각을 똑 부러지게 말하면 세상이 끝날 것처럼 혀를 차셨지." 어머니는 육지로 나가서 공부를 하고 싶다는 의지를 내보였지만 그건 어머니의 아버지에게 일고의 여지도 없는 사안이었다. 마치 어머니가 절대로 품어서는 안 되는 마음, 대단히 불경한 마음이라도 품은 것처럼. 어머니는 전략을 바꿨다. 그녀는 자신의 소망을 최초로 발설한 이후로 다시는 그런 이야기를 하지도 않았고, 뜻을 내비치지도 않았다. 마치 그런 생각을 한 건 실수

라도 된다는 듯이, 그런 실수는 다시는 반복하지 않겠다는
듯한 태도로. "무려 5년 동안 말이야. 숨 죽은 듯이 살았단
다." 어머니는 모두를 안심시켰고, 아주 약간의 용돈이라
도 얻을 수 있는 일이라면 뭐든지 다 했다. 그리고 열아홉
살 여름에, 그동안 모아둔 돈과 어머니의 아버지가 부엌에
숨겨놓은 현찰을 훔쳐서 아무도 몰래 그 섬을 떠났다. 어
머니는 그 섬을 떠나던 날 밤, 대기를 떠돌던 뜨거웠던 공
기와 배를 흔들던 파도를 기억한다고 말했다. "땀이 많이
났어. 하지만 두려움 같은 건 없었어." 새로운 삶이 시작되
리라는 기대감밖에 없었다고 어머니는 말했다. "그 섬을
떠난 이후로는 가족들을 만난 적이 없어. 알겠니? 그러니
까 이 세상에 가족이라고는 우리 둘밖에 없었던 거야." 내
가 결혼을 하기 전이었다면, 어머니의 말은 여기서 끝났을
것이다. 하지만 내가 결혼을 한 후에는 여기에 문장이 하
나 더 추가되었다. "그러니까, 얼마나 다행이니. 너에게 가
족이 생겼다는 것이 말이다."

　내가 태어난 건, 어머니가 섬을 떠나 육지에 정착한 지
11년이 지난 후였다. 아버지와 결혼하기 전까지 어머니
는 목포에 있는 한 중학교의 행정실에서 근무하고 있었다
고 했다. 어머니는 무사히 육지로 나와서 양장점에 취직하
고, 검정고시에 합격하고, 방송대에서 수업을 들으면서 장

학금을 받은 사실을 장황하게 설명하는 걸 좋아했다. "운이 좋았어." 어머니는 이 문장을 빼먹은 적이 단 한 번도 없었다. 그렇지만, 혈혈단신인 열아홉 살짜리 여자애가 혼자 그 시간을 견디기 위해서 겪어야만 했을 고통과 좌절, 배고픔과 추위 같은 것에 대해서는 좀처럼 이야기하려고 하질 않았다. 어쩌면 누군가는 어머니가 일부러 과장해서 밝은 면만 보려고 노력하는 유의 사람이라고 말할지도 모른다. 하지만 바로 그게 — 보려고 노력한다는 바로 그것 — 핵심이었다. 어머니는 자신의 눈으로 자신의 인생을 돌아보는 중이었고, 어떤 종류의 관점을 적용시킬 건지는 순전히 어머니가 결정할 몫이었다.

아버지는 원래 서울 출생이었지만 어머니를 만날 당시에는 목포에 있는 작은 무역회사에 다니고 있었다. 신접살림은 목포에 있는 아버지 집에 차렸다고 했는데, 어떤 경로를 거쳐서 그렇게 된 것인지는 모르겠지만 내가 태어난 곳은 목포가 아니었다. 내가 태어난 곳은 경기도 광주였다. 내가 열한 살 때 그 동네를 떠난 이후로 어머니와 나는 종종 이런 대화를 나누곤 했다.

"그러니까, 너 고향이 어디라고?"

"광주."

"그냥 광주?"

"경기도 광주."

우리는 이 대화를 아주 자주 나누어서 나중에는 노래를 부르듯이 약간 특유의 리듬을 싣는 지경까지 되었다. 나는 이 이야기를 어머니가 돌아가시고 몇 달 후에 — 아버지가 끈질기게 연락하는 것이 끊긴 직후였을 것이다 — 만나러 간 친구에게 해주었다. 그녀가 사는 곳이 하필이면 경기도 광주 근처였기 때문에 나온 이야기였다.

"노래를 불렀다고?"

그녀가 물었다.

"아니, 그 정도는 아니고, 그냥 약간."

그녀는 임신 중이었다. 그래서 내 어머니가 돌아가셨을 때 나를 만나러 올 수가 없었다. 그녀는 그 전에 이미 유산을 몇 번 경험했기 때문에 임신 초기에는 특별히 조심을 해야 했다 — 그땐 집 밖에 나오는 걸 꿈도 꿀 수 없었다고 말했다. 그녀와 나는 대학 시절에 알게 되었다. 나는 사람들과 어울리는 걸 잘하거나, 내 마음을 잘 털어놓는 편은 아니었지만, 그래도 그녀를 만나는 건 좋아했다. 나와 정반대의 성격, 목소리, 몸짓. 그녀는 주위 사람들을 격려하고 그렇게 행동함으로써 자기 자신이 힘을 얻는 부류의 사람이었다. 그런 그녀의 성격은 그녀의 직업 — 일본어 번역 — 에도 영향을 끼쳤다. 그녀는 능력이 좋고, 무엇보다 마당발이었다. 그 당시 그녀가 이어준 연줄 덕분에 나는 번역일을 시작할 수 있었다.

"예전에 너희 어머니가 작업실에 오신 거 기억나니?"

물론 그날을 기억하고 있었다. 그날의 방문에 대해, 그녀는 우리 어머니가 유별나다고 생각했을 것이다. 어머니가 나를 대하는 방식에는 분명히 그런 구석이 있었다. 이를테면 어머니는 내가 어디에 있는지 알지 못하면 불안해했다. 내가 대학에 들어간 후에, 어머니는 내가 귀가할 때까지 절대 잠에 들지 않았다. 어머니는 내가 혹시 다른 대학생들에 휩쓸려 데모나 집회 같은 것에 참여할까 봐 걱정했다. 내가 대학에 입학했을 때는 이미 그런 식의 학생회 활동이 완전히 힘을 잃은 이후였는데도 말이다(애초에 나는 그런 데에는 관심을 기울인 적도 없었다). 내가 대학을 졸업하고 조금 나이가 들었을 때에는 그런 식의 과도한 걱정은 사라졌지만, 어쨌든 여전히 내가 어디서 무엇을 하고 있는지 궁금해할 때가 있었다. 어머니 입으로 직접 말한 적은 없었지만 내 생각엔 그게 바로 그날 어머니가 작업실을 방문한 이유였다. 내가 어디서 무얼 하는지 궁금해서, 그것도 나의 작업실도 아닌 친구의 작업실에 말이다. 내가 결혼하기 전에, 친구는 내가 자신의 작업실 한편을 차지하고 앉아서 일을 할 수 있는 호의를 베풀어주었다. 언덕 중

턱에 있던 작고 네모난 방의 구석에 놓여 있던 작은 플라스틱 책상. 그리고 언제나 들려오던 일본어(그녀는 언제나 티브이로 일본 방송을 틀어두었다. 그래야 작업이 더 잘된다고 주장하면서). 작업실의 내 책상 앞에 서 있던 어머니가 나를 보며 말했다. "참 좋아 보이는구나." 나는 그렇게 말하는 어머니의 얼굴을 보며 이상한 감정을 느꼈다. 어머니는 거기에서, 내 보잘것없는 작업물 사이에서 무엇을 찾고 싶었던 것일까?

거기에 앉아서 작업을 하고 있으면, 문득 그동안 나를 구성한다고 믿고 있던 어떤 요소들이 재정비되는 느낌을 받을 때가 있었다. 중요하다고 여겨졌던 요소들은 후면으로 밀려나고, 심지어는 허상인 것처럼 느껴지는 순간이 있었다. 과거를 하찮게 여길 수 있을 것 같고, 동시에 미래를 마음대로 조립할 수 있을 것 같은 자신감이 나를 사로잡았고 허세를 부리고 싶은 기분이 들었다. 하지만 그러한 감각들은 물결처럼 밀려들었다가 순식간에 빠져나갔다. 나중에 나는 그런 감정 ― 자신감 ― 이 내가 한 작업과 관련되어 있는 게 아니라, 내가 머물던 장소와 관련되어 있다는 사실을 깨달았다.

작업실은 이제 없어졌다. 결혼을 한 후(그녀는 나보다 3년 정도 늦게 결혼했다), 그녀는 전업주부의 삶을 선택했다. 나는 그녀가 영원히 격려를 하고 싶은 한 사람에게 정착한 것이라고 생각했지만, 작업실을 그토록 쉽게 없애버린 것에 대해 — 그럴 마땅한 자격도 없으면서 — 어쩐지 배신감을 느꼈다. 이런 내 감정에 대해 누군가와 이야기를 나누고 싶었지만, 마땅한 대상이 없었기 때문에 결국 나는 어머니에게 그녀에 대한 이야기를 털어놓을 수밖에 없었다. "참 안된 일이다." 어머니가 그런 식으로 말하자 이상하게도 그녀에 대해 이야기하고 싶다는 열망은 거짓말처럼, 흔적도 없이 가라앉아버렸다.

"근데 광주 어디서 살았어?"

"동네 이름은 기억이 안 나네. 열한 살 때 서울로 이사를 갔었거든. 어떻게 변했을지 궁금해."

친구는 그곳이 예전과는 많이 달라졌을 거라고, 지금은 비싼 타운 하우스들이 많이 들어서 있다고 말해주었다. 나는 내가 살던 동네는 그럴 만한 곳이 아니었다고, 시내의 중심과는 외따로 멀리 떨어져 있어서 거의 폐쇄된 거나 마찬가지인 동네였다고 말했다.

"그게 핵심이야. 돈 많은 사람들은 그런 조용한 곳에서 자기들만 무리를 지어서 살고 싶어 하거든. 휴, 나 같은 사람에게는 언감생심이지."

차를 다 마신 후, 나는 그녀를 집에 데려다주었다. 그녀의 배가 너무 불러 있어서 계속 붙잡아두는 게 잘못된 일처럼 느껴졌다. 차에서 내리기 직전에 정확하게 산달이 언제인지 물어보니까, 그녀가 얼굴을 붉히며 대답했다.

"아직도 6주 정도 더 있어야 해. 아, 애가 엄청 큰가 봐!"

내 차에 혼자 남게 되었을 때에 그런 생각이 들었다. 이제 내가 살던 동네의 이름을 알아낼 수 있는 방법은 단 한 가지뿐이라는 것, 그러니까, 아버지에게 연락하는 방법밖에 없다는 그런 생각. 하지만 그 당시의 나는—그게 어떤 이유에서든—아버지를 만나고 싶어 하게 되리라는 생각은 들지 않았고, 그러므로 내가 영원히 그 동네의 이름을 알게 되는 일은 없으리라는 생각이 들었다. 그러자 갑자기 이루 말할 수 없는 쓸쓸함을 느꼈다. 어머니가 돌아가신 후로 그렇게까지 어머니의 부재를 실감한 적은 없었던 것이다.

'폐쇄'라는 표현은 너무 과장된 것 같고, '외따로 떨어졌다' 정도는 괜찮을 것 같다. 50가구 정도가 모여 사는 동네 초입에는 수심은 그리 깊지 않지만, 너비는 꽤 되는 시냇물이 흘렀고, 그 위로는 어른 세 명 정도 나란히 걸을 수 있을 정도의 좁은 다리 하나가 놓여 있었다. 다리가 끝나는 지점부터 우리 집까지는—우리 집은 그 동네에서 다리와 가장 가까운 곳에 위치했다 — 오솔길이 이어졌고, 길가에는 볼품없고 오래된 관목이 아무렇게나 자라고 있었다. 저 멀리, 동네 뒤쪽으로는 전체를 감싸듯 넓은 소나무 숲이 펼쳐져 있었다.

동네에 있는 어떤 집들은 어디서부터가 사유지이고 어디서부터가 공공지인지 구분이 안 되는 경우도 있었다. 담장이나 대문이 없는 집들. 그런 집에 사는 사람들은 자기 집 근처 땅에 그냥 마구잡이로 작물을 재배하기도 했고, 그 문제 때문에 사람들 사이에 시비가 붙을 때도 있었다. 그 마을에 사는 성인 남자들은 새벽마다 다른 사람 — 땅 부자들 — 의 논밭으로 출근을 했다. 내가 알기로 그 마을에 사는 사람 중 양복을 입고 넥타이를 매고 시내로 출근하는 사람은 우리 아버지밖에 없었다. 나는 그걸 어떤 식으로 표현하는지 알고 있었다. '번듯한 직장.' 출퇴근 시간이 꽤 길었기 때문에 아버지는 아침 일찍 버스를 타고 나갔다가 저녁 늦게 또다시 버스를 타고 집으로 돌아오곤 했다.

나중에 서울로 이사 왔을 때, 나는 그런 환경에서 자란 또래의 친구들이 별로 없다는 사실을 알고 약간 충격을 받았다. 대학교에 입학한 직후에 어쩌다가 내 어릴 적 이야기를 하게 된 적이 있는데, 그때 친구들이 농담조로 이렇게 말했었다. "너 대체 몇 년생이야?" 나는 6·25도 겪었다는 등의 농담을 하며 웃었지만 속으로는 다시는 내 어린 시절에 대한 이야기를 하지 않겠다고 다짐했다. 그 후로 나는 가끔 궁금해지곤 했다. 도대체 그 작은 동네에서 살던 아이들은 다 어디로 사라져버렸단 말인가? 그 아이들은 지금 어디에서 무엇을 하고 있단 말인가?

동네 아주머니들은 나를 '벽돌집 딸'이라고 불렀는데, 당연히, 거기에는 비꼬는 감정이 들어 있었다. '벽돌집'은 정확한 표현은 아니었다. "벽돌 담장집이라고 불러야지." 언젠가 어머니는 그렇게 말했었다. 하지만 어머니를 제외하면 그 마을에 사는 그 누구도 정확한 표현 같은 것은 신경 쓰지 않았다. 어쨌든 우리 집이 그런 식으로 불린 건 바로 이런 이유에서였다. 우리 집에는 그 마을에서는 드물게도 공공지와 사유지를 완전히 분리하기 위한 담장과 대문이 있었는데, 그걸로도 모자랐는지 어머니는 인부를 불러 담장 위로 벽돌을 몇 칸 더 쌓아 올리게 했던 것이다. 동네 사람들이 내게 말을 걸거나 하는 일은 드물었다. 동네 아이들도 마찬가지였다. 걔네는 나랑 어울리려고 하지 않았고, 좀더 적나라하게 말하자면 나를 싫어했다. 아마도 거기엔 우리 어머니의 약간 별난 태도가 영향을 끼쳤을 것이다. 어머니는 그 동네에 사는 다른 집 아주머니들과 어울려서 고추나 마늘 같은 걸 다듬거나, 시간이 남을 때 다른 집에 놀러 가서 수다를 떨거나 하지 않았다. 그 대신 어머니는 책을 읽거나, 혹은 내게 책을 읽어줬다. "책에는 모든 세계가 다 들어 있어. 사람들을 만날 필요조차 없을 정도야." 아버지가 그런 어머니의 태도를 비난할 때가 있었다. "여보, 당신은 긁어 부스럼을 만드는 거야." 나는 그게 정확하게 어떤 의미인지는 몰랐지만 그 문장 중에서 '부스럼'이 나와 관련 있다는 사실 정도는 눈치챌 수 있었다.

어머니는 걱정이 많았다. 사실 어머니의 평생 — 아, 이 표현은 틀렸다. '평생'이 아니라 내가 태어난 이후의 삶이라고 말해야 옳을 것이다 — 이 그랬다. 내가 어른이 되었을 때, 나는 어머니가 그런 계통의 병원에 가거나 상담 같은 걸 받아보면 좋을 거라는 생각을 하게 되었다. 하지만 그런 이야기를 꺼낼 수는 없었다. 어머니의 유년 시절에 대한 이야기를 들은 이후로 나는 궁금해졌다. 그토록 걱정이 많고 매사 조심스러웠던 어머니가 어떻게 자신이 살고 있던 고향과 가족을 그런 식으로 대범하게 떠날 수 있었던 걸까?

어머니의 걱정거리는 한두 가지가 아니었다. 뭐라고 콕 짚어 설명할 수는 없었지만, 아주 어렸을 적부터 나는 어머니의 관심이 언제나 나의 안전에 쏠려 있다는 걸 느끼고 있었다. 아버지는 어머니가 나를 과보호한다고 질책하듯 말했지만, 그래도 두 분의 의견이 하나로 좁혀질 때도 있었다. 이를테면 이런 것. 부모님은 매일 거의 빠짐없이 뉴스를 챙겨보았고, 거의 모든 종류의 신문을 구독했다. 아버지는 그 모든 신문을 다 챙겨보지는 못했지만, 어머니는 집안일을 하는 틈틈이 그 신문들을 모두 정독했는데 ― 그리고, 그러한 습관은 아주 오랜 후, 어머니가 병에 걸리기 전까지 지속되었다. 어머니는 우리가 그 동네를 떠난 후에도 여전히 여러 종류의 신문을 구독하고 매일 밤 뉴스 보는 걸 빼먹지 않았다 ― 내가 그 신문들을 보면 안 된다는 것에는 두 분이 완전히 동의한 것이다. 신문에 실린 세상의 끔찍한 일들을 내가 읽는 게 ― 혹은 사진을 보는 게 ― 부적절하다고 여겼기 때문이었으리라.

월말이 되면 한 달 동안 쌓인 신문을 고물상에 가져다주곤 했는데 나는 언제나 그날을 기다렸다. 특별한 다른 일이 생기지 않는다면, 매월 마지막 주 토요일 ― 일요일에는 고물상이 문을 닫았기 때문이다 ― 마다 일찍 퇴근한 아버지가 노끈으로 싼 종이 뭉치를 들었고 어머니가 내 손을 잡았다. 나는 계절 중 초여름을 좋아했는데 왜냐하면 어머니가 그 계절에 가장 아름답게 차려입었기 때문이었다. 어머니는 스커트 부분에 자잘한 주름이 들어가 있는 시폰 재질의 노란색 원피스를 입은 후 허리띠로 허리를 졸라매고 굽이 높은 구두를 신었다. 내게는 청록색 재킷과 스커트를 입혀주고 하얀색 면 스타킹과 끈이 달린 구두를 신겨주었다. 그 동네에 그런 옷을 가진 아이는 나밖에 없었다. 다른 사람들은 우리가 고물상에 간다고는 생각하지 못했을 것이다(그들은 우리가 어디로 가는지 한 번도 물어본 적이 없었다). 우리는 다리를 건너서 버스 정류장까지 걸어갔고, 버스 정류장에서 버스를 기다렸다. 운이 좋으면 20분 정도, 운이 좋지도 나쁘지도 않으면 30분 정도, 운이 나쁘면 40분을 기다려야 했다. 부모님은 알아차리지 못했지만 나는 여섯 살 때부터 글을 읽을 수 있었고, 거기에 얌전하게 서서 맨 위에 올려진 신문의 헤드라인을 몰래 읽곤 했다. "KBS 경찰 투입 333명 연행 철야 조사" "부동산 투자 펀드 추진" "대학평가제 도입 등급 매긴다" 등등, 나는 그 문장들의 의미를 알 수 없었고, 궁금했지만 부모님께 여쭤볼 수도 없어서 잠자코 있었다.

아버지의 단골 고물상은 시내에 있는 시장의 안쪽에 있었다. 문은 작았지만, 안으로 들어가면 엄청나게 넓은 공간이 펼쳐졌다. 삼면을 둘러싼 선반 위에는 텔레비전과 라디오, 휴대용 랜턴, 확성기 등등이 있었고, 뒷마당으로 통하는 문을 열면 상상도 하지 못할 만큼 거대한 종이산과 고철산이 눈에 들어왔다(나중에 이 이야기를 하니까 어머니는 웃으며 말했다. "아니야, 그렇게까지 거대한 건 아니었어. 그때 넌 조그만 아이여서 그랬나 봐"). 옆에는 납작하고 널찍한 초록색 철판이 있었다. 그 앞에 서면 아버지는 마치 내게 굉장한 특권이라도 부여하는 것처럼 말했다

"저기로 가봐라."

철판은 고물의 무게를 재는 저울이었다. 철판 위에 고물을 올리면 그 옆에 있는 작은 전광판에 숫자가 찍히는 식이었다. 나는 언제나 쭈뼛거렸다. 모든 관심이 내게로 쏠리는 게 쑥스러웠기 때문이었다. 하지만 아버지는 내가 저울에 올라갈 때까지 기다렸고, 그런 후에 부모님은 저울에 찍히는 숫자를 유심히 지켜봤다. 심지어는 중년의 고물상 주인 부부도 그랬다. 그들은 어떤 숫자가 나오든 간에 박수를 쳐줄 준비를 하고 있었다. 어쨌든 나는 성장하고 있었다. 아무런 노력을 기울이지 않아도 내게 일어나는 일 때문에 다른 사람들의 칭찬을 받을 수 있다는 사실을 깨닫고 나는 깜짝 놀라곤 했고 가끔은 으스대고 싶은 마음이 들었다. 하지만 내가 고물상에 가는 날을 손꼽아 기다렸던 결정적인 이유는 다른 데에 있었다. 그건 바로 고물상에서 키우는 삽살개 때문이었다. 그날이 되면 나는 개를 만질 수도 있었고, 밥을 줄 수도 있었고, 심지어는 안아볼 수도

있었다. 나는 개의 냄새와 감촉이 내게서 사라지지 않기를 절실하게 바라서, 우리 가족이 시내에 있는 경양식 집에서 식사를 할 때에는 꼭 아버지에게 물어보곤 했다.

"아빠, 나한테 아직도 개냄새가 나요?"

아버지는 내 몸에 코를 대고 킁킁대는 시늉을 했고, 어머니는 웃으며 고개를 흔들었다. 집에 돌아오면 며칠 동안은 그 보들보들하고 작은 생명체를 안았던 경험 때문에 나는 약간 저릿한 심정이 되었고, 동네를 배회하는 작은 개들─그 개들은 어디선가 갑자기 나타났다가, 어느 날 갑자기 사라져버렸다─을 마주칠 때마다 집으로 데려오고 싶어서 안달이 났다.

그 당시 우리 집은 현대식과─어머니 말마따나─구식이 미묘하게 섞여 있었다. 대문을 통과하면 조그만 마당이 나오고 슬레이트 지붕 건물이 나온다. 실내로 통하는 불투명한 여닫이문을 열고 들어가면 정사각형의 마루가 있는데 여닫이문 맞은편에는 내 방과 화장실(이 동네에서 이런 번듯한 화장실을 가진 집도 우리 집이 거의 유일했다)이, 오른쪽과 왼쪽에는 각각 방이 위치하고 있었다. 그 방들 사이의 벽에는 커다란 가족사진이 걸려 있고, 그 아래로 어머니가 테이프로 붙여놓은 내 사진들이 있었다. 부엌은 건물의 왼쪽에 별도로 붙어 있었는데, 부엌에는 문이 두 개 있었다. 하나는 마당과 통하는 문이었고, 다른 하나는 부엌과 바로 통하는 방에 달려 있는 쪽문이었다. 부엌과 바로 통하는 방을 우리 가족은 '식당방'이라고 불렀다. 소파나 식탁이 있는 건 아니었지만, 티브이가 있어서 우리 가족은 그 방에 모여서 밥상을 펴놓고 밥을 먹거나 티브이를 보았다. 나는 어머니가 부엌에서 요리를 하는 동안 식당방에서 놀곤 했다. 티브이에서 해주는 만화 영화를 볼 때도 있었고, 혼자서 공기놀이를 할 때도 있었다. 그러다가 어머니가 방에 큰 상을 펴주면, 쪽문 옆에 앉아 있다가 어머니가 건네주는 밑반찬 같은 걸 상 위로 갖다 두었다. 밥상은 편백으로 만들어진 것이었는데 나무의 결이 그대로 살아 있었고 나무 냄새가 났다. "결혼할 때 엄마가 사 온 거란다." 어머니는 상에 기스가 날까 봐 애지중지했고, 젖은 행주와 마른행주로 번갈아가며 정성 들여 닦곤 했다.

"아빠에게 물어보렴."

어느 날, 내가 식당방과 부엌이 통하는 쪽문에 기대 앉아서 결국 개를 키우고 싶다는 소망을 내비치자 어머니는 마늘을 다듬던 손을 멈추고 나를 돌아보며 그렇게 대답했다. 아빠에게 물어보렴. 그리고 어머니는 덧붙였다. 아빠가 퇴근할 때까지 깨어 있을 수 있어? 그 당시 나는 거의 아버지가 퇴근하기 전에 잠들기 일쑤였지만 그날 밤만

44

은 정신이 말똥말똥했다. 아버지가 집으로 돌아왔을 때에는 이미 9시도 지난 시간이었고, 부모님은 그날 밤 나 때문에 9시 뉴스를 보지 못했다. 아버지는 어머니에게 왜 아직애를 재우지 않은 거냐고 물었다. 어머니는 아무런 대답도하지 않고 아버지의 저녁상을 차리기 시작했다. 나는 어머니가 상을 차리는 걸 도왔고, 상을 다 차린 후에는 어머니옆에 앉아서 두 사람이 식사하는 걸 한참이나 지켜보다가결국 입을 열었다.

"아빠, 우리 개 키우면 안 돼요?"

아버지는 무심하게 음식을 씹으면서 내게 물었다.

"개가 어디에 있는데?"

"길거리에요."

"길거리?"

"길거리에 개가 엄청 많거든요. 그런 개 중 한 마리를 우리 집에 데려오고 싶어요."

나는 아버지의 대답을 기다렸다.

"안 돼."

내 예상과 다른 대답이 나왔고 심지어 너무 단호했다.어머니는 아버지를 한번 바라보았지만 내게 도움이 될 만한 그 어떤 이야기도 꺼내지 않았다. 나는 어머니가 원망스러웠다. 이윽고 아버지는 숟가락을 내려놓고 내 한쪽 어깨에 손을 올리고는 진지하게 말했다. 나는 내 어깨를 감싼 아버지의 손이 너무 크다고 생각했다.

"개를 데려와서 키우는 게 어떤 일인지 아니? 알지도 못하는 생명을 데려와서 키우는 게 얼마나 어려운 일인지 너는 몰라. 우린 할 수 없다."

나는 납득할 수 없다는 듯이 가련한 표정으로 어머니를 바라보았다. 어머니는 나를 도와주기는커녕 이 이야기는 여기서 끝이라고 종지부를 찍어버렸다.

"아빠 말이 맞는 것 같구나. 그건 너무 어려운 일이야. 너가 할 수 있는 일이 아니야."

두 분이 허락하지 않은 이상, 나로서는 더 이상 어쩔 도리가 없다는 걸 알고 있었다. 그게 우리 집의 법칙이었다. 하지만 나는 부모님이 거짓말을 한다고 생각했다. 두 분의 말투와 표정은 부자연스러웠고, 뭔가를 공모하는 듯한 느낌, 그들의 세계에서 나를 제외하고자 하는 의도가 느껴졌다. 하지만 근본적인 불만도 있었다. 조그마한 개 한 마리 데려와서 키우는 게 그렇게나 어려운 일이란 말인가? 그게 사실이란 말인가? 이를테면 나는 옆집 — 우리 집에서 거의 1백 미터 정도가 떨어져 있었지만 — 에 혼자 사는 할머니가 키우는 개에 대해 이야기할 수도 있었다. 할머니의 집은 사유지와 공공지가 딱히 구분되지 않은 형태로 집 앞 공터 한쪽에는 쓰레기가 아무렇게나 널브러져 있었고, 바로 그 옆에는 상추나 파 같은 작물이 자라고 있었다. 낡은 기와지붕, 군데군데 패어 있는 툇마루, 아귀가 딱 맞지 않은 문이 달린 방 하나, 그리고 더럽고 냄새가 날 것이 분명할 옛날식 화장실. 툇마루 아래쪽에는 제법 모습을 갖춘 개집이 하나 있었다. 그리고 그 개집에 황토색 개가 한 마리 살고 있었다. 그 개를 처음 봤을 때, 개의 종류를 묻자 어머니는 대답했다. "잡종인데, 아마 진돗개의 피가 조금 섞여 있는 것 같구나." 그러고는 큰 선심이라도 쓴다는 듯이 이렇게 덧붙였다. "흠, 그냥 진돗개라고 해주자." 두 눈 꼬리는 약간 처져 있었고 언제나 입을 벌리고 있었다. 개는 비교적 얌전한 편이었고 잘 짖지도 않았는데, 지금 돌이켜보면 얌전한 게 아니라 그저 나이가 들어 있었던 것 같다. 개는 줄에 묶여 있었다. 줄은 무척 길어서 개가 자유롭게 움직이는 데 문제가 없었다. 개는 공터에 심겨 있는 작물을 먹어버리거나 옆에 널브러져 있는 쓰레기를 파헤쳐놓곤 했지만 말썽을 피우려는 의도는 아닌 것 같았고 그저 심심해서 그러는 것 같았다. 딱히 할머니도 그것 때문에 개를 혼내거나 하지는 않았다. 그 공터가 할머니네 사유지는 아니었지만 내가 그 집의 공터를 지나 툇마루 가까이, 개집 가까이로 가도 되는지는 다른 문제였다. 내 어머니라면 절대 허락하지 않을 일이었다. 하지만 부모님께 개를 키우게 해달라는 요청을 공식적으로 거절당한 후에 나는 그 전보다 훨씬 더 자주, 더 열렬하게 옆집 주변을 어슬렁거렸고, 개가 밥을 먹거나, 잠을 자거나, 한쪽 발을 들고 오줌을 누는 장면 같은 것을 넋 놓고 바라보곤 했다.

그래도 나는 내 나름대로 마지막 용기를 내고 싶었다. 그래서 어느 날, 나는 어머니에게 개를 데려와서 키우면 안 되느냐고 한 번 더 물어보기로 했다. 식당방에서 어머니와 단둘이 식사를 하고 있는 중이었다.

"엄마, 옆집 할머니는 개를 키우잖아요. 그 할머니는 나보다도 힘이 없어 보여요. 그런데도 개를 잘 키우잖아요."

어머니는 숟가락을 내려놓고 나를 바라보았다. 그리고 이렇게 말했다.

"개를 키우는 건 힘이 센 것과는 관련이 없어."

"그럼 뭐랑 관련이 있어요?"

어머니는 나를 바라보다가 입을 열었다.

"너도 이제 일곱 살이지, 내년이면 학교에 들어갈 거야. 엄마는 니가 아무런 위험에 처하지 않고 자라길 바란단다. 이게 바로 나의 지상과제야. 무슨 말인지 알겠니?"

"지상과제요?"

어머니는 어떤 식으로 말해야 하는지 잠시 단어를 고르는 듯하더니 설명을 시작했다.

"어떤 사람이 삶을 살아가면서 요구받는 일, 꼭 이뤄내야 하는 일을 뜻하는 거야."

나는 여전히 어머니가 무슨 말을 하는지 알 수가 없어서 포크를 든 채 멍하니 입을 벌리고 그저 어머니의 얼굴을 바라보기만 했다.

"아니, 됐다. 그건 몰라도 돼. 나중에 네가 어른이 되면 자연스럽게 알게 될 테니까. 하지만 이건 꼭 알아둬야 해."

"뭘요?"

어머니는 방금 전보다 훨씬 더 진지한 표정으로 나를 바라보고 입을 열었다.

"너가 태어나기 전에 이 동네에는 큰불이 난 적이 있어."

"불이요?"

"동화책에서 읽은 적 있지? 산에 불이 나서 동물들이 도망치는 그런 거 읽은 적 있잖아."

나는 고개를 끄덕였다.

"그럼 이 동네에 사는 사람들도 도망을 갔어야 했어요?"

"그래, 하지만 사람은 동물이랑 달라서 사는 곳을 마음대로 바꿀 수가 없어. 그걸 사람들은 '정착'이라고 불러. 자신이 살 곳을 정한다는 뜻이야. 근데 정착한다는 건 아주 어려운 일이거든. 그래서 모두 이곳을 떠날 수가 없었어. 도망을 갔지만 결국엔 다시 돌아와야 했지."

나는 어머니가 하려는 말이 내가 한 요구 — 개를 키우고 싶다는 — 와 어떤 관련이 있는지 알 수 없었다. 어머니는 — 마치 며칠 전 아버지가 내게 그랬던 것처럼 — 한 손으로 내 어깨를 잡았다.

"얘야, 그 불이 났을 때, 정말로 엄청나게 큰불이었어. 그때, 옆집 할머니는 남편과 아들을 잃었어."

"잃었다고요?"

"죽었다는 말이야."

나는 충격을 받았다.

"그러면 할머니는 무척 슬펐겠네요."

"그래, 그 할머니뿐만이 아니야. 이 동네에 사는 사람들 대부분이 화재 때문에 가족을 잃었어."

여기까지 말한 후 어머니는 한동안 다른 곳, 내 얼굴이 아닌 다른 곳을 바라보고 있었다. 나는 언제나 그걸 알 수 있었다. 가끔 그런 식으로 어머니는 다른 어딘가, 자신만의 세계로 떠나버렸다. 하지만 언제나 어머니는 내가 있는 곳으로 돌아왔다.

"그런 사람들은 죽은 가족 대신에 개를 키우는 거야. 내 말 알아듣겠어?"

"그럼, 우리 가족은 아무도 잃지 않았어요?"

그 당시 나는 죽음을 이해하기에는 아직 어린 나이였다. 그래도 나의 질문에는 죽음에 대한 공포, 소중한 사람을 잃는다는 것에 대한 상실감이 포함되어 있었을 것이다. 그리고 우리 가족은 그런 비극에서 비켜나갔다는 씁쓸하지만 달콤한 안도감을 느꼈을 수도 있다. 하지만 지금 돌이켜보면 그 질문의 핵심은 다른 데에 있었다. 타인의 고통과는 상관없는 것. 우리 가족 중 아무도 죽지 않았기 때문에 내가 개를 키울 수 없다는 말인가요? 그게 내가 개를 키울 수 없는 이유라는 의미인가요? 아마도 내 질문의 핵심은 여기에 있었을 것이다.

"엄마가 지금 너에게 해주고 싶은 이야기가 바로 그거야. 우리 가족 중에도 죽은 사람이 있다는 거. 너가 태어나기 전에 너에겐 오빠가 있었어. 그런데 너희 오빠가 그때, 불이 났을 때 죽었단다."

그제야 나는 두려운 마음이 들었다. 어머니가 '죽었다'는 표현을 아무 거리낌 없이 사용하고 있었기 때문에. 어머니는 그 누구에게도 화재와 죽은 오빠에 대한 이야기를 해서는 안 된다고 신신당부했다. "아빠에게도 해서는 안 돼. 아빠가 마음이 너무 아프실 거야. 너가 그 이야기를 꺼내면 모두들 마음이 너무 아플 거야."

어머니의 당부대로 나는 그 이야기를 꺼낸 적이 없다. 시간이 흐른 후, 그 이야기를 다시 꺼낸 건 어머니 자신이었다. 그것도 자주. 내게 어떤 영향력을 행사하고 싶을 때 어머니는 그 동네에서 일어난 화재를 이야기했다(하지만 어머니도 오빠에 대한 이야기는 꺼낸 적이 없었다. 딱 한 번, 오랜 시간이 흐른 후에 딱 한 번을 제외하고는). 그건 너무 효과적이어서 어머니가 일부러 그런다는 걸 알면서도 나는 굴복하곤 했다. 하지만 마침내 어머니도 더 이상 화재에 대한 이야기를 꺼내지 않게 되었는데, 대신 이런 단어를 사용했다. 고통의 균질화. 우리를 살게 하는 건 '고통의 균질화'라고. 우리 모두 다 함께 고통받았다는 사실이 우리들을 계속 살게 하는 거라고. 언젠가 어머니와 내가 뉴스로 정말로 많은 사람들이 이유도 알지 못한 채 물속에 갇혀 고통받으며 죽어가는 걸 보게 된 이후로는 그런 단어도 사용하지 않게 되었다. 대신 내가 결혼을 한 후 어머니는 이렇게만 말했다. "지금의 너를 봐, 넌 얼마나 행복하니?"

하지만 그 당시, 일곱 살의 내게는 어머니가 말해준 사실 중 그 무엇도 진짜 있었던 일처럼 다가오지 않았다. 나에게 오빠가 있었다는 사실, 내가 태어나기도 전에 죽은 오빠가 있다는 사실을 어떤 식으로 받아들여야 하는지도 나는 알지 못했다. 나는 갑자기 울음을 터뜨렸다. 아마도 나를 그렇게 울게 만든 건, 누군가의 죽음이 슬퍼서였다기 보다는 부모님이 무언가에 실패했다는 기분이 들었기 때문이었을 것이다. 비록 다른 부모님은 실패하더라도 내 부모님은 절대로 실패하지 않으리라는 그러한 믿음이 무너져버린 것 같아서였을 것이다. 두려움, 그러한 두려움 때문에 나는 한동안 울기만 했다. 어머니는 나를 꼭 껴안아주었다. 그리고 작은 목소리로 나를 달래듯이 말했다.

"걱정하지 마. 절대로 엄마가 너를 잃는 일은 없을 거야. 엄마가 맹세할게."

그렇게 말을 한 어머니는 내가 울음을 그칠 때까지 내 작은 어깨에 자신의 얼굴을 묻고 있었다. 나는 곧 울음을 멈추고 딸꾹질을 시작했다. 어머니는 물을 가지고 오겠다며 나를 방에 혼자 남겨놓았다.

어머니는 내가 예상한 것보다 훨씬 더 오랜 시간이 지날 때까지도 돌아오지 않았다. 나는 어머니가 무엇을 하고 있는지 궁금했지만, 혹시라도 어머니도 나처럼 울고 있을까봐, 문을 열어볼 엄두가 나지 않았다. 이윽고 어머니가 물을 가지고 돌아왔다. 어머니는 내가 물을 마실 수 있도록 도와주었다. 그런 후, 우리는 다시 함께 상에 둘러앉아 밥을 먹기 시작했다. 문득 한 가지 궁금증이 들었다. 나는 여전히 미약하게나마 내 목구멍을 타고 올라오는 딸꾹질을 억누르며 어머니에게 물었다.

"그런데, 엄마, 왜 우리 집에서는 개를 키우지 않았어요? 그러니까……"

문장을 끝맺기도 전에 나는 그게 그릇된 질문, 불경한 질문이라는 걸 어렴풋하게 깨달았다. 하지만 어머니는 나를 탓하거나 하지 않았고 오히려 다정하게 대답해주었다.

"엄마는 너가 내게 올 거라는 사실을 미리 알고 있었으니까, 개는 필요 없었단다."

나는 어머니가 나를 또다시 안아줄 거라고 생각했지만 어머니는 그러지 않았다.

3. 무신론자

　며칠 후, 한 손에 종이봉투를 든 어머니가 나를 옆집으로 데려갔다. 나는 영문을 모른 채로 그저 어머니를 따라나섰다. 내가 기억하기로 어머니가 그 동네에서 이웃집을 방문한 건 그때가 처음이었다. 어머니는 별로 거리끼는 기색도 없이 내 손을 잡고 그 집 앞 공터, 그러니까 파와 상추와 내가 알지 못하는 기타 등등의 작물이 아무렇게나 자라고 있는 땅을 지나, 개집 근처로 갔다. 어머니가 남의 땅을 침범한다는 사실 때문에 내 심장이 마구 두근거렸다. 어른들은 자신들이 세운 원칙을, 작은 담장을 넘어가듯 약간의 수고로움만으로도 어길 수 있었고, 그게 바로 그들이 가진 특권의 일부였다. 졸고 있던 개가 벌떡 일어나 마치 그게 의무라는 듯이 성의 없게 몇 번 짖었을 뿐 더 이상의 별다른 반응은 하지 않았다. 우리는 개집을 지나 툇마루 가까이로 걸어갔다. 낡고 군데군데 패어 있는 툇마루에는 먼지가 뽀얗게 쌓여 있었다. 여름이 다가오고 있는데도, 툇마루 아래에는 낡은 털신 한 켤레가 가지런히 놓여 있었다.

방 안에서는 여전히 아무런 기척이 없었다. 어머니가 "아무도 안 계세요?"라고 몇 번 소리를 지르자, 그제야 끼이익, 소리를 내며 방문이 열렸다. 나는 그때까지 옆집 할머니를 그렇게 가까이서 본 적이 없었다. 그녀는 한 손으로 문고리를 잡은 채 상체를 내밀고 우리를 빤히 바라보았다. 나는 그녀의 얼굴을 덮고 있는 주름들을 보았고 조금 경악스러운 마음이 들었다. 짧고 뻣뻣해 보이는 하얀 머리카락은 뽀글거렸고, 피부는 가무잡잡했으며, 손과 입술에도 주름이 자글자글했다. 어머니는 내게 할머니에게 인사를 하라고 했다. 내가 마지못해 인사를 하자 어머니는 할머니에게 아이가 개를 좋아하지만 집에서는 키울 형편이 안 된다고 설명하면서, 내가 그 집 개와 잠깐씩만 놀아도 되는지 정중한 태도로 물었다.

"우리 딸은 아주 얌전해요. 간단한 심부름 같은 거 시키셔도 되고요. 착하고 똑똑한 아이랍니다(어머니가 이 말을 하는 순간 나는 뽐내고 싶은 기분이 들었고 그 순간 우리 근처에 개 한 마리밖에 없다는 사실이 안타까웠다). 시끄럽게 떠들거나 하지 않을 거예요. 우리 애는 그냥 개 옆에서 잠깐 동안 시간을 보내고 싶어 하는 거거든요."

어머니가 그렇게 말하자 할머니는 여전히 문을 붙잡은 채로 내 얼굴을 뚫어지게 바라보았다.

"벽돌집 딸이구나."

어머니는 아마도 벽돌 담장집이에요, 저희 집은 벽돌로 만들어지지 않았어요,라고 할머니의 표현을 정정하고 싶은 마음을 억지로 눌러 담고 있었으리라. 나는 할머니의 목소리 때문에 충격을 받았다. 늙은 사람의 목소리. 그건 그 당시의 나에게는 얼굴에 진 주름보다 훨씬 더 기묘하게 느껴지는 것이었다. 그녀가 한 마디 한 마디 내뱉을 때마다 나는 그녀의 목구멍 안에 작은 상처가 생기고 그 상처가 점점 더 길게 갈라지는 상상에 사로잡혔다. 늙은 여자의 눈동자는 탁했고 무언가 막이 씌어져 있는 것처럼 보였다. 그 늙은 여자는 내가 처음으로 마주한 손상된 육체의 현현이었다. 어머니가 할머니의 대답을 기다리는 동안 나는 어쩔 줄을 몰라서 속이 울렁거렸다. 할머니가 어머니의 부탁을 거절할까 봐 그런 게 아니었다. 오히려 정반대였다. 개를 만지는 것, 나는 그걸 더 이상 원하지 않았다. 내게 그 집 개, 혹은 이 동네에 살고 있는 그 모든 개들의 의미가 변했던 것이다. 이제 그건 내가 안고 싶고 눈을 마주치고 싶은 그런 대상이 아니었다. 그건 누군가 소중한 대상을 상실했다는 증표였다. 징그럽고 소름 끼치는 것이었다. 그러므로 내가 마주한 이 늙은 여자와 개는 서로를 비추는 잔상, 서로에게 서로의 의미를 보충하는 존재들이었다. 그것은 나와는 상관없는 것이었고, 영원히 상관없기를 바라는 그런 것이었다. 나는 기가 막혔다. 어떻게 어머니는 내 마음의 변화를 알아차리지도 못한 것인가? 내가 그런 생각을 하고 있을 때, 선고라도 내리는 목소리로 할머니가 나를 내려다보며 말했다.

"개를 만져봐라."

나는 할머니의 앞니가 없는 것을 보았다.

"그래, 그래 봐."

어머니는 약간 호들갑스럽게 말했고, 할머니는 끙차, 소리를 내며 자리에서 일어나 마루로 나왔다. 환한 빛 아래 드러난 할머니는 훨씬 더 볼품없었다. 몸은 아주 조그마했고 허리는 굽어 있었다. 할머니는 털신을 질질 끌고 마당으로 내려와서 어머니에게 건네받은 종이봉투 안을 들여다보았다. 거기에는 자두와 비누와 치약 ─ 할머니가 과연 양치를 하는 걸까? 나는 그런 의구심이 들었다 ─ 같은 게 들어 있었다. 할머니는 자두를 씻어 와서 나와 어머니에게 건넸다. 할머니 손바닥 위의 자두는 내가 그동안 먹어왔던 과일과는 전혀 다른 사물같이 보였다. 마치 독자적인 생명력을 지나치게 분출하는 사물처럼 보였고, 나는 절대로 그걸 먹을 수 없을 것 같았다. 손바닥으로 툇마루의 먼지를 한번 쓸어낸 어머니는 그 위에 앉더니 자신의 옆자리를 손으로 두어 번 두드리며 내게도 앉으라는 눈짓을 했다. 그러고는 할머니에게 받은 자두를 한 입 베어 물었다. 나는 엉거주춤 선 채로, 할머니가 건넨 자두를 받아 들고 안절부절못하고 있었다.

돌이켜보면 내가 그렇게 늙은 여성, 혹은 늙은 사람과 가까이 한 것은 그때가 처음이었다. 당연히 외조부모를 만날 일은 없었고, 친조부모를 만날 일도 없었다. 명절 때, 아버지는 혼자만 서울에 있는 친가로 갔고 어머니와 나는 단둘이 집에 남아 있었다. 초등학교에 들어가기 전, '결혼식'에 대해 알게 된 내가 어머니에게 결혼사진을 보여달라고 조른 적이 있었다. 드레스를 입은 모습을 보고 싶었기 때문이었다. 어머니는 그때 그냥 얼버무리면서 그 상황을 모면했지만 나중에, 내가 초등학교 2학년 정도가 되었을 때, 결혼식을 올린 적이 없다고 순순히 털어놓았다. "그럼 엄마랑 아빠는 결혼을 안 한 거예요?" 충격에 빠진 내가 그렇게 묻자 어머니는 세상에는 결혼식을 올리지 않는 부부도 있다고 대답했다. "결혼식은 아무것도 아니야." 좀더 시간이 지났을 때 나는 막연하게 어머니와 아버지가 (흔한 표현으로) '축복받지 못한 결혼'을 했다는 사실을 짐작할 수 있었다.

어머니는 명절 기간 동안 휴가를 얻은 사람처럼 빈둥거렸고, 나에게는 짜장면을 시켜 주거나, 식빵과 딸기잼, 혹은 라면 같은 걸 먹였다. 그 기간 동안 어머니는 뉴스를 제외한 티브이 프로그램을 내가 원하는 만큼 시청해도 된다고 허락해주었다. 때때로 어머니와 나는 밤늦게까지 함께 티브이 앞에 앉아서 옛날 외국 영화를 봤다. 사실 그건 그 기간 동안 우리가 함께하는 활동 중 가장 중요한 것이기도 했다. 어머니는 연휴가 시작하면 방영해주는 영화 목록을 확인하고 달력에 영화 제목을 적어놓았다. 그리고 밤마다 주전부리를 가져다 놓고, 전등을 끄는 등 영화 볼 준비를 했다. 나는 어머니 옆에 앉아서 영화에 집중했지만 영화의 결말까지 보는 일은 드물었다. 나는 언제나 꾸벅꾸벅 졸다가 나도 모르게 곯아떨어지곤 했다. 아침에 눈을 뜨면 나와 어머니는 티브이 방에서 이불을 덮고 누워 있었고, 어머니 옆으로는 — 평소에는 절대 이런 일이 있을 수가 없었는데 — 먹다 만 과자나 음료수 같은 게 어지럽게 널려 있었다. 어머니가 특별히 좋아한 영화는 「바람과 함께 사라지다」였다. 어머니는 내게 그 영화의 원작이 소설이고,

언젠가 내가 소설을 직접 읽어보면 좋을 거라고 말하기도 했다. "정말 멋진 소설이야." 스칼릿 오하라와 레트 버틀러가 키스하는 장면이 나오면 어머니는 내가 스스로 눈을 가리게 만들었지만, 그 이외에 그래야 하는 장면은 없었다.

평소에는 먹을 수 없는 음식을 마음껏 먹고, 어머니와 '합법적으로' 늦게까지 티브이를 볼 수 있고, 집을 어질러도 된다고 해서 내가 그 시기를 무조건적으로 좋아한 건 아니었다. 명절 연휴 내내 집안에는 설명하기 힘든 기묘한 분위기가 흘렀다. 초등학교에 들어간 후에 나는 우리 가족처럼 명절을 지내는 경우가 흔하지 않다는 사실을 알게 되었다. "왜 우리는 명절 때 우리 둘만 있어야 해요?" 내가 이렇게 질문하자, 어머니는 이렇게 되물었다. "명절에 우리 둘만 집에 남아 있는 게 싫은 거니?" 나는 그 후로 그런 질문을 하지 않았다. "명절 때 우리 둘만 있는 것도 그렇게 외로운 일만은 아니었어." 병상에 있던 시절, 어머니가 이렇게 말했을 때, 나는 그제야 그 당시 어머니를 감돌던 그 기묘하고도 어정쩡한 분위기, 날카로운 산만함과 부드러운 몰입이 뒤섞인 그 분위기가 무엇인지 알아차릴 수 있었다.

어머니는 얼른 시간이 지나가기를, 아버지가 돌아오기를 기다리고 있었던 것이다.

어머니는 자신이 그 기간 동안 아버지를 기다렸다는 사

실을 인정한 적이 한 번도 없었고, 그건 죽을 때까지 지속된 태도였다. 그런 분위기는 명절 연휴가 끝날 때쯤, 아버지가 양손에 한 아름 무언가를 싸 들고 집으로 돌아온 후에도 얼마간 지속되었다. 아버지는 자신이 싸 들고 온 음식이나 옷가지 같은 것 — 거기에는 내 새 옷도 포함되어 있었다 — 을 정리하고 있는 어머니에게 아버지의 부모님 — 어머니의 시부모이자 나의 조부모 — 이 어머니의 안부를 궁금해한다고 말했지만, 어머니는 그 말에 대꾸한 적이 거의 없었다. 대답을 들은 적이 딱 한 번 있는데, 그때 어머니는 이렇게 대답했었다. "그렇게 말해주니 좋네요."

어쨌든 우리 가족의 그 독특한 명절 나기 덕분에 나는 할머니나 할아버지를 본 적이 한 번도 없었다. 나중에 내가 좀더 나이를 먹었을 때, 그러니까 그 동네를 떠난 이후로 나는 가끔 이런 생각을 했다. 어머니가 옆집 할머니에게 나를 데려간 건 할머니라는 존재를 느끼게 하고 싶어서였는지도 모른다고. 명백한 비약이라는 걸 알고 있었지만, 그런 생각을 멈추지 않고 나는 그 생각이 좀더 나아가도록 놔두기로 한다. 할머니, 그러니까 나이 든 여성(혹은 남성이라도 상관이 없었을까?)을 가까이에서 보기 원했던 건, 나이 든 여성과 이야기를 나누고 싶어 했던 건, 다름 아닌 어머니 자신이었는지도 모른다고 말이다. 하지만 이런 생각은 명백하게 잘못된 것이다. 어머니가 나를 그 집으로 데려간 건, 순전히 개 때문이었다. 나는 옆집 할머니와 어머니의 기대 — 자신들이 어린아이의 묵은 소망을 실현시켜주고 있다는 — 를 무너뜨릴 수 없었다. 아마 세상에는 그런 식으로 용감하게 누군가의 기대를 무너뜨릴 수 있는 사람도 있을 것이다. 하지만 나는 그런 사람이 아니었다. 그때나 지금이나 나는 그런 식으로 다른 사람들의 기대를 무너뜨리지 못한다. 나는 억지로 개를 몇 번 쓰다듬었다. 씻은 지 오래된 개의 기름기가 도는 털의 감촉과 개의 체온, 냄새가 고스란히 내게로 전달되었다. 개의 이름은 촌스럽게도 '누렁이'였다. 누렁이는 내가 자신을 쓰다듬는 동안 고개를 들고 앉아서 혀를 내민 채 나를 올려다보았지만 나는 그걸 외면했다. 집으로 돌아오는 길에 나는 그때까지도 한 손에 들고 있던 자두를 길에 슬쩍 버렸다. 어머니는 내 소망을 이루어주었다는 생각 때문에 기분이 좋은 것 같았다.

"어때? 기분 좋지?"

나는 고개를 흔들었다.

"잘 모르겠어요."

"잘 몰라?"

원치 않는 상황을 피하기 위해서 나는 솔직해져야만 했

다. 나는 다시는 그 집에 가서 개를 만지고 싶지도 않고 그 집 할머니와 대화를 나누거나 할머니가 주는 음식을 먹고 싶지 않다고 말했다. 어머니는 의아한 얼굴로 나를 내려다보며 물었다.

"왜?"

어머니의 질문에 나는, 조금 열린 틈으로 보이던, 잡동사니가 무방비하게 쌓여 있던 할머니의 어두운 방—그건 마치 동굴 속처럼 보였다—과 할머니의 몸에서 나던 냄새를 떠올렸다. 실제로 냄새가 났을까? 물론 그랬다. 하지만 내가 그 순간 떠올린 그런 식은 분명히 아니었을 것이다. 나는 불가해하고도 괴상한 느낌, 뜨거운 냄비 안에서 끓어오르는 보라색 점액질 같은 것, 마치 이 세계의 모든 시간과 공간을 통과한 온갖 것들의 고립된 특성이 응축되어 있는 듯한 냄새를 떠올리고 있었던 것이다. 나는 그게 무언가를 상실한 대신 개를 키울 수밖에 없었던 사람, 다른 식으로는 도저히 과거를 떨칠 수 없었던 사람들이 가지고 있는 일종의 표식 같은 거라고 생각했다. 그런 생각을 하면 그저 동네 초입에 서서 그 좁은 흙길을 바라보기만 해도 속이 울렁거릴 지경이었다. 모든 집에 재앙이 있었다. 하지만 나는 그런 걸 어떻게 설명해야 할지 모르겠다고 느꼈기 때문에 더 이상 아무런 대답도 할 수가 없었다. 어머니 역시 더 이상 대답을 요구하지 않았다.

"알았어, 너가 하고 싶은 대로 해."

어머니는 그렇게만 말했다. 그 후로 어머니가 그 할머니네 집에 가거나 하는 일은 단 한 번도 없었다.

그 집을 여러 번 찾아간 건 바로 나였다.

여러 번이라고 표현하는 건 너무 불공평한 것 같고, 사실 나는 그 집을 자주 찾아갔다. 시간이 지나자, 무언가를 상실한 건 할머니였지, 그 개는 아니라는 생각이 들었던 것이다. 변덕스러운 자기기만. 하지만 그러한 기만은 사소한 것에 불과했다. 나는 다시 개를 만지고 싶어졌고, ─어머니 몰래─다시 그 집 주변을 어슬렁거리기 시작했다. 심지어 그 전보다 대담해져서 이제 그 집 마루 밑에 신발이 없는 걸 확인하면, 살금살금 다가가 그 개를 만졌다. 나중에는 훨씬 더 대담해져서 그 집 마루 밑에 신발이 있든 없든 개와 함께 시간을 보내는 데 익숙해졌다. 그런 일은 내가 초등학교에 입학한 이후로도 이어졌다. 아마 옆집 할머니도 내가 그 집에 들러 누렁이와 놀다 가는 걸 알고 있었을 것이다. 그리고 그런 식으로 도둑 방문을 하는 옆집 꼬마 애가 자신과의 접촉─이 단어 말고 나는 다른 단어를 떠올리지 못하겠다─을 꺼린다는 사실도 알고 있었을 것이다.

언젠가 — 아마도 내가 초등학교에 입학한 지 얼마 되지 않았을 때의 일 같은데 — 개를 보러 그 집에 갔더니 먼지 쌓인 툇마루 위에 사탕과 초콜릿, 캐러멜 같은 간식거리가 올려져 있었다. 툇마루 밑에는 털신이 가지런히 놓여 있었고, 방문은 닫혀 있었다. 나는 어리둥절해졌다. 이게 왜 여기에 올려져 있는 걸까? 툇마루 위에 올려진 군것질거리들은 그 당시 내 또래 아이들이라면 누구나 먹고 싶어 하는 것들이었다. 할머니가 식료품점까지 가서 이걸 사온 걸까? 굽은 허리와 그 느릿느릿한 걸음걸이로? 그러지 말란 법도 없었다. 어쨌든 할머니는 밭을 일구고 개를 돌보고 일을 했으니까. 그 정도의 힘은 있었으니까. 나는 군것질거리 옆에 앉았다. 키가 작아서 툇마루에 앉으면 사실 내 발은 땅에 닿지도 않았다. 누렁이는 호기심 어린 눈으로 나를 바라보다가 내가 다른 데에 정신이 팔린 걸 알아채고는 내 발밑에 드러누워버렸다. 나는 두 발을 흔들면서 식료품점에서 군것질거리를 고르고 돈을 건네는 할머니를 떠올려보았다. 목소리, 주름진 얼굴, 까만 손톱. 으, 내 입에서는 절로 신음 소리가 나왔다. 할머니의 손에 닿은 것들이야. 하지만 이건 껍질이 있잖아. 그렇다고 하더라도 내가 먹어도 되는 걸까? 내가 남의 집에 놓여 있는 음식을 몰래 먹은 걸 알게 되면 어머니는 뭐라고 하실까? 작은 도

둑. 어머니는 나를 그렇게 부를 것이다. 하지만 나는 그 달
콤한 과자들에 결국 굴복하고 말았다. 딱 하나만 먹자. 한
번 결정을 내리자 다른 고려 사항들은 눈 녹듯이 사라져버
렸다. 나는 껍질을 벗긴 막대 사탕을 입안에 넣고 혀로 굴
렸다. 딸기우유맛 사탕. 처음에는 조금씩 녹여서 아껴 먹
을 생각이었지만, 단맛이 혀 구석구석에 퍼지고 내 뇌를
완전히 정복하게 되자, 아주 조금 남아 있던 자제심조차
결국 사라지고 말았다. 이제 나는 마음이 급해졌다. 나는
사탕을 이로 깨 먹은 후에 이번에는 초콜릿을 베어 물었
다. 그리고 마지막으로 캐러멜 상자를 집어 들었을 때, 용
케도, 자제력이 되살아났다. 이것 하나는 남겨둬야 해. 이
유는 알 수 없었다. 하지만 그게 그 순간 내가 마땅히 해야
하는 일, 옳은 일처럼 느껴졌다.

　다음 날 학교에서 돌아온 내가 할머니네 집 툇마루로 갔
을 때, 거기에는 내가 전날 남겨놓은 캐러멜 상자가 그대
로 남아 있었다. 그리고 그다음 날에도, 다다음 날에도. 할
머니는 내가 온전히 그것들을 다 먹어주기를 바랐던 것이
다. 나는 캐러멜을 주머니에 집어넣고 집으로 가지고 갔
다. 일주일 후에 툇마루에는 또다시 간식들 — 빵과 우유,
동물 모양의 크래커 — 이 놓여 있었다. 나는 단팥 빵과 우
유는 먹었지만, 크래커는 그대로 두었다. 이틀 후 내가 다

시 그 집에 갔을 때, 크래커는 그대로 남아 있었다. 나는 이번에도 그걸 숨겨서 집으로 가지고 갔고, 어머니에게 커다란 상자 하나만 구해달라고 했다.

"어느 정도나 커야 돼?"

"엄청, 엄청, 큰 거요."

나는 어머니에게 받은 상자 안에 할머니가 툇마루 위에 올려둔 군것질거리 중 하나씩을 남겨서 넣어두었다. 그러고는 상자를 내 옷장 깊숙이 숨겼다. 나는 그 상자에 대해서 어머니가 전혀 모르고 있었으리라고 생각했는데 아니었다. 나중에 병상에서 어머니는 내게 이렇게 물어보았던 것이다. "그거 그래서 너가 다 먹었니? 유통 기한이 지나서 다 버리진 않았니?" 나는 그냥 웃었다. 그렇지, 지금 허약한 몸으로 이렇게 침상에 앉아 있는 이 여성은 어쩔 수 없는 내 어머니였다. 내 어머니는 평생 나에 대한 일이라면 뭐든지 알고 싶어 했고, 자신이 할 수 있는 한은 그렇게 되도록 노력했다. 어머니는 이렇게 덧붙였다. "그래, 당연히 다 버렸겠구나."

초등학교에 입학한 후, 봄이 거의 끝나갈 무렵에 나는 가끔 할머니네 툇마루 아래에 엎드려 있는 누렁이의 등에 두 발을 올린 채로 부모님이 입학 선물로 사 준 멜로디언을 불곤 했다. 멜로디언 소리를 듣고 할머니가 밖으로 나올까 봐 걱정이 되기도 했지만 아마도 한편으로는 그런 걸 조금 바라기도 했을 것이다. 아, 정말 내가 그랬을까? 정말로 할머니가 나오기를 바랐을까? 가끔 그 집 앞을 지나가는 아저씨나 아주머니가 의아하다는 듯이 쳐다보다가 내가 인사를 하면 어색하게 웃어 보였다. 어떤 날에는 책을 가져가서 누렁이에게 읽어줄 때도 있었다. 내가 제일 좋아한 이야기는 '바보 한스'였다. 바보 한스가 바보 같은 일을 계속하다가 공주님의 선택을 받는 이야기. 날씨가 좋은 날에는 툇마루에 누워서 잠에 들기도 했다. 그러면 어느 순간 내 볼을 핥는 누렁이의 혀를 느낄 수 있었다. 어머니는 내가 거기에 간다는 걸 알고 있었다. 그렇지 않았다면 거기서 잠들었던 어느 날, 어떻게 내가 집에서 눈을 뜰 수 있었겠는가?

하지만 거기서 잠드는 건 아주 드문 일이었고, 나는 대체로 거기에 앉아서 눈앞에 펼쳐진 동네를 바라보곤 했다. 바라본다 — 내가 누렁이를 쓰다듬을 때, 누렁이가 나를 보고 친밀감의 표시로 낮게 짖거나 내 얼굴이나 팔을 핥을 때, 그 동네를 킁킁거리며 돌아다니는, 이름을 알 수 없었던 다른 개들을 바라볼 때 나는 설명할 수 없는 기분에 사로잡혔다. 혹은 그 동네를 걸어 다니다가 낮은 지붕의 집들, 부서진 담장이나 창문을 수리하지 않은 채로 그대로

둔 집들을 보거나, 마당에서 마늘을 다듬거나 대파를 다듬
고 있는 아주머니들을 보고 있으면 내 마음은 약간 울렁
거렸다. 그건 징그럽다거나 역겹게 느껴진다거나, 무언가
를 내게서 떼어내고 싶다는 기분과는 좀 다른 성질의 것이
었다. 아주 시간이 많이 흐른 후에 나는 알게 되었는데, 나
는 그 개들과 동네의 어떤 모습들이 상실의 증표라는 사실
에서 멀어진 게 아니라, 오히려 그것들이 상실의 증표라는
사실을 온전히 받아들이게 되었던 것이다.

할머니는 내가 초등학교 입학한 그해 늦가을에 돌아가
셨다. 혼자 살았기 때문에 할머니의 시체는 죽고 나서도
그 방에 한참 동안 방치되어 있었다고 했다. 기온이 높지
않아서 사람들에게 늦게 발견된 거라고. 할머니의 시체가
한동안 방치되었다는 말을 들은 어머니는 분명히 경악했
으리라. 왜냐하면 내가 할머니네 집 툇마루에 앉아 있던
때에 이미 할머니가 돌아가신 걸로 밝혀졌기 때문이다. 그
래도 어머니는 내 앞에서는 평정심을 유지했고, 이렇게 말
해주었다. "이제 할머니를 못 보니까 많이 슬프겠구나." 나
는 어머니의 그 말이 틀렸다고 생각했다. 내가 할머니를
본 건 고작 한 번뿐이었으니까. 왜냐하면 내가 할머니와
접촉하는 걸 꺼려 했고, 그걸 할머니도 알고 있었기 때문

에. 할머니와 나는 아무 사이도 아니었다.

　다음 날 학교에 간 나는 쉬는 시간에 교실 앞 책상에 앉아 있는 담임선생에게 다가가 그 말—'기온이 높지 않아서 사람들에게 늦게 발견된 것'—의 의미를 물었다. 선생은 부임한 지 얼마 안 되는 젊은 남자였다. 아마도 이십대 후반쯤. 그는 내 질문에 약간 멈칫거렸지만, 솔직하게 대답해주었다. 사람이 죽으면 썩기 시작하고, 냄새가 난다고. 그런데 기온이 낮으면 낮을수록 천천히 썩는다고. "그걸 '부패'라고 한단다. 인간은 결국 모두 부패하는 거야." 지금 돌이켜보면 아마도 그 젊은 남자는 무신론자였을 거라는 생각이 든다. 그저 그런 무신론자가 아니라 '진짜' 무신론자. 이 세상의 진실을 전파하는 것에 대해서는 그 무엇과도 절대 타협하지 않고 그 무엇도 절대 양보하지 않으리라고 매일 아침 거울을 보며 맹세하는 그런 무신론자. 그는 겨우 여덟 살짜리 꼬마 애에게 세상의 진실을 알려줘야 한다는 의무감에서 절대 물러서지 않았다. "사람이 썩는 건, 자연으로 돌아가기 위한 거야. 사람은 자연의 일부였다가 자연의 일부로 돌아가는 거란다." 나는 한동안 그의 얼굴을 빤히 바라보았다. 그는 잠시 난처하다는 듯한 표정을 지었지만, 곧 단호하게 말했다. "내 말 알아들었지?" 나는 기가 꺾여서 자리로 돌아가 앉았다. 부패, 자연,

돌아간다 ── 자신만만했던(혹은 그러려고 노력했던) 무신론자 선생의 야심 찬 설명은 놀랍게도 내게 온전히 받아들여졌다. 선생의 그 단어들은 얼마간은 침이나 땀 같은, 인간의 신체에서 분출되는 액체를 떠올리게 했지만 다른 한편으로는 경계가 허물어진, 미끈한 껍질의 표면을 떠올리게 했다. 경계가 허물어졌다. 그랬다. 만약 할머니를 포함한 모든 인간이 죽어서 자연으로 돌아가는 거라면, 자연은 언제나 죽음을 포함하고 있는 셈이었다. 나는 그런 두려움에 대해 아무에게도 ── 심지어 어머니에게도 ── 말을 할수가 없었다. 왜였을까? 나는 그전에는 한 번도 느껴보지못한 방식으로 외로움과 고립감을 느꼈고, 그런 말을 한무신론자 선생을, 아주 오랜 시간이 흐른 후까지 진심으로증오했다.

할머니의 시체가 어떤 식으로 처리되었는지는 몰랐지만, 어머니와 아버지가 나누던 대화는 기억하고 있다. 아버지는 내가 할머니의 장례식에 가봐도 좋지 않을까, 하고가볍게 말을 꺼냈는데, 어머니가 절대 안 된다며 화를 낸것이다. 부모님 중 어느 누구도 내게 장례식이 무엇인지설명해준 적이 없었다. 사람이 죽으면 치르는 의식이라는건 알고 있었지만, 나는 그게 어떤 식으로 진행되는지, 어떤 의미를 가지는 것인지는 전혀 알지 못했다. 만약 그 무신론자 선생이었다면 내게 장례식에 대해 어떤 식으로 설명해줬을까? 어쨌든 나는 장례식에 가는 걸 원하지 않았다. 나는 할머니를 떠올리고 싶지 않았다. 나는 그게 너무 위험한 일이라고 생각했다. 누렁이가 어떻게 지내는지 궁금해서 미칠 지경이었지만 나는 그 근처로는 얼씬도 하지 않았다. 그럼에도 불구하고 집에서 밥을 먹다가, 학교에서 음악 시간에 오르간 반주에 맞추어서 노래를 부르고 있다가, 잠에 들려고 누워 있다가 갑자기 불쑥 할머니의 모습이 떠오를 때가 있었다. 아무런 징조나 전조도 없이, 여전히 눈동자가 흐리고 얼굴 곳곳에 주름이 쭈글쭈글한 할머니가 내 눈앞에 떠오르는 순간이. 눈앞에 떠오른 백일몽을 통해서 나는 할머니가 살아 있던 시간으로 되돌아가곤 했다. 누렁이와 함께 툇마루에 앉아 있던 나는 할머니의 방문을 연다. 방 안은 아주 깜깜하다. 등을 보인 채 앉아 있는 할머니가 천천히 고개를 돌린다. 하지만 나는 할머니가 나를 보며 무슨 표정을 지을지 알 수가 없어서 조금 두려워진다. 바로 그게 내가 백일몽에서 깨어나는 순간이었다. 할머니의 장례식이 끝나고 한참이 지난 후에, 내가 묻지도 않았는데 어머니는 누렁이의 소식을 알려주었다. "누렁이는 갔어." 어디로? 어디로 갔단 말인가? 나는 어머니의 모호한 표현 때문에 화가 났다. 하지만 그 모호한 표현

의 포장지 안쪽을 내 스스로 갈라서 파헤쳐보고 싶은 생각
도 들지 않았다. 포장지째로 던져 주는 것. 그것은 어른들
의 비겁한 행위였다. 하지만 나는 어머니를 증오하지 않았
고, 기가 죽지도 않았다. 그런 식의 비겁한 행위 속에는 슬
프지만 우스꽝스러운 일면이 있었고, 나는 어머니가 그런
방식을 택한 이유를 막연하게나마 이해할 수 있을 것만 같
았기 때문이었다.

　할머니가 죽은 그해 겨울 방학의 어느 날, 나는 낮잠을
자고 있는 엄마 몰래 코트와 목도리를 걸치고 털모자와 장
갑을 꼈다. 그리고, 옷장 속 깊숙이 숨겨놓았던 그 커다란
상자를 꺼냈다. 나는 각종 풍선껌과 사탕, 젤리와 캐러멜,
그리고 곰팡이가 핀 빵이 들어 있는 상자를 들고 조심스럽
게 마당으로 통하는 여닫이문을 열었다. 밖에는 눈이 내리
고 있었다. 아무도 밟지 않은 마당은 마치 하얀색 러그를
깔아놓은 것처럼 보일 정도였다. 무질서하게 허공에서 소
용돌이치며 춤을 추던 눈송이는 하얀 러그 위로 사뿐히 내
려앉은 후, 섞여 들어갔다.

　눈이 내릴 땐 소리가 나지 않는다.

　아, 그래, 눈이 내릴 때는 소리가 나지 않지. 두 손에 상
자를 든 채로 잠시 동안 눈이 내리는 풍경을 바라보던 나
는 갑자기 정신을 차렸다는 듯이 천천히 여닫이문을 닫

고 털부츠를 신었다. 대문 밖으로 나온 후에는 상자가 눈에 젖지 않도록 양팔로 깊숙이 끌어안았지만 역부족이어서 눈송이가 떨어진 상자의 표면은 조금씩 젖어 들어갔다. 눈길에 미끄러질까 봐 — 내가 넘어지면 여러 가지 의미로 어머니가 난리를 칠 게 뻔했으니까 — 나는 할머니네 집까지 조심스럽게 걸어갔다. 할머니가 돌아가신 후 처음 걷는 길. 그전에는 뻔질나게 걸어 다녔었지만, 이제 그 길은 내게 전혀 다른 의미로 다가왔다. 나는 그 길을 통해 막연하게나마 세계의 기미를 읽을 수 있었고, 내가 그 세계의 구성원이라는 느낌을 생생하게 받을 수 있었다.

할머니의(아니, 할머니가 죽은) 집 앞에 도착했을 때 내코와 볼은 너무 차가워져서 약간 아플 지경이었고 장갑을 낀 손도 시렸다. 할머니 집 툇마루 앞, 개집 지붕 위에도 어김없이 눈이 소복이 쌓여 있었다. 이제 누렁이는 없어, 나는 그쪽에 관심을 주지 않으려고 노력하면서 툇마루 쪽으로 걸어갔다. 그제야 나는 눈길을 밟을 때마다 뽀드득거리는 소리가 나를 따라왔다는 것을 알아차릴 수 있었다. 그 소리를 한번 의식하자, 나는 나를 내내 괴롭히던 — 이 세계의 험상궂음과 불길함 따위의 — 생각에서 벗어날 수 있었다. 어쨌든 나는 내가 거기에 존재하고 있다는 사실을 실감할 수 있었고, 내가 여전히 지면에 발을 디디고 있다는 것을 확인할 수 있었다. 눈이 내릴 땐 소리가 나지 않지만 내가 걸을 땐 소리가 났다. 나는 그 사실 때문에 발밑이 폭신해진 것 같은 기분을 느꼈다. 할머니의 방문은 꽉 닫혀 있었다. 거기에서 내가 죽음의 낌새를 느꼈을까? 아니면 그 문 너머에 할머니가 앉아 있을 거라는, 그런 착각에 의도적으로 빠져드는 중이었을까? 부츠를 신은 채로 툇마루에 올라간 나는 장갑을 벗은 손으로 문고리를 잡고 한동안 서 있었다. 나는 무엇을 어떻게 할 생각이었을까?

잠시 후 나는 문고리를 놓고 장갑을 꼈다. 그리고 상자를 툇마루 위에 올려놓고 상자의 뚜껑을 열었다. 껌과 사탕, 캐러멜 따위의 군것질거리 — 할머니가 나를 위해 준비해주었던 — 를 하나씩 꺼낸 나는 그것들을 툇마루에 일렬로 놓아두기 시작했다. 아주 정성스럽게, 포장지의 색깔과 간격을 고려해서, 마치 그 일이 내게 주어진 지상과제라도 된다는 듯이. 그 일을 다 끝낸 후에 나는 마당으로 내려왔고, 조금 멀리 떨어져서 툇마루 위를 바라보았다. 그것들은 마치 일정한 부호 — 수신자가 정해져 있는 신호 — 처럼 보였고, 바로 그 사실 때문에 나는 안심이 되었다.

장갑의 성긴 털실의 꼬임 사이사이로 차가운 바람이 느껴졌고 손이 시렸지만 집으로 돌아오는 길에도 나는 두 손을 주머니에 넣지 않았다. 볼로 떨어지는 차가운 눈송이를 느끼며 걷던 나는 얼마쯤 그 집에서 멀어졌다고 생각했을 때, 다시 한번 더 뒤를 돌아보았다. 그 집은 이미 내 시야에서 멀어진 후였고 아무것도 보이지 않았다.

이상한 일이지만, 내가 엄마 몰래 할머니 집을 방문한 지 1년 정도가 지났을 때, 어머니와 아버지는 그 문제로 다툰 적이 있다. 그러니까 내가 할머니의 장례식에 갔어야 했느냐 아니냐 하는 문제로. 할머니의 장례식에 가고 싶어도 그럴 수가 없게 되었는데도 두 분은 그 문제 때문에 다퉜다. 어머니는 내가 태어나서 가장 먼저 애도하는 죽음이, 누군지 알지도 못하는, 생판 남의 죽음인 걸 원하지 않는다고 말했다. 나는 어머니가 말하는 의미를 잘 알지는 못했지만 그다음 나온 아버지의 말이 어머니에게 엄청난 타격을 줬다는 건 알 수 있을 것 같았다. 아버지는 어머니에게 이렇게 말했다.

"그럼 그게 누구의 죽음이어야 하는데? 당신의 죽음?"

나는 아버지의 이 말을 완전히 잊고 있다가 어머니가 돌아가셨을 때에야 다시 떠올릴 수 있었다. 아버지의 말은 정확하게 맞아떨어졌다. 나는 어머니가 돌아가시기 전에는 가까운 가족의 죽음을 애도해본 적이 없었다. 왜냐하면 어머니 말마따나 이 하늘 아래 나의 혈육이라고는 어머니밖에 없었으니까. 아, 한 명의 사람이 제대로 성장하기 위해서는 몇 번의 애도가 필요한 걸까? 나와 비슷한 또래의 사람—서른 중반쯤—들은 평균적으로 몇 번이나 가까운 사람들의 죽음을 겪었을까? 그들은 어떤 식으로 그 죽음을 애도했을까?

문득, 한 가지 장면이 떠오른다. 어머니와 내가 서울로 이사 온 후, 「바람과 함께 사라지다」를 함께 봤던 날. 내가 중학교 2학년 때 맞이한 추석 연휴였다. 티브이에서 예전처럼 자주 「바람과 함께 사라지다」를 방영해주지 않은 탓도 있었고, 서울로 이사를 온 후 마음 놓고 연휴를 즐길 처지가 못 되었기 때문에 어머니는 한동안 그 영화를 보지 못했다. 신문의 티브이 편성표에서 영화 제목을 발견한 어머니는, 그날 밤 거실의 불을 끄고, 좁고 낡은 패브릭 소재의 소파에 앉아서 영화가 시작하기를 기다렸다. 나는 어머니 곁에 앉았다. 연휴가 끝나면 곧 중간고사를 봐야 했지만, 이번에는 끝까지 어머니 곁에서 영화를 볼 수 있을 것 같았다. 적어도 중간에 곯아떨어질 일은 없을 테니까. 하지만 그날 영화를 보다가 나는 이상하다는 생각을 하고 있었다. 어머니는 대체 이 영화를 왜 좋아하는 걸까? 나는 어머니가 스칼릿 오하라 같은 여성과는 전혀 다르다고 생각했다. 단순히 내가 알고 있는 어머니의 삶이 스칼릿 오하라만큼 다이내믹하지 않아서가 아니었다. 어머니와 스칼릿 오하라는 삶의 지향점이 완전히 다른 여자들이었다. 내가 스칼릿 오하라 같은 삶 — 떠들썩하게 화려하고, 입술을 삐쭉거리고, 남들과 문제를 일으키는 — 을 산다고 했다면 어머니는 분명히 반대했을 것이다. 영화의 후반부에 스칼릿 오하라의 아들이 말을 타다 떨어져 죽는 장면이 나왔을 때, 나는 문득 가슴이 철렁 내려앉았다. 무언가 엄청난 잘못을 저지른 사람처럼. 오빠, 내가 태어나기도 전에 죽은 오빠가 떠오른 것이다. 나는 어머니를 슬쩍 바라봤다. 어머니에게서는 어떤 감정의 동요가 느껴지지 않았다. 어머니는 그저 **평범한** 관람객 같았다. 나는 자리에서 일어나 슬며시 방으로 들어갔다.

내 방 책상 위에는 수학 문제집이 펼쳐져 있었다. 방정식과 피타고라스, 유리수와 무리수…… 어쨌든 그게 나의 세계였다. 나의 세계 속으로, 내가 한 번도 상상해보지 못한 방식으로, 오빠의 흔적이 침범해올 때가 있었다. 내가 태어나기도 전에 죽은 오빠. 물론 내가 끊임없이 그 존재를 의식하고 있었다는 말은 아니다. 그건, 그러니까 깨닫는 것에 가까웠다. 아무런 징조도 없이 내가 불시에 내 존재를 깨닫게 되는 것처럼, 나는 아무런 예고도 없이 오빠의 존재를 깨닫곤 했다. 그리고 그런 식의 깨달음이 나 자신을 불쾌하고 메스껍게 만드는 것처럼, 오빠의 존재를 깨닫는 것에는 언제나 약간의 불유쾌함이 포함되어 있었다. 그날 밤, 거실에서 들려오는 영화의 대사들을 무시하며 수학 문제를 풀려고 노력하던 나는, 아주 오랜만에 누렁이를 떠올렸다. 혹은, 그 동네의 개들, 혹은 그 동네의 좁은 길과 낮은 지붕들을 떠올렸다. 어쩌면 나는 그날 그런 생각을 한 건지도 모른다. 내 자신이 어머니에게는 일종의 '누렁이'였는지도 모른다는 그런 생각. 나는 오빠의 대체재였을 뿐이고 그래서 어머니에게 다른 개는 필요하지 않았던 거라고.

물론, 지금의 나는 그렇게 생각하지 않는다. 이 세상에는 그런 이야기들 — 자식이 죽은 — 이 너무 많다. 심지어는 그 아이들이 무슨 이유로 죽어야 했는지 모르는 경우도. 이 세상을 살아가려면 어머니는 어쩔 수 없이 그런 이야기들에 익숙해져야만 했으리라. 그렇지 않고서 어떻게 그들이 이 삶, 이 세상을 견딜 수 있었겠는가?

새해가 되자, 남편은 그 전보다 훨씬 더 바빠졌다. 아침마다 스크랩을 하는 횟수도 점점 줄어들었다. 새롭게 중요한 직책을 맡게 되었다고 했지만 그게 무엇인지 정확하게 말해주지 않았고, 나 역시 궁금해하지 않았다. 살아생전에 어머니는 남자가 과묵한 건 불평거리도 되지 않는다고 말했었다. "얘, 어떻게 백 퍼센트 만족하면서 살 수 있겠니? 너 정도면 행복한 거야. 그 행복을 깨지 마."

남편은 매일 아침 정성 들여 면도를 하고, 한 치의 오차도 없는 옷차림을 한 채, 출근했다. 나에게도 겨울 계획이 있었다. 겨울 방학 동안 "멋진 깔개"라는 제목의 일본어 동화책을 번역하기로 되어 있었던 것이다. 남편이 출근하고 나면 나는 서재로 들어가서 표지에 그려진, 빨간 모자를 쓴 채 두 발로 서서 앞발을 활짝 벌리고 있는 커다란 곰을 뚫어지게 바라보곤 했다. 커다란 곰은 누군가를 반기는 중인가? 누군가를 쫓아내는 중인가? 하지만 나는 자주 일에 집중하는 데에는 실패했고, 번역을 하는 대신 남편의 스크랩북을 펼쳐서 보곤 했다. 때때로는 스크랩북을 펼쳐놓은 채, 어릴 적 살던 작은 동네와 관련된 기억에 빠져들기도 했다. 그건 정말 이상한 일이었다. 그 동네를 떠나온 이후로, 심지어 어머니가 병상에서 그 동네에서 있었던 일들에 대해 이것저것 이야기할 때에도 내가 그 동네와 관련된 기억들을 스스로 떠올린 적은 거의 없었다. 물론, 그 시절과 내가 완전히 단절되어 있었다고 말할 수는 없을 것이다 (세상의 어떤 사람이 그런 식으로 과거와 완전히 단절될 수 있단 말인가?). 오히려 그 동네에서 보낸 시간들이 내 삶에 분명한 영향력을 발휘하고 있었다는 사실을 나는 알고 있다. 하지만 그런 영향력은 경험의 세세한 항목과 관련된 것은 아니었다. 그건, 구체적인 사안들이 한데 뭉뚱그려진 이후에 슬며시 제 몸의 일부분을 드러내는 감정들과 관련이 있었다. 이를테면 아버지가 어머니와 이혼을 하고 우리 모녀를 떠났을 때, 나는 다른 사람들이 흔히 떠올리는 것처럼 씻을 수 없는 상처를 받은 건 아니었다. 그 당시 내가 느낀 감정은 전혀 다른 것이었다. 죄책감, 나는 그 당시 죄책감을 느꼈다. 죄책감은 — 아, 이렇게 비장하게 말해도 괜찮은 걸까? — 내 핏속으로 흘러들어가서, 언제나 내 몸 안을 무작위로 훑고 있는 것 같았다.

어머니가 돌아가시기 전에 이 문제에 대해 허심탄회하게 털어놓은 적이 한 번 있었다. 그때 어머니는 병실 침대 상판에 등을 기대고 앉아 있었다. 환자복 위에는 내가 선물한 캐시미어 카디건을 걸친 채로. 어머니는 나이가 들어도 머리카락을 항상 쇄골 부근까지 길렀다. 한 번도 머리를 짧게 잘라서 파마를 한 적이 없었다. 나중에 항암 치료 때문에 머리카락이 한 움큼씩 빠질 때도, 어머니는 모자나 머플러 같은 걸로 살색이 드러난 머리통을 가리지 않았다. 나는 어머니에게 부모님이 이혼한 게 내 탓인 거 같아서 미안했다고, 항상 죄책감을 느꼈다고 말했다. 어머니는 놀랍다는 표정을 지었다. 내가 죄책감을 느꼈다는 사실 때문은 아니었을 것이다. 어머니는 내가 그 말을 기어코 꺼냈다는 사실 때문에 놀란 것이었으리라. 그리고 그런 어머니의 표정을 보면서, 내가 그런 이야기를 꺼낸 건 어머니로부터 듣고 싶은 대답이 있기 때문이라는 사실을 깨달았다.

어머니는 무슨 말인가를 하려고 몇 번이나 입술을 들썩거리다가 이윽고 이렇게 말했다. "나는 그저 너가 행복하기만을 바란단다." 나는 어머니로부터 듣고 싶은 대답이 무엇인지는 몰랐지만 적어도 그게 내가 듣고 싶었던 말이 아니라는 사실쯤은 알 수 있었다. 결혼하기 전, 내가 살게 될 집을 처음 방문했을 때도 어머니는 비슷한 말을 했었다. 아직 가구가 들어오기 전이어서 집 안은 썰렁했다. 베란다 확장을 한 창문 밖으로 저 멀리 흘러가는 한강을 보다가 어머니는 한시름 놓았다는 듯, 한숨을 쉬며 말했다. "이제 좀 안심이 된다." 뭐가 안심이 되느냐고 묻자, 이런 대답이 돌아왔다. "너의 인생이."

너의 삶.

너의 행복.

너의 안전.

그런 단어를 들으면 나는 열 손가락이 모두 바늘에 찔린 것 같은 기분을 느꼈다. 단 한 방울의 피 정도를 부르는 미미한 고통이겠지만 그런 성가시고 못마땅한 고통 뒤에 분명히 떠오르는 감정들이 있었다. 그것이 나의 과거 — 그러니까, 그 동네에서 보냈던 시간 — 가 내게 영향력을 끼치는 방식이었다.

하지만 송년회에 다녀온 이후로 무언가가 달라진 것이다. 나는 속수무책으로 그 시절로 빠져들어갔다. 그건 절대로 내가 원한 것이 아니었다. 불시에 떠오른 그 사소한 모든 것들이 기억의 씨앗이 될 수 있었다. 뇌관을 잘못 건드린 서투른 병사처럼 나는 우왕좌왕했고 어쩔 줄을 몰라 했다. 그렇게 우왕좌왕하다 보면 나는, 한밤중에 남편을 깨워서 아버지를 만나야겠다고 말한 후, 나와 남편이 그것에 대해 진지하게 대화를 나눈 적이 없다는 사실을 새삼스레 깨닫곤 했다. 그는 아마도 내가 그냥 한 번쯤 투정을 부렸다고 여기는 것 같았다(하지만 내가 뭣 때문에 그런 투정을 부린단 말인가?). 그렇다면, 나는, 나는 왜 아버지에 대한 이야기를 꺼내지 못했을까? 왜 나는 아버지에게 연락 한번 하지 않았는가? 그저 충동적인 감정으로 그 말을 내뱉었던 것뿐일까? 어느 날, 서재에 앉아 남편의 스크랩북을 펴놓은 채, 어린 시절의 기억 속에서 갈팡질팡하던 나는 문득 남편의 그 말을 떠올렸다. "당신 분명히 후회하게 될 거야." 하지만 내가 후회할 만한 일이 무엇이 있단 말인가? 내가 왜 후회를 해야 한단 말인가?

송년회에 다녀온 지 한 달 정도 지났을 때 서재의 커다란 책상에 앉아서 번역 원고를 보고 있다가 ─ 엄밀하게 말하면 그것에 실패해서 남편의 스크랩북을 펼쳐놓은 채였지만 ─ 나는 결국 이런 결론에 다다르게 되었다. 정말로 아버지를 만나야 한다고, 그걸 더 이상 미루면 안 된다고. 아버지를 만나서 절대 그를 용서하지 않겠다는 의지를 만천하에 공표해야 한다고. 이상했다. 한번 그런 생각을 하고 나니까, 그다음에는 일사천리였다. 그동안 그토록 지지부진하게 군 게 믿을 수 없을 정도로. 서재에 있던 나는 스크랩북을 덮고 아버지에게 전화를 걸기로 했다. 하지만 모든 일이 내 생각처럼 일사천리로 진행되지는 않았다. 아버지와는 좀처럼 통화가 되지 않았던 것이다. 처음 며칠 동안에는 우연의 일치라고 생각했고, 그런 일이 몇 번이나 반복된 후에야 나는 아버지가 일부러 내 전화를 피하고 있으리라는 가능성을 떠올려볼 수 있었다.

아버지와의 통화가 실패한 지 일주일 정도 지난 어느 날, 서재의 책상 앞에서 『멋진 깔개』의 표지에 그려진 커다란 곰을 보다가, 나는 문득 어머니에게 죄책감에 대해 털어놓은 날을 떠올릴 수 있었다. 그리고 내가 듣고 싶었던 말이 무엇인지도 깨달을 수 있었다. "그건 네 잘못이 아니었어." 그걸 알아차리고 나자, 나는 갑자기 초조한 기분이 들었다. 지금 내가 무언가를 해야 해. 지금 내가 무언가를 해야만 해. 나는 외투를 걸치고 무작정 밖으로 나갔다. 공중전화를 찾을 생각이었다. 아버지가 내 전화를 일부러 피하는 중이라면, 아버지가 알지 못하는 번호를 사용하면 되리라. 처음에는 아파트 단지 안을 조금만 걸으면 찾게 되리라 여겼는데, 아무리 걸어도 전화박스가 보이지 않아서 나는 아파트 바깥으로, 그리고 어디론가로 계속 정처 없이 걷기만 했다. 코끝이 발개지고 볼이 얼 때까지 걸어다닌 후에야 나는 전철역 근처에서 전화박스를 발견할 수 있었다.

그 안에는 담배꽁초와 음료수 캔이 아무렇게나 버려져 있었고, 전화기에는 끈적끈적한 액체가 묻어 있었다. 나는 손가락을 외투 끝자락으로 감싼 뒤 수화기를 잡은 채 동전을 넣고 아버지에게 전화를 걸었다. 용케도 전화기는 작동되었다. 계속해서 코를 훌쩍이며 수화기 너머 연결음을 듣던 나는, 갑자기 아버지의 목소리가 들려오자 깜짝 놀라서 수화기를 내려놓을 뻔했다. 처음에 아버지는 내 목소리를 알아듣지 못했고, 내가 누구인지 알게 된 후에는 어리둥절해했다. 이런 상황은 꿈에서도 고려해본 적이 없다는 듯이.

나는 아버지에게 만나고 싶다고 말했다

나는 절박하지 않았지만, ── 내가 왜 절박해야 한단 말인가? 나는 판관이지 죄수가 아니었는데 — 혹시라도 그렇게 보일까 봐 걱정이 되었다. 나는 아버지에게 당장 대답할 필요는 없다고, 연락을 달라고 말했다. 수화기를 내려놓고 나는 한동안 전화기를 바라보며 가만히 서 있었다. 아무렇지도 않다고 생각했는데, 아버지가 뭐라고 대답을 했는지조차 잘 기억나지 않았다. 다시 전화를 걸겠다고 대답했던가? 아니면 그냥 대충 얼버무렸던가?

누군가 신경질적으로 전화박스 창문을 두드리는 소리가 났다. 뒤를 돌아보니 십대 후반으로 보이는 여자애가 불만 가득한 표정으로 서 있었다. 나 말고 다른 누군가가 이 버려진 전화기를 원할 거라고는 생각하지도 못했기 때문에 나는 깜짝 놀랐다. 미안하다고 말하며 나는 서둘러 그곳을 빠져나왔다. 여자애는 교복 차림 — 겨울 방학이 벌써 끝난 걸까? — 이었는데, 코트는 걸치지 않았고, 스커트 아래로 살색 스타킹만 신은 종아리가 보였다. 그리고 버클 부분에 화려한 구슬 장식이 달려 있는 미들 굽의 메리제인 슈즈를 신고 있었다. 내가 고등학교를 다니던 시절에 저런 구두는 금지였다. 검은색 단화와 운동화, 그게 우리들에게 허용된 전부였다. 물론 몰래 저런 구두를 신고 다니는 애들이 있었다. 하지만 나는 한 번도 그런 애들에 속한 적이 없었다. 그런 생각을 해본 적조차 없었다.

애들은 나를 '영감'이라고 불렀다. 악의가 있는 건 아니었다. 그냥 재미로 그런 것이었다. 고등학교 1학년 때 설악산으로 수학여행을 떠났을 때 새벽에 애들은 숙소 — 한 방에 스물다섯 명씩 모여서 자야 했던 그 끔찍한 숙소! — 에 모여 앉아서 불을 다 끈 후 바깥에서 흘러들어오는 희미한 불빛에 의지해서 각자 숨겨온 술을 꺼내놓고 마셨다. 반 친구들이 내게 끈질기게 권했지만 나는 술은 한 방울도 마시지 않았다. "쟤는 영감이라서 그래." 누군가가 웃으며 말했다. 그런 생각이 든다. 만약 내가 저렇게 화려한 구두를 사달라고 어머니에게 말했다면 어머니는 뭐라고 했을까? 어머니는 허락했을까? 내가 어릴 적 우리 가족이 함께 외출을 할 때마다 어머니는 화려한 노란색 시폰 원피스와 하이힐을 신었었다. 그건 어머니가 젊었던 때 — 그러니까, 내가 절대로 알지 못할 바로 그때 — 에는 훨씬 더 자주 입었던 옷들 중 하나였을 것이다. 그 동네에 살던 시절, 나는 어머니의 장롱 속에 들어 있는 그러한 의상과 신발을 무척 좋아했다. 아, 좋아했다는 말로는 부족하다. 그 의상과 신발은 어머니가 가지고 있다는 사실만으로도 어머니를 특별하게 만들어주었고, 내가 어머니를 자랑스러워하는 이유 중의 하나가 되었다. 우리가 그 동네를 떠나기 위해 짐을 쌀 때도 어머니의 그 의상과 신발을 이삿짐 상자

88

에 따로 넣어두었다. 하지만 이사하기 전날 밤, 어머니는 그 상자를 다시 열었고, 그 안에 있는 옷과 신발을 꺼내 한동안 바라보았다. 그걸 바라보던 어머니의 뒷모습. 그러고 나서 어머니는 그걸 가지고 바깥으로 나갔다. 집으로 돌아왔을 때에 어머니의 두 손은 비어 있었다.

나는 전화박스 바깥에 서서 여자애의 구두를 다시 한번 물끄러미 바라보았다. 여자애가 불쾌하다는 듯이 내게 낮게 욕설을 내뱉었다. 나는 몸을 돌려 빨리 걷기 시작했다.

아버지에게서 전화가 걸려온 건 열흘 후였다. 아버지는 자신이 지금 경주에 살고 있고, 2월 중순쯤에 서울에 올라갈 계획이 있다고 했다. "올라가는 김에 너도 잠깐 볼 수는 있겠지." 절대로 나만을 위해서 움직이는 것은 아니라는 의미였다. 아버지와 만날 약속을 정한 날 밤, 화장대 앞에 앉아서 머리를 빗고 있던 나는 거울에 비친 남편의 모습을─그는 무언가 골똘히 생각에 잠긴 표정으로 아이패드를 보고 있었다─볼 수 있었다.

"나, 아버지랑 만나기로 했어."

내가 말하자, 그는 별로 관심도 없다는 듯 패드에서 눈을 떼지 않은 채로 대답했다.

"잘했네."

그러고는 덧붙였다.

"분명히 후회할 거야, 당신."

어쩌면 남편은 자신에게 성가신 일이 일어날까 봐 걱정하는 중일지도 모른다는 생각이 들었다. 남편 쪽으로 몸을 돌린 후 나는 그의 얼굴을 바라보면서 말했다.

"나랑 같이 가. 명색이 장인어른인데 한 번도 정식으로 만난 적이 없잖아."

어째서 그런 말이 튀어나왔는지 알 수 없었다. 그는 여전히 패드에 시선을 둔 채로 대답했다.

"글쎄, 시간이 날지 모르겠네."

패드에 시선을 둔 그의 모습, 거리낄 것이 없다는 듯한 태도, 상관없다는 듯한 말투.

"시간을 내."

남편은 그제야 고개를 들어 나를 바라보았다. 전혀 예상하지 못했다는 듯한, 순수한 놀라움이 그의 얼굴에 떠올랐다가 사라졌다. 그가 말했다.

"당신, 요즘 진짜 이상한 거 알아?"

단순하고 진부한 그의 불평불만이 나의 핵심을 찔렀다는 사실 때문에, 그런 식으로 아무렇게나 던진 화살이 과녁을 뚫을 수 있다는 사실 때문에 나는 놀라움과 불쾌함을 동시에 느꼈다. 그날, 아버지와 약속을 정하면서 나는 저녁 식사를 하자고 말했었다. 아버지와 식사를 하고 싶은 마음은 추호도 없었지만, 아버지도 그걸 원하지 않으리라는 바로 그 생각 때문에 던진 말이었다. 남편에게 함께 가자고 한 말도 같은 맥락이었다. 다른 사람의 마음을 불편하게 만들려고 나의 불편함을 기꺼이 감수하는 것. 이런 충동적이고 비합리적인 결정들이 나를 추동했고, 이건 전혀 나답지 않은 행동이었다. 하지만 그런 행동들을 멈출 수도 없었다.

도심에 있는 이탈리안 레스토랑을 예약한 나는, 아버지를 만나기로 한 날 아침부터 수선을 부렸다. 남색 울원피스와 낙타색 캐시미어 코트를 꺼내 입고 미용실에 가야 할까, 잠깐 고민했지만 그건 너무 과한 것 같아서 그만두었다. 나는 드라이기로 머리카락을 말리고 헤어롤을 말아두었다. 나는 내가 유치한 드라마의 주인공처럼 굴고 있다는 점을 인정했다. 그럼에도 불구하고 내 눈앞에 펼쳐진 그 모든 일의 형식들이 너무 중요해서 내게는 아무것도 하찮게 여겨지지 않았다.

그날 밤, 남편과 내가 집을 나서고 얼마 지나지 않아 눈이 내리기 시작했다. 남편은 눈이 금방 그치리라고 말했다. "일기예보에 눈이 온다는 말이 없었다고." 하지만 눈은 쉽사리 그치지 않았다. 빽빽한 눈송이. 다행히도 지상에 닿

자마자 흔적도 없이 녹아버렸다. 간선 도로를 달린 후 시
내로 나오자, 도로는 차들로 꽉 막혀 있었다. 나와 남편은
도시 한복판에서 오도 가도 못 하는 신세가 되어버렸다.

"교통사고가 난 모양인데."

남편이 약간 퉁명스러운 말투로 이야기했다. 우리가 약
속 시간에 늦는다 한들, 그건 전적으로 자신의 탓이 아니
라는 점을 분명하게 하고 싶어서 그러는 것이리라. 나는
시계를 보았다. 약속 시간까지는 15분 정도 남아 있었다.
이런 식으로는 늦을 게 분명했다.

"나, 내려서 전철을 탈게."

남편이 어이가 없다는 듯이 나를 바라보았다.

"좀 늦어도 괜찮아. 늦게 가도 아무런 문제도 안 생겨. 왜
이렇게 호들갑을 떠는 거야?"

아무런 일이 생기지 않는다고? 나는 그의 말에 화가 났
다. 나는 20여 년 만에 아버지를, 나와 어머니를 버린 아버
지를 만나러 가는 길이었다. 나는 아주 사소한 일일지라도
아버지에게 미안하다고 말할 만한 여지를 주고 싶지 않았
다. 그런 식으로 내가 지금 서 있는 판관의 위치에 조금의
타격이라도 주고 싶지 않았다.

나는 도로 한가운데에 서 있는 차에서 내렸다.

"뭐 하는 거야?"

나는 남편에게 조수석의 차창을 열게 한 다음 말했다.

"내가 먼저 가 있을게. 식당으로 꼭 와."

남편이 뭔가 크게 소리쳤지만 나는 무시하고 경중경중 뛰어서 왕복 3차선 도로를 가로질렀다. 굽이 있는 부츠가 눈길에 미끄러질까 봐 발가락에 잔뜩 힘을 주고 걸었다. 눈송이가 내 머리카락과 얼굴에 닿았다가 순식간에 물방울로 변하는 게 느껴졌다. 전철역 안에 들어가게 되었을 때 나는 비로소 조금 안심했다. 넘어지지 않아서, 몸에 멍이 들지 않아서. 나는 잠시 동안 서서 내 머리와 어깨에 쌓인 눈을 털어냈다. 이따금 사람들이 내 어깨를 부딪히며 지나갔다. 미처 털어내지 못한 눈이 녹아서 이마로 흘러내렸다. 손등으로 이마를 닦다가, 갑자기 후회가, 통렬한 후회의 감정이 밀려오기 시작했다. 무엇에 대한 후회? 나는 왜 아버지를 만나려고 하는가?

전철 안에는 사람이 너무 많았다. 나는 손잡이를 잡고 균형을 잃지 않으려고 애쓰고 있었다. 내 앞에 앉아 있던 할머니가 말을 걸었다.

"애기 엄마, 괜찮아?"

나는 그제야 내가 숨을 몰아쉬고 있다는 사실을 깨달았다. 할머니의 말 때문에 그녀의 옆에 앉아 있던, 나에게 아무런 관심도 없었던 사람들도 흘긋 나를 바라보았다. 나는 괜찮다고 말하고 옆 칸으로 옮겨 갔다.

내가 식당에 도착한 건, 약속 시간에서 20분이나 지난 후였다. 식당은 고층에 있었고, 나는 엘리베이터를 타야 했다. 엘리베이터 안에서 나는 손거울을 꺼내 화장과 머리 모양을 한번 점검하고 립스틱을 다시 발랐다.

"네가 안 와서 주문을 해야 할지 나가야 할지 고민하고 있었다."

두꺼운 패딩 점퍼를 그대로 입고 앉아 있던 아버지가 나를 보자마자 한 말이었다. 꾸민 듯한 말투, 어색한 분위기. 아마 당연히 그랬으리라. 아버지도 긴장하고 있었으리라. 아버지는 한동안 내게서 눈을 떼지 않았다. 마치 나의 얼굴에서 무언가를 건져 올리려는 사람처럼.

"눈이 너무 많이 내려서 어쩔 수가 없었어요. 중간에 남편 차에서 내려서 전철을 타고 왔어요."

"그랬구나."

대화는 거기서 끝이었다. 막연하게 예상했던 것처럼 날카로운 감정의 충돌 같은 건 없었다. 아버지와 나의 관계는 너무 멀리 떨어져 있어서 그런 충돌조차 불가능할 정도로 마모되어 있었던 걸까? 창문 바깥으로 눈 내리는 도심의 풍경이 펼쳐지고 있었다. 아버지는 한동안 그걸 바라보았다. 잠시 후 직원이 와서 아버지와 나의 겉옷을 가지고 가서 옷걸이에 걸어주었다. 음식이 나오자, 우리는 정말로 식사를 하러 만난 사람들처럼 음식을 먹는 것에 열중했다. 올리브오일과 식전 빵, 차가운 굴수프와 카르파초…… 그 순간, 낯이 뜨거워졌다. 집에 있는 가장 비싼 옷을 입고 나와서 아버지와 단둘이 앉아 근사한 차림을 한 사람들의 서빙을 받으며 음식을 먹고 있다는 사실 때문에. 아버지에게는 절대로 익숙하지 않은 그런 음식들을 먹고 있는 내 모습 때문에, 나조차 이름을 잘 외우지 못하는 그런 음식들을 먹고 있다는 사실 때문에…… 내가 그런 생각을 하고 있을 때, 아버지가 입을 열었다.

"좋아 보이는구나."

아버지는 냅킨으로 입가를 닦은 후 식탁 위에 내려놓았다. 이제 아버지는 연극적이지 않았고 어딘가 불편해 보이지도 않았다. 나는 나 역시 불편해 보이지 않기를 바라며 대답했다.

"어머니랑 만난 적이 있다는 말을 듣고 좀 놀랐어요. 어머니는 한 번도……"—나는 다음 단어를 발음하기까지 시간이 좀 필요했다—"아버지에 대한 이야기를 하신 적이 없었거든요."

"네 엄마도 네 이야기는 거의 하지 않았었단다."

아버지는 나에게 상처 주고 싶은 걸까? 아버지는 낡아

서 색이 약간 바랜 녹색 스웨터를 입고 그 안에는 체크무
늬 셔츠를 착용하고 있었다. 머리는 하얗게 세어 있었는
데, 염색을 따로 하지 않는 모양이었다. 어렸을 적 봤던 아
버지의 얼굴을 완벽하게 떠올릴 수는 없었지만 — 어머니
가 가지고 있던 앨범에서 아버지와 함께 찍은 사진은 하나
도 남아 있지 않았다 — 아버지의 얼굴에서 나는 어쩔 수
없이 어떤 종류의 익숙함을 느끼고 있었고, 그것 때문에
약간은 쓰라린 감정이 들었다.

"아버지 사진까지 다 가지고 가셨죠?"

"뭐라고?"

아버지는 혼란스럽다는 듯이 내게 물었다.

"어머니가 말해줬어요. 아버지가 들어 있는 사진은 다
가지고 가버렸다고. 우리 가족이 함께 찍은 사진조차."

아버지는 잠시 동안 아무 말도 하지 않았다. 어떤 단어
들을 고르고 있는 것 같았다.

"난 네가 만나자고 해서 온 거야. 너에게 그런 말을 듣고
싶진 않구나."

"저에게 비난 같은 걸 전혀 듣고 싶지 않으시다고요? 제
가 비난하리라는 걸 전혀 예상도 못 하셨다고요?"

"내가 왜 너에게 비난을 들어야 한단 말이냐?"

아버지는 약간 격앙된 목소리로 내게 말했다. 적반하장.

나는 마른침을 삼켰다.

"딱 세 번 연락했다. 만난 건 두 번, 한 번은 전화 통화였다."

아버지는 평정심을 유지하려는 듯한 목소리로 말했다. 이번에는 내가 되물었다.

"뭐라고요?"

"그렇게 즐거운 만남도 아니었다. 네가 결혼했을 땐 전화해서 그 소식을 알려주더구나."

아버지는 내 얼굴을 바라보지 않은 채로 말을 이었다.

"네 엄마 말로는 네가 좋은 남자와 결혼을 했고, 나는 잘 됐다고 생각했다. 진심으로 그렇게 생각했어."

"제 결혼식은 완벽했어요. 전혀 문제가 없었어요."

나는 내 앞에 놓인 타르타르를 한 숟갈 떠서 입으로 넣고 씹으면서 대답했다.

"왜 나를 만나자고 한 거냐? 무슨 이야기가 듣고 싶은 거냐?"

"그럼 아버지는 왜 어머니가 돌아가신 이후에 저에게 계속 연락을 하셨어요?"

"그때 너는 내 이야기 같은 건 듣고 싶지도 않다고 말했잖니?"

이렇게 말한 아버지는 포크와 나이프를 접시 위에 올리

곤 접시를 밀어두었다. 더 이상 음식은 먹지 않겠다는 태도였다. 아버지는 한숨을 한 번 쉬고 입을 열었다.

"나는 10년 전에 재혼했다. 지금의 아내가 전남편 사이에서 데리고 온 애들이 두 명 있고, 우리 둘 사이에도 애가 한 명 있어."

여기까지 말한 후 아버지는 내 얼굴을 한 번 바라보았다. 나는 아버지가 그런 이야기를 하는 의도를 파악할 수 없어서 대꾸할 말을 찾을 수도 없었다. 지금의 아내? 자식들? 그런 이야기를 왜 한단 말인가?

"행복하시겠네요."

아버지는 냅킨으로 입을 박박 닦았다. 그런 후 내뱉듯이 말했다.

"내 아내는 진정한 행복은 신에 대한 믿음에서 비롯된다고 말하지."

"그 말을 믿으세요?"

아버지는 약간 누그러진 말투로 대답했다.

"모르겠다. 그냥…… 우리는 일요일마다 교회에 간다."

어머니도 나도 종교를 가진 적이 없었다. 심지어 어머니는 투병 생활을 하면서도 한 번도 신에게 기도를 드리지 않았다. 어머니는 이렇게 말했었다. "그럴 필요가 뭐가 있니."

"사람이 죽으면 천국에 간다고 생각하시겠네요?"

"설명하기 복잡하지만 그렇게 생각한다고 말해야겠지."

"지옥에 가는 사람도 있고요?"

아버지는 내 질문에 의심 가득한 표정을 지으며 팔짱을 낀 채로 나를 바라보았다.

"아버지는 교회에 다니시니까 천국에 가시겠네요? 저는 교회에 안 다니니까 지옥에 갈 거구요. 아마도 어머니도 지옥에 갔겠네요."

"너랑 이런 이야기, 하고 싶진 않구나."

나는 아버지가 조금 더 불쾌함을 느꼈으면 좋겠다고 생각했다. 아버지를 들쑤시고 싶었다.

"예전에 우리가 살던 그 동네 말이에요. 그 동네에 불이 나서 엄청 많은 사람들이 죽었잖아요. 그럼 그 사람들은 어떻게 되었을까요?"

아버지는 나를 빤히 바라보았다. 이번엔 완전히 예상도 못 한 타격을 받았다는 듯한 표정으로. 나는 약간 의기양양한 기분이 들었다. 아버지가 말했다.

"그게 무슨 말이냐?"

"그 동네에서 제가 태어나기 전에 불이 났었잖아요."

"누가 그런 말을 했냐?"

"엄마가요."

"네 엄마가?"

"제가 일곱 살 때, 이야기해주셨어요. 그때 오빠가 죽었다고."

"네 엄마가 그런 말을 했다는 거냐?"

나는 거칠게 대답했다.

"그래요, 그래요, 그렇다고요. 아버지도 다 알고 계시잖아요?"

아버지는 잠시 동안 나를 빤히 바라보았다. 나는 먼저 시선을 돌리고 싶지 않아서 그런 아버지를 빤히 바라보았다. 이윽고 아버지가 입을 열었다.

"그런 일은 없었다. 불이 난 적은 없어."

아버지는 그 말을 다시 한번 반복했다.

"정말로 그런 일은 없었어. 불이 난 적은 없다."

마치 자신이 판관이라도 된 것처럼, 어머니의 죄를 들추겠다는 듯이, 종지부를 찍듯이 아버지가 입을 열었다.

"네 엄마는 너에게 거짓말을 한 거야."

4. 교환

내가 살던 동네의 안쪽으로 한참을 걸어가다 보면 인가가 드물어지는 지역이 나오고, 넓게 조성된 소나무 숲이 있었다. 웅장하게 잘 자란 소나무가 아마도 백 그루는 넘었던 것 같다. 소나무가 그런 식으로 자라려면 얼마의 시간이 필요한 걸까? 나는 아직도 가늠을 잘 못 하겠다. 동네 사람들은 그 근처로는 잘 가지 않았기 때문에 평소에는 인적이 드물었지만, 가끔 그곳이 시끄러워질 때가 있었다. 바로 굴삭기가 들어와서 소나무를 캐 가는 날이었다. 어렸을 적에는 우리 집에서 가까운 다리가 우리 동네와 외부를 연결하는 유일한 통로라고 생각했지만, 실제로 그렇지는 않았을 것이다. 왜냐하면 그 좁은 다리로 굴삭기가 들어오는 건 불가능했기 때문이다. 하지만 그 당시 우리들 —— 그러니까 나와 내 또래 아이들 — 에게 굴삭기가 어디로 어떻게 들어왔다가 어디로 어떻게 나가는지는 전혀 고려의 대상이 아니었다. 중요한 건 굴삭기가 소나무를 뽑아 간다는 사실이었다. 그 당시 우리들은 그 소나무에게 주인이 있다는 사실도 몰랐고, 나무가 사고파는 대상이 된다는 건 상상도 할 수 없었기 때문에. 나무가 자신이 태어난 땅을 떠나는 이유에 대해서도 별로 궁금해하지 않았다. 우리를 흥분시켰던 건, 겉으로 보기에는 빈틈없이 단단해 보이던 땅이 무력하게 파헤쳐질 수도 있다는 것, 그러니까 우리가 생각하는 것보다 훨씬 더 연약할 수도 있다는 사실이었다. 내 키의 몇 배나 되는, 뿌리 뽑힌 소나무가 밴드에 묶인 채 굴삭기에 대롱대롱 매달려 있는 걸 볼 때마다 어쩐지 나는 오금이 저리는 듯한 기분을 느끼곤 했다.

인부들은 우리들에게 저리로 가라고 소리를 질렀지만, 그 말을 순순히 듣는 애들은 단 한 명도 없었다. 나 역시 마찬가지였다. 그 당시 나에게는 친구라고 부를 수 있는 대상도 특별히 없었지만, 소나무를 뽑는 날만은 아이들과 아무런 위화감 없이 어울릴 수 있었다. 애들은 소나무가 뽑힌 구덩이를 보면서 소리를 질렀다. 나는 그 아이들 사이에서 누구보다 크게 소리를 질렀다. 내 목소리가 다른 아이들의 목소리에 묻히지 않게 하려고 안간힘을 쓰면서, 내 목소리가 다른 아이들의 목소리를 덮기를 간절하게 바라면서. 내가 애들이랑 어울리는 건 그때가 거의 유일했다.

친구가 없다는 사실이 나를 특별히 쓸쓸하거나 외롭게만드는 건 아니었다. 그 당시 나는 함께 놀고 대화를 나눌상대로는 어머니나 누렁이만으로 충분하다고 생각하고있었다. 이런 생각에는 얼마간의 자기기만이 작동한 측면이 있었겠지만, ─지금도 이렇게 생각하는데─ 때로는그러한 작동이 진실보다 우위에 서는 순간들이 있었다. 진실에 대해 순수하게 승리하는 그런 순간이. 그렇다고 하더라도 초등학교에 입학하게 되었을 때, 새로운 친구를 사귈수 있으리라는 기대감 같은 게 하나도 없었다고 말한다면,그건 명백한 거짓말일 것이다.

내가 다니던 초등학교는 우리 동네에서 30분 넘게 걸어가야만 도착할 수 있는 위치에 있었다. 그게 동네에서 가장 가까운 초등학교였다. 동네에서 같은 해에 초등학교에입학한 애가 나를 포함해 세 명 있었고, 3학년 언니가 두명, 6학년 오빠가 한 명 있었다. 나를 제외한 두 명은 함께걸어서 등하교를 했다. 때로는 3학년생이나 6학년생도 다함께. 나도 그 애들과 함께 등하교를 하고 싶었다. 그렇게하게 된다면 그 시간 동안 그 애들과 이야기 ─고물상에대한 이야기라든가, 시내에서 외식할 때 내가 먹었던 음식이라든가, 우리 옆집의 개에 대한 ─ 를 나눌 수 있을 터였다. 하지만 그런 일은 일어나지 않았다.

나는 어머니와 함께 등하교를 해야 했다. 매일 아침 버스 시간표를 미리 알아둔 어머니는 나를 데리고 버스 정류장에 나갔다. 얼마 기다리지 않으면 학교로 가는 버스가 도착했다. 나는 나중에 이런 궁금증을 가지게 되었다. 그렇게 버스 시간을 잘 맞출 수 있었던 어머니는 어째서 한 달에 한 번 우리 가족이 고물상으로 나들이를 나갈 때는 버스 시간표를 알아보지 않았던 것일까? 어머니에게 물어본 적이 있는데, 어머니의 설명은 간단했다. "고물상에 갈 때는 우리가 서두를 필요가 하나도 없었잖니. 게다가 함께 버스를 기다리는 시간이 나는 무척 좋았어."

부모님과 함께 마지막으로 고물상에 간 건, 옆집 할머니가 돌아가시고 한 달이 지난 후였다. 아직은 본격적인 추위가 찾아오기 전이었다. 우리 가족은 언제나 그랬듯이 버스를 타고 고물상에 갔고, 또한, 언제나 그랬듯이 고물상에서 아버지는 마치 내게 특권이라도 부여한다는 듯이 "저기에 올라가봐라"며 저울을 가리켰다. 그 순간 나는 내 자신이 더 이상 초록색 철판 위로 올라가고 싶어 하지 않는다는 걸 깨달았다. 나는 내가 하루가 다르게 자라나고 있다는 게, 그걸 증명해 보이는 게 부모님과 심지어는 고물상 집 내외에게 즐거움을 주고 있다는 사실을 알고 있었다. 또한 내가 아주 손쉬운 방법 ─ 그저 저울에 올라가는 것만으로도 ─ 으로 즐거움의 대상이 된다는 사실, 거기서 오는 만족감은 쉽사리 포기하기 어려운 것이었다. 하지만 그날 나는 처음으로 그런 생각을 하고 있었다. 나는 저울 위에 올라가고 싶지 않아. 주춤거리는 내게 아버지가 "왜 그러니?"라고 물었을 때, 나는 그만 울음을 터뜨리고 말았다. 왜였을까? 두려움? 그건 어떤 종류의 두려움이었을까? 지금 돌이켜 생각해보면, 그건 내 신체가 온전히 내 것이라는 사실에서 오는 두려움이었다. 거기에 적힌 숫자들은 나의 것이었다. 그 숫자들은 내가 아무리 거부해도 바꿀 수 없는 세계를 인식하는 방식 ─ 내가 아무런 노력을 기울이지 않아도 시간은 한 방향으로 흘러간다는 것 ─ 을 드러내고 있었다. 그것이 바로 숫자의 증가가 품고 있는 진정한 비밀이었다. 거기에 따르는 의구심이 있었다. 어째서 어른들은 저다지도 무지한가? 그들은 어째서 그런 비밀을 알아차리지 못한단 말인가? 그들은 그러한 것을 흐뭇하게 웃으며 바라보기만 한단 말인가?

그날 집으로 돌아가는 버스 안에서 어머니는 계속해서 내가 운 이유를 물었지만 나는 그걸 설명할 수가 없었고 결국 이렇게 대답하기로 결정했다(아마도, 이때가 내가 그 이후에 이 세계에 취하는 방식 중 한 가지가 시작된 순간이었을 것이다 ─ 사태를 뭉뚱그리는 방식). "나, 다시는 고물상에 가지 않을 거예요." 그건 정말로 내가 원하는 건 아니었다. 저울에 올라가는 것만 제외하면 고물상은 여전히 내게 흥미로운 공간, 머물고 싶은 공간이었다. 하지만, 그 흔들리는 버스 안에서, 무슨 일이 있어도 내 대답은 꼭 들어야겠다는 의지를 내비치는 어머니를 보면서 그 순간 내게 번개처럼 다가온 깨달음은, 하나를 얻어야 한다면 하나를 내줘야 한다는 것이었다. 어머니가 기가 막히다는 듯이 입을 꾹 다물어버리자, 이번에는 그동안 잠자코 있던 아버지가 나섰다. 아버지는 내 머리통을 쓰다듬으며 말했다. "그래, 우리는 네가 싫어하는 일을 강요하지는 않을 거다."

그렇다고 한 달에 한 번 있었던 토요일의 가족 외출이 완전히 끝난 건 아니었다. 목적지가 고물상이 아니라 시내에 있는 영화관으로 바뀌었을 뿐이었다. 우리는 주로 디즈니 만화 영화들을 함께 보았다. 놀랍게도 나는 고물상 같은 건 금방 잊어버렸다. 거기에 쌓여 있던 온갖 진짜 물건들과 진짜 개와 진짜 냄새들은 어두운 영화관의 스크린 속 세계로 손쉽게 대체되었다. 하나를 건네주고 하나를 건네받는다, 따위의 비장한 위안 같은 걸 떠올릴 필요조차 없었다. 신문은 여전히 매일 쌓였기 때문에, 고물상에는 아버지가 혼자 따로 시간을 내서 다녀오곤 했다. 아버지는 그게 좀 귀찮으셨는지, 그 후로 우리 집 마당 한구석에 노끈으로 묶어놓은 신문 다발이 몇 개씩이나 쌓여 있는 걸 종종 볼 수 있었다. 내가 신문을 읽는 걸 부모님들이 절대 허락하지 않으리라는 걸, 그러므로 내가 해서는 안 되는 행동이라는 걸 알고 있었지만 나는 종종 유혹에 굴복하고 누군가를 속이고 있다는 사실에서 느껴지는 은밀한 즐거움을 만끽했다.

등교할 때 버스를 탄다고 해서 학교에 다른 친구들보다 일찍 도착할 수 있는 건 아니었다. 버스는 우리 동네와 옆 동네의 구석구석을 돌았기 때문에 실질적으로 걸리는 시간은 걸어가는 것과 비슷한 정도였다. 어머니와 버스 정류장에 서 있다 보면 동네 아이들과 언니, 오빠가 함께 학교에 가기 위해 우리를 지나쳐가는 걸 볼 때가 있었다. 그 애들은 마지못해서 우리 어머니에게는 인사를 했지만 나에게는 인사를 건네지 않았다. 어머니는 그런 건 별로 신경 쓰지 않았다. 대체로 버스에는 빈자리가 없었다. 가끔 내게 자리를 양보해주려는 어른들이 있었지만, 어머니는 언제나 사양했다. "우리 딸 다리가 엄청 튼튼해요." 어머니는 내 대신 가방을 들고 있다가 버스에서 내리면 다시 내 어깨에 가방을 들려주었다. 버스에서 내려서 10분 정도 더 걸어가면 초등학교 교문이 나왔다. 어머니는 그 교문을 지나 나와 함께 운동장을 가로질러 학교 건물 앞 현관까지 걸어갔다. 현관에 다다르면 그제야 어머니는 내 손을 놓아 줬다. 신발을 벗고 실내화로 갈아 신는 동안 나는 내 뒤에 서 있는 어머니의 시선을 느낄 수 있었다("얘, 신발을 주머니에 넣는 걸 잊지 마." 내가 신발을 벗기도 전에 들려오는 어머니의 조급한 목소리). 내가 알기로 아버지는 그 사실 — 어머니가 내 등하굣길을 함께한다는 — 을 몰랐다. 사실, 입학 초기에는 나처럼 어머니와 등교하는 애들이 여럿 있었지만 시간이 지나자 그런 애들조차 혼자, 혹은 친구들과 함께 등하교하기 시작했다.

가끔 학교 수업이 끝나고, 현관에서 신발을 갈아 신은 후, 운동장을 가로질러 가다가 저 멀리 어머니의 모습을 내가 먼저 발견할 때가 있었다. 그럴 때면, 어머니의 모습은 이루 말할 수 없이 낯설어 보였다. 그녀를 둘러싼 어떤 기운 같은 것이 있었다. 화장기 없는 얼굴, 몸에 딱 맞는 청바지와 체크무늬 스웨터, 곱슬거리는 긴 머리카락. 어머니는 문구점 가판대에 진열되어 있는 색연필이나 스케치북, 색종이 같은 걸 호기심 어린 눈으로 바라보고 있었다. 가끔씩은 손으로 이것저것 만져볼 때도 있었다. 나는 그럴 때마다 이질감을 느꼈다. 어머니가 나나 아버지와는 완전히 분리된, 독자적인 한 명의 여성으로 보였던 것이다. 사실 종종 그랬다. 이를테면 영화에 빠져 있을 때, 책이나 신문을 읽느라 고개를 숙이고 있을 때, 부엌에서 음식을 만들다가 갑자기 손을 멈출 때, 어머니는 다른 세계에 속해 있다는 느낌을 주었다. 그 세계는 온갖 일들 — 멋지고 근사하고 추악하고 불경한 일들 — 로 이루어져 있었다. 어머니는 책과 뉴스, 신문을 통해 그 세계에서 일어나는 모든 일들을 빠삭하게 알고 싶어 했다(이번에도 역시 어머니의 목소리가 들리는 것 같다. "얘, 여기에 모든 것들이 다 들어 있어"). 하지만 언제나 어머니에게는 아주 조금의 시간만 주어졌다. 세계의 일원이 되고 싶은 갈망을 가지고 있던 그 여성은 교문 밖에 서 있다가 나를 발견하기만 하면, 혹은 영화나 뉴스를 보다가도 내 존재를 의식하기만 하면, 음식이 조금이라도 타는 냄새가 나면 순식간에 내가 속한 세계로 돌아왔고 나를 확인했다. 그럴 때마다 어머니의 얼굴에는 무언가 안도하는 듯한 표정, 혹은 감사하는 듯한 표정이 지나갔다. 마치 자신이 조금이라도 신경을 늦추면 언제 어디서고, 부지불식간에 나에게 무슨 커다란 불행이 닥칠 수 있기라도 한 것처럼. 그것을 필사적으로 막아야 한다고 생각하는 것처럼. 지금 와서 생각해보면, 그게 바로 어머니의 방식이었다. 자기 자신을 조금씩 밀어붙여서

낭떠러지 끝에 서게 한 다음, 그 아래를 바라보면서 아찔함을 느끼고, 동시에 아직은 안전하다고 안심하는 그런 방식 말이다. 그래서 어머니는 한평생 그렇게 **실체 없는** 걱정 속에 휩싸여 살았는지도 모른다.

그래도 초등학교에 입학한 이후에 나는 친구들을 좀 사귀었다. 그 애들은 학교 가까이, 시내 중심부에 사는 애들이었다(그러므로 그 애들은 우리 동네에서 내가 외톨이라는 사실을 알지 못했다). 나는 그 애들과 어울리고 싶어서 최선을 다했다. 고무줄놀이를 할 때나, 숨바꼭질을 할 때나, 얼음땡 같은 게임을 할 때에 나는 언제나 술래를 하겠다고 자청했다. 애들과 친분을 쌓으려면 그 방법밖에 없었다. 하지만 나에게는 제약이 있었다. 그 애들은 수업이 끝난 후에 자기들끼리 어울려서 놀이터에 놀러 가고, 문방구에 들러 군것질거리를 먹으며 함께 시간을 보냈지만, 나는 나를 기다리고 있는 어머니의 품으로 돌아가야 한다는 점이었다. 진정한 우정은 언제나 여분의 시간 동안 완성되는 것이었고, 나는 언제나 약간은 겉도는 느낌을 받을 수밖에 없었다.

2학년이 되었을 때 나는 친구를 사귀기 위해 다른 방법을 쓸 수 있게 되었다. 그해 봄에 아버지가 처음으로 해외로 출장을 떠나게 된 것이었다. 명절 연휴마다 어머니와 나만 집에 남아 있는 경험을 하긴 했지만, 그 기간은 길어 봤자 사흘 정도였다. 아버지의 출장은 짧으면 5일 정도였고, 길면 열흘을 넘길 때도 있었다. 하지만 어머니는 그 시기 동안— 명절 연휴 때 그랬던 것처럼— 휴가를 얻은 것처럼 행동하지 않았다. 음식을 만드는 데 소홀하지도 않았고, 내게 티브이 프로그램을 계속 볼 수 있는 특권을 주지도 않았다. 모든 것이 아버지가 있을 때와 마찬가지로, 그대로였다.

출장을 떠날 때 아버지는 바퀴가 달린 커다란 가방을 가지고 갔고, 돌아올 때는 가방 말고도 입구가 밀봉된 비닐백들을 바리바리 싸 들고 왔다. 어머니가 아버지의 가방에서 빨랫감을 꺼내 세탁기에 집어넣고, 아버지가 편한 옷으로 갈아입으면 우리 가족은 식당방에 모여 앉았다. 아버지는 얼마간의 피로함과 만족감이 느껴지는 말투로 어머니와 나를 바라보며 입을 열었다. "오랜만에 우리 가족이 모여 앉았구나." 아버지가 가지고 온 비닐 백을 뜯는 건 어머니의 몫이었다. "자, 아빠가 이번엔 뭘 사 오셨는지 볼까?" 아버지는 출장을 떠난 도시와 관련된 기념품, 초콜릿, 그당시에는 쉽사리 맛볼 수 없었던 식료품, 장난감, 어머니의 화장품이나 액세서리 같은 선물을 사 가지고 왔다. 내 생각에 어머니는 선물보다 아버지의 이야기를 듣는 걸 더 좋아했던 것 같다. 상상도 못 할 정도로 먼 곳으로 떠났다가 돌아오는 경험에 대해(비행기가 이륙할 때 어떤 느낌인지, 하늘에서 바라보는 땅은 어떤 모습인지, 심지어는 비행기 안에서 먹는 음식의 맛이라든지 기타 등등), 혹은 사진이나 책으로만 봤던 장소에 대한 설명을 아버지의 목소리로 직접 듣는 것 말이다. 어머니는 아버지에게 이런저런 질문을 던지며 이국에 대한 관심을 마음껏 표현했다. 그리고 아버지는 어머니의 시시콜콜한 질문에 성심성의껏 대답을 해줬다. 어머니가 물어보지 않는 도시의 정경에 대해서도 아버지는 최선을 다해 설명해주려고 했다. 아버지의 설명은 언제나 덜 생생했고 때로는 이치에 맞지 않아서 어머니가 아버지의 설명을 잘 못 알아듣겠다고 말하고 웃어버릴 때도 있었지만, 나는 그런 두 분의 모습을 보는 게 무척 좋았다. 어머니가 비행기를 처음 탄 건, 10년 전쯤, 그러니까 내가 이십대 중반의 일이다. 우리는 방콕으로 여행을 떠났는데, 내가 예상한 것만큼 어머니가 좋아하는 것처럼 보이진 않았다. 여권을 발급받으러 갔을 때 어머니는 잔뜩 주눅 든 표정으로 앉아 있었다. 그건 이상한 일이었다. 어머니는 남들과 교류를 잘 하지 않을지언정 어디에 가서 주눅이 드는 스타일은 아니었던 것이다. 나는 정반대라고 말할 수도 있었다. 남들과 교류하는 걸 싫어하진 않았지만, 언제나 어느 정도는 주눅이 들어 있는 사람. "좋지 않으세요? 항상 비행기를 타고 싶어 했잖아요." 여행에서 돌아오는 날 내가 묻자, 어머니는 고개를 흔들었다. "아니? 별로 그런 건 아니었는데." 이렇게 대답한 어머니는 뭔가가 생각났다는 듯이 웃으며 대답했다. "아, 아니야, 얘, 내가 바란 건 그런 게 아니었단다. 너가 잘못 안 거야."

그 당시 출장에서 돌아온 아버지의 이야기를 듣는 걸, 나는 어머니만큼 좋아하지는 않았다. 나는 너무 어렸고, 내가 가보지 못한 세계는 무궁무진했다(나는 학교 근처 놀이터에도 가보지 못한 신세였다). 그러므로 그런 식으로 비현실적인 공간에까지 관심을 기울일 여력이 없었다. 내가 기다린 건 — 어머니와는 정반대로 — 아버지의 이야기가 아니라 아버지의 선물이었다. 나는 아버지가 사다 준 색연필이나 초콜릿, 노트 같은 걸 잘 챙겨두었다가 같은 반 애들에게 나눠 주었다. 그걸 나눠 주는 건, "내가 술래가 될게"라는 말을 하는 것보다는 훨씬 더 나에게 덜 타격을 입히는 일이었다. 지금 생각해보면 "내가 술래가 될게"라고 말하는 건 용기가 필요한 일이었지만, 그런 물건들을 나눠주는 건 뭐랄까, 비굴한 일이었다. 그 당시 나는 용기를 내는 일이나 비굴함을 감수하는 그 모든 일에 가치가 있다고 느꼈다. 하지만 내가 언제까지나 그 두 가지 중에서 하나를 선택해야만 하는 처지에 머물렀던 건 아니었다. 열 살이 되었을 때 나는 더 이상 용기를 낼 필요도, 비굴해질 필요도 없었다.

무언가가 달라진 것이다.

내가 살던 동네 애들은 어렸을 적에 악기를 배우는 일이 거의 없었고, 내 기억이 맞는다면 나처럼 멜로디언을 가진 애들조차 없었다. 그래도 초등학교엔 그런 애들이 있었다. 나를 포함한 대부분의 반 아이들은 교실 앞쪽에 있는 오르간을 선생만 만질 수 있는 것이라고 여겼기 때문에 감히 뚜껑을 열어볼 생각조차 하지 못했다. 물론 가끔 선생이 없는 틈을 타서 뚜껑을 열고 연주를 하는 애들이 있긴 했다. 나는 그런 애들을 어떤 식으로 표현하는지 알고 있었다. '간이 크다.' 그 애들이 멋들어지게 한 곡을 연주해 보이는 동안 나는 입을 벌리고 경외심에 차서 바라보았다. 그런 애들은 타이밍도 잘 맞추어서 선생이 돌아오기 전에는 언제나 잽싸게 오르간 뚜껑을 닫을 수 있었다.

초등학교 3학년 때 담임선생은 중년의 남자였다. 아마도 내 아버지와 비슷한 또래였을 텐데, 제 나이보다 좀더 나이 든 것처럼 보였고, 자기 자신도 그런 식으로 보이는 걸 더 좋아하는 것 같았다. 물론 지금 생각해보니까 그랬을 것 같다는 것이고, 실제로 그가 어떤 식으로 생각을 했는지 지금의 내가 알 도리는 없다. 그는 안경을 썼고, 머리카락은 파마를 한 것처럼 곱슬거렸다. 그 당시만 해도 한 반에는 40명 넘는 학생이 있었다. 그는 마흔여 명의 열 살짜리 애들에게 영향력을 내비치고 싶어서 안달이 나 있었다. 그래서 그는 음악 시간에 오르간 반주에 맞춰 노래하는 걸 시키는 대신, 우리들에게 싸구려 플라스틱 단소를 사게 만들었다. 내 기억으로, 모든 아이들이 — 그게 아무리 싸구려라고 할지라도 — 플라스틱 단소를 살 수 있는 형편은 아니었다. 그건 돈의 문제일 수도 있었고 돈을 포함한, 훨씬 더 심오한 문제의 결과일 수도 있었다. 그런 애들이 있었다. 그저 살아 있는 게 기적처럼 보이는 아이들. 우리 반에는 그런 애가 한 명 있었는데, 나중에 알고 보니 담임선생은 그 애에게 플라스틱 단소를 선물로 주었다. 아마도 그는 교무실에 가서 이렇게 말했으리라. "난 모든 아이들이 공정하고 정직한 방식으로 가능한 경험을 다 하기를 바랍니다." 물론 이것 역시 내 상상에 불과하고 그가 실제로 그랬는지 안 그랬는지 지금의 나는 알 도리가 없다.

그 애, 선생에게 플라스틱 단소를 선물 받은 그 애는 목욕을 하지 않아서 언제나 머리카락에는 기름때가 끼어 있었고, 얼굴에는 언제나 버짐 같은 게 피어 있었다(그게 영

양실조의 결과라는 건 이후에 알게 되었다). 얼굴과 이는 새
까맣고 팔꿈치와 발꿈치에는 두꺼운 각질이 쌓여 있었다.
사시사철 거의 똑같은 옷을 입고 다녔는데, 그나마 겨울에
는 얇은 점퍼 하나를 덧입었다. 몸에서는 무언가에 찌든
냄새가 났다. 그건 몇 년 전, 옆집 할머니의 냄새처럼 나를
두렵게 만들지는 않았지만, 불쾌하게 만들기는 했다. 그
애는 수업 시간에 항상 늦었다. 가끔 아예 학교를 안 올 때
도 있었지만, 선생이 특별히 그 애를 혼내는 것 같지는 않
았다. 그 애의 이름은, 그래, 고장연이었는데, 내가 여전히
그 애의 이름을 기억하는 건, 반의 짓궂은 남자애들이 그
애를 '고장난'이라고 불렀기 때문이었다.

어딘가가 고장 난 고장연.

적어도 학기 초의 나에게 그런 상황은 어떤 중요성도 띠
지 않았고, 별다른 의미도 없었다. 나는 고장연이든 고장
난이든 어쨌든 그 애에게는 아무런 관심이 없었다. 아니
다, 관심이 없다기보다는 가장 멀리 떨어져 있으려고 애를
썼을 것이다. 학기 초부터 나는 친구들을 사귀기 위해서
고군분투를 해야 했고, 무리로부터 떨어지지 않으려고 갖
은 수를 쓰고 있었다. 나는 거의 본능적으로 그런 생각을
했을 것이다. 내가 무리로부터 떨어진다면, 무리에 정착하
지 못한다면 나는 '깨끗한 버전'의 고장연이 되고 말 것이

라고.

담임선생 덕분에 반 아이들은 음악 시간마다 한 명도 빠짐없이 단소를 불어야만 했다. 불었다—이보다 더 적절한 표현은 없을 것 같다. 왜냐하면 우리가 단소를 연주했다고는 말할 수 없기 때문이다. 단소는 리코더와는 완전히 달라서 그냥 입술에 대고 분다고 해서 소리가 나지 않았다. 우리는 단소를 불었고, 교실 안은 바람 빠지는 소리만 가득했다. 일주일이 지나도록 제대로 소리를 내는 아이가 나타나지 않았지만 담임선생의 인내심은 놀라울 정도였다. 그는 한 번도 화를 내지 않고, 아니 화를 내기는커녕 우리가 엉망진창이면 엉망진창일수록 힘을 얻을 수 있다는 듯이 전력으로 우리를 가르치고 격려하고 또 격려했다.

그런데 어느 날 웃기고도 이상한 일이 일어나버렸다. 다른 누구도 아닌 내 단소에서 명백하게 악기 소리가 나버린 것이었다. 그 소리, 헛바람이 하나도 섞이지 않은 악기의 맑은 소리 때문에, 아이들은 입에서 단소를 떼고 의아하다는 표정으로 소리가 난 쪽—내 쪽—을 바라보았다. 한 번도 존재감을 드러낸 적도 없고, 또 그럴 것이라고 예상도 하지 못한 아이가 갑자기 전면에 드러난 것 때문에 아이들은 약간의 경악스러움마저 느끼는 듯했다. 내가 소리를 내서는 안 되는 거였는데. 내 단소에서 소리가 나면 안 되는 건데. 나는 얼굴이 뜨거워졌다. 선생은 내게 다가와서 괜찮다고, 다시 한번 소리를 낼 수 있겠느냐고 물었다. 그 순간 나는 소리가 한 번 더 나기를 바랐을까? 아니면 나지 않기를 바랐을까? 나는 침착하게 손가락으로 단소 구멍을 막은 후 입술을 얇게 펴고 단소 입구에 가볍게 바람을 불어 넣었다. 그러자, 아까보다 더 정확한 소리가 났고, 나는 손가락을 하나씩 떼면서 단소의 음계를 불어 보았다. 공기가 변하고 있다. 나는 그걸 깨달았다. 아, 그래 공기가 변하고 있었다. 그건 거의 본능적인 깨달음이었다. 나를 바라보는 아이들의 시선 때문에 내 얼굴은 빨개졌지만, 내가 손가락을 하나씩 떼고, 그것에 따라 내 단소에서 소리가 날 때마다 나를 감싸고 있는 공기가 계속해서 변하고 있다는 것을 나는 알 수 있었다. 아, 저 애는 이런 관심을 받을 만한 아이야! 그럴 자격이 충분히 있어! 나는 그런 승인을 받고 있는 중이었다. 나는 더 이상 떨리거나 긴장되지 않았고, 내 자신의 성취를 공정한 — 나는 그런 대접을 받는 게 공정하다고 생각했다! — 마음으로 누릴 수 있었다.

그날 집으로 돌아가는 길에 나는 어머니에게 음악 시간에 있었던 일을 이야기하지 않았다. 어째서였을까? 분명한 사실은 그 사건 이후로 내 삶의 축이 느리지만 확고한 방향으로 변해가고 있다는 것이었다. 심지어 음악 시간에 나는 일종의 조수가 되었다. 선생은 내게 앞으로 나오라고 한 후에 언제나 시범 연주를 시켰다. 반 아이들이 내 손짓 하나하나에 집중하고 내가 하는 양을 그대로 따라 하고 있다는 사실은 내게 이제껏 한 번도 느끼지 못한 아찔함과 우월감을 느끼게 했다. 실수를 해서는 안 되었다. 집에 있을 때에도 나는 하루 종일 연습을 했다. 어느 주말엔가 아버지는 내게 단소로 한 곡을 연주해줄 수 있냐고 물었다. "그러니까 우리 앞에서 공식적으로 말이다." 할 수 있냐고? 당연히 할 수 있었다. 나는 아버지에게 잠시만 기다리라고 한 후 방으로 들어가서 내가 가지고 있는 옷 중 가장 좋아하는 꽃무늬가 그려진 벨벳 원피스를 꺼내 입었다. 겨울용이었지만 그런 건 아무런 문제가 되지 않았다. 나는 옷을 차려입고, 어머니와 아버지가 기다리고 있는 식당방으로 갔다. 그리고 그들 앞에 서서 연주를 시작했다. 나는 마치 내게만 스포트라이트가 떨어지고 있는 무대 위에 서 있는 것 같은 착각을 느꼈고, 약간 숨이 막힐 지경이었다. 연주가 끝나자, 아버지가 말했다.

"굉장하구나. 너네 반에서 네가 제일 잘 부는 거니?"

그 순간 나는 우월감을 느꼈을 것이다. 솔직히 고백하자면, 그 시기에 내 우월감은 시도 때도 없이 고개를 쳐들었다. 어머니는 약간 미묘한 표정으로 나를 바라보기만 하고 더 이상 아무런 말도 하지 않았다. 나는 그런 어머니에게 어떤 감정을 느꼈는가? 아마도 실망했을 것이다. 이를테면 내가 더 어렸던 시절, 고물상에서 몸무게를 잴 때마다, 그 숫자가 늘어날 때마다 칭찬을 아끼지 않던 어머니는 왜 내가 노력해서 획득한 것에 대해서는 애써 외면하려고 하는가?

학교에서 나는 더 이상 친구들에게 술래가 될게,라는 말을 할 필요가 없어졌다. 당연히 선물을 줄 필요도 없어졌다. 나는 더 이상 용기를 낼 필요도, 굴욕감을 느낄 필요도 없었다. 가끔 내가 그 애들에게 무엇을 주고 있는지, 내가 그 애들에게 무엇을 받고 있는지 알 수가 없어서 불안해질 때도 있었다. 우리는 쉬는 시간에는 손을 잡고 화장실에 같이 갔고, 심지어는 화장실의 같은 칸에 들어가서 서로가 오줌을 다 눌 때까지 기다렸다. 그런 관계는 때때로 나를 현기증 나게 만들었다. 우습게도 그런 감각은 내가 다른 곳이 아니라, 바로 그 시간, 그 장소에 그들과 머무른다는 사실과 관련되어 있었다. 내가 정박되어 있다는 사실이 나를 어지럽게 만든 것이었다. 그 여느 때보다 나는 내가 서 있는 시간과 장소를 아주 또렷하게 바라볼 수 있었고, 나를 둘러싼 세계의 모습을 분명하게 바라볼 수 있었다. 마치 견딜 수 없을 때까지 숨을 참다가 갑자기 날숨을 쉬는 것처럼, 급작스럽고 빠른 속도로.

그리고 거기에, 바로 고장연이 있었다.

나는 그 애를 잘 몰랐다 ― 당연한 말이지만 ― 나는 그 애가 뭘 원하는지도 몰랐다. 하지만, 어느 순간부터 가끔씩 그 애에 대한 걷잡을 수 없는 어떤 감정들이 마음 밑바닥에서 치밀어 오르는 걸 느낄 수 있었다. 친구들과 고무줄놀이를 하다가도, 미술 시간에 찰흙으로 뭘 만들다가도, 체육 시간에 달리기를 하다가도, 어느 순간, 혼자 멀찍이 떨어져 있는 그 애가 내 시야에 들어왔다. 나는 내 자신이 그 애가 혼자 멀찍이 떨어져 있는 게 싫은 거라고 생각했다. 나는 내가 그 애의 행복을 바란다고 생각했다.

행복?

나는 그 애에게 잘해주고 싶었다.

여름 방학이 지나고 2학기가 시작한 첫날, 선생은 나를 포함한 일곱 명의 아이들에게 방과 후 교실에 남으라고 했다. 선생은 양손을 비비며, 약간은 들뜬 듯이 우리에게 말했다.

"너넨 이제 플라스틱 단소가 아니라 대나무로 만든 진짜 단소를 가지고 연습을 할 거다. 일주일에 두 번씩. 열심히 하면 연말에 시에서 열리는 대회에 나갈 수 있을 거야. 다들 하고 싶지?"

나는 막연하게 어머니가 허락하지 않으리라고 예상했지만 애초에 어머니에게 알릴 필요도 없었다. 다른 무엇보다 내 자신이 대회에 나가고 싶은지 확신할 수 없었기 때문이었다. 다음 날 선생에게, 나는 대회에 나갈 수도 없고 방과 후 연습에 참가할 수도 없다고 말했다. 그는 그 이유를 물었는데 나 자신도 그 이유를 잘 몰랐기 때문에 그냥 머리에 떠오르는 대로, 어머니가 새 단소를 사 주지 않을 것 같다고 말해버렸다. 선생은 나의 대답을 굉장히 인상 깊게, 그러니까 내가 은연중에 우리 집의 경제적 상황을 언급하고 자신에게 도움을 청한 거라고 받아들인 것 같았다. 그가 말했다. 괜찮다고, 자신이 단소를 하나 선물해주겠다고. 상황이 그렇게까지 되자 나로서는 더 이상 거절할 명분이 사라져버리는 것 같았다. 게다가 한번 방과 후에 남았던 친구들 사이에는 이미 묘한 연대감 같은 게 생겨나고 있었다. 그 연대감을 포기하는 건 어려운 일이었다.

나는 어머니에게 화요일과 목요일에는 한 시간 정도 늦게 데리러 오라고 말했다. 어머니가 웃으며 물었다. "왜? 너 나머지 공부해?" 나는 대나무 단소를 언제나 가방 아래쪽에 넣어두었고 집에 도착하자마자 내 방, 책상 가장 아래 서랍에 숨겨두었다. 이상한 건, 방과 후에 남아서 단소 연습을 하면 할수록, 함께 연습하는 친구들 사이에 더욱더 강한 결속력이 생기면 생길수록, 우리끼리 그 친근한 웃음을 주고받고, 선택받은 이의 우월감 같은 것을 강렬하게 느끼면 느낄수록, 고장연에 대한 나의 관심은 사그라들기는커녕 훨씬 더 커졌다는 점이었다. 나는 그게 위험한 일, 공들여 쌓아 올린 나의 명성에 흠집을 낼 수 있다는 것을 알고 있었지만, 그 마음을 도저히 어찌할 수가 없었다.

그러다가 9월 말쯤에 선생이 짝을 바꾸겠다고 했을 때, 고장연에 대한 나의 감정은 완전히 폭발해버리고 말았다. 고장연과 짝이 되고 싶다고 자청한 것이다. 반 아이들은 있을 수 없는 일이 생겼다는 듯이 나와 고장연을 번갈아 바라보았다. 학기가 시작한 이래로 고장연은 언제나 혼자 앉아 있었다. 담임선생은 늘 새롭게 짝을 정해주었지만, 언제나 그 애는 결국 4분단 끝에 혼자 앉아 있게 되었던 것이다. 쉬는 시간에 여자애들 몇 명이 내게 다가왔다.

"왜 그래? 왜 고장연이랑 짝을 하려는 거야? 다들 그 애를 싫어한다고."

나는 그 애들에게 물었다.

"그래도 나랑 화장실에 같이 가줄 거지?"

상처받은 듯한 표정을 짓고 있던 그 애들은 팔짱을 끼고 나를 바라보았다. 그러다가 그 애들 중 한 명이 입을 열었다.

"그래, 그 애와 친구가 되는 게 좋은 일일 수도 있어. 그렇지만 냄새가 옮을지도 몰라. 조심해야 해."

그 애의 말에 다른 친구들도 고개를 끄덕였다. 그런 식으로 한번 내 감정이 폭발해버리자 그 잔해들이 흘러나오는 건 자연스러운 수순이었고 내가 다른 어떤 힘을 들일 필요도 없었다. 짝이 된 다음 날, 나는 그 애에게 내 색연필을 가져다주었다. 하지만 나는 그 어떤 굴욕감도 느끼지 않았다. 그 애는 내 얼굴을 바라보지도 않고 고맙다고 말했다. "얼굴을 보고 인사해야지." 나는 마치 엄마가 내게 하듯 그 애에게 말했다.

체육 시간에도 나는 그 애 옆에 붙어 있었다. 짓궂은 남자애들이 나와 고장연을 싸잡아서 놀렸다. 예전에는 고장연과 같은 부류로 묶일지도 모른다는 사실이 나를 두렵게 만들었지만 이제는 더 이상 나에게 아무런 영향도 끼치지 못했다. 오히려 나는 고장연과 함께 있다는 사실 때문에 우월감을 느끼고 있었다. 그건 나만이 도달한 위치였다. 생각해보면 정말 이상한 일이었다. 다른 아이들의 부러움의 대상이 되는 것보다 다른 아이들에게서 고립될 위험에 처해 있다는 그 감각이, ─그 전에는 나를 두렵게만 만들었던─ 내가 미천한 위치에 놓일 수 있다는 그 가능성이 나를 훨씬 더 충만하게 만든다는 것이. 어느 날 나와 가깝게 지내는 친구들이 내게 이렇게 물었다. "걔 냄새나지 않아?" 그건 사실이었지만, 그 애와 있을 때 나는 숨을 참지도 않았다. 나는 대답했다. "아니, 하나도 안 나."

하지만 나는 내가 그런 식으로 거짓말을 하는 게 근본적인 해결책이 아니라는 것을 알고 있었다. 정말로 내가 최종적으로 해야 하는 일은 고장연을 **우리들** 속으로 끌고 들어오는 것이었다. 그 애가 평범하게 아이들 사이에 머물도록 하는 것, 근본적으로 그 애가 달라지는 모습을 보는 것, 나는 그것이 그 애를 위해서 내 자신이 성취해야 하는 일이라고 생각했다. 어느 날, ─그날은 토요일이었다 ─수업이 끝나고 집으로 돌아갈 준비를 하다가 나는 그 애에게 이렇게 말해버렸다.

"나랑 약속 하나 해. 다음 주까지 머리를 감고 세수를 하고 오면 내가 초콜릿을 줄게."

"초콜릿?"

"응, 넌 한 번도 먹어보지 못한 종류일 거야. 아빠가 스위스에서 사 오신 거거든."

고장연의 얼굴에 미소가 번졌고 그 애의 까만 이가 보였다. 나는 내 말이 너무 매정하게 들리지 않기를 바라면서 덧붙였다.

"이도 닦고 와야 해."

월요일에 그 애는 제시간에 등교하지 않았다. 나는 교실 문이 열릴 때마다 고장연이 나타난 것이 아닐까 싶어서 두근거리는 마음으로 문 쪽을 바라보았다. 결국 그 애는 1교시가 시작하고서도 한참 후에 등교를 했다. 못마땅함과 측은함이 뒤섞인 선생의 시선을 받으며 교실로 들어오는 그 애에게, 다른 사람들은 몰랐을지언정 나는 분명히 알아볼 수 있는 변화가 있었다. 여전히 그 애의 소매와 상의 목 부분은 때에 절어 있고, 구멍이 난 가방과 한 번도 빨지 않은 것처럼 보이는 신발은 그대로였지만, 고장연에게 — 그것이 미미할지언정 — 세수를 하고 머리를 감고 이를 닦은 흔적이 있었다. 그 애가 책상 옆 걸이에 가방을 걸고 내 옆에 앉은 후, 나는 선생의 눈치를 보다가 적절한 때에 그 애의 책상 쪽에 초콜릿을 올려주고 슬쩍 웃었다.

고장연은 점점 더 나아지고 있었지만 다른 친구들이나 선생은 그 변화를 눈치채지 못했다. 가끔 그들의 무심함 때문에 화가 났지만 나는 멈추지 않았다. 나는 그 애가 내 말을 잘 들은 대가로 초콜릿이나 노트, 작은 토끼 인형 같은 것을 주었다. 체육 시간, 이인삼각 달리기를 할 때에도 나는 고장연과 짝이 되겠다고 말했다. 그리고 다른 애들이 모두 보는 앞에서 고장연과 딱 붙어서 발목을 묶고 두 손을 잡았다. 깎지 않은 손톱에 잔뜩 때가 끼인 고장연의 까만 손을 잡았을 때, 옆에서 뛰려고 준비를 하던 친구가 내 귀에 대고 말했다. "걔가 너에게 병을 옮길 거야. 우리 엄마가 그랬거든. 저런 애들은 병균이 있다고. 너에게도 병균이 옮으면 난 너와 놀 수가 없어." 그 이야기를 들었는지 어쨌는지 고장연은 아무런 말도 하지 않고 고개를 푹 숙였다. 나는 보란 듯이 고장연의 손을 더 꽉 잡은 후 다른 사람들이 볼 수 있도록 번쩍 들어 올리고 흔들었다. 나는 나의 역할에 완전히 도취되어 있어서, 다른 아이들이 우리 둘을 묶어서 옆으로 치워두려고 시도한다면 그것조차 겸허하게 받아들일 준비가 되어 있었다. 수업이 끝나고 집으로 돌아가기 전에, 다른 아이들이 보는 앞에서 나는 그 애를 잠깐 안았다가 놓아주었다. 무언가 찌든 냄새가 내 코를 찔렀지만 나는 아무렇지도 않은 척했다. 나는 병균이 옮아도 상관없다는 걸, 그런 것 따위는 견딜 준비가 되어 있다는 걸, 다른 사람들에게 알려주고 싶었다.

　나는 그 애에게 물었다.

　"세수할 때 비누를 사용했어?"

　"아니."

　그 애가 고개를 저으며 대답했다. 그 애가 창피해하는 기색이 없어서 조금 실망스러운 기분이 들었지만, 나는 그 감정을 애써 눌러 담았다.

"그럴 줄 알았어. 세수할 때는 비누를 써야 해. 머리 감을 때는 샴푸를 써야 하고. 잘 씻으면 다른 친구들하고도 놀 수 있을 거야. 걔들이 널 놀리는 게 싫지 않니? 내일 잘 씻고 오면, 내 샤프 줄게."

고장연이 나를 바라보았다. 나는 계속 말했다.

"너 눈이 엄청 예뻐. 너가 잘 씻기만 한다면, 깨끗하게 되기만 한다면 다른 친구들도 다 널 좋아할 거야."

그날 밤, 나는 깨끗해진 고장연에게로 친구들이 몰려드는 장면을 떠올려보았다. 상상 속에서 그 애들은 고장연에게 사과했다. 짐짓 겸손한 척을 하며 그 애들 뒤에 서 있지만, 나는 완전하게 알고 있었다. 내가 다른 아이들은 절대로 도달하지 못할 대륙을 점령한 것이나 마찬가지라는 사실을. 하지만, 다음 날 나타난 고장연의 모습은 내 기대를 완전히 배반했다. 그 애는 전날과 달라진 게 하나도 없었다. 아니, 솔직하게 말하자면 그 애는 완전히 예전으로 돌아가 있었다. 그 애는 세수도 하지 않고 머리도 감지 않고 이도 닦지 않은 채로 학교에 나타난 것이었다. 나는 실망했지만 그런 감정을 내비치고 싶지는 않았다. 나는 그 애에게 주려고 준비해둔 샤프를 내 가방에 집어넣어버렸다.

쉬는 시간에 남자애 세 명이 고장연과 내 자리로 왔다. 그 애들은 서로 눈짓을 주고받더니 노래를 부르듯이 우리를 놀렸다.

"냄새나는 콤비. 냄새 친구들, 우엑우엑, 똥통에 빠졌다가 나왔대요."

나랑 친하게 지내는 여자애들 몇 명이 다가와서 그 남자애들에게 저리 가버리라고 말했다. "정말 한심해." 누군가 어른 흉내를 내며 말했다. 나는 자리에서 벌떡 일어나서 그 남자애들 중 한 명에게 뛰어갔다. 그리고 그 남자애의 머리카락을 한 움큼 잡고 절대로 놓지 않았다. 남자애가 손을 뻗어서 내 얼굴을 때렸다. 선생이 달려왔을 때, 남자애는 앞쪽 머리가 뜯겨 있는 채로, 내 어깨를 잡고 놓아주지 않았고 나는 입술이 터져서 피가 난 채로 여전히 그 애의 머리카락을 꽉 잡고 있었다. 선생은 곧바로 우리 둘의 부모님에게 연락을 했고 — 그는 '중대한'이라는 단어를 썼다 — 수업이 끝난 후 어머니와 나, 그리고 남자애와 그 애의 어머니, 선생 다섯 명이 빈 교실에 남아 있게 되었다. 거기서 남자애와 나는 어쨌거나 자신의 입장에서 자초지종을 설명하려고 애썼다. 어머니는 무슨 일이 있었는지 알 것 같다는 표정을 지었다. 나와 그 남자애는 억지로 서로의 손을 잡고 미안하다고 사과를 해야 했다.

"더 크게 말해."

내 뒤에 서 있던 어머니가 말했다. 나는 분하고, 억울했다. 하지만 내가 전혀 예상하지 못한 최악의 사태는 그 이후에 벌어졌다. 교실을 나가던 길에 담임선생은 굳이 어머니를 붙잡았다. 그리고 단소 대회에 대한 말을 꺼냈던 것이다. "똑똑하고 착한 애입니다. 우리 반에서 단소를 제일 잘 불기도 하고요. 대회에서 일등을 하는 데 중요한 역할을 할 겁니다." 어머니는 선생에게 고맙다고 말했을 뿐 그 이상의 질문은 하지 않았다. 내 손을 잡고 빠른 걸음으로 학교를 빠져나온 어머니는 교문 앞에서 잠깐 멈추어 서서 명백한 비난의 말투로 말했다. "간도 크구나." (하지만 지금 돌이켜 생각해보면 어머니의 그런 비난은 불공정한 것이었다. 어머니야말로 간 큰 아이였다. 어머니는 몇 년 동안이나 가족들을 속이고 자신의 섬을 떠난 적이 있지 않은가?) 집으로 돌아가는 버스 안에서 어머니와 나는 앞뒤로 앉아 있었다. 내가 앞, 어머니가 뒤였다. 나는 어머니를 돌아보고 싶었지만, 어쩐지 그렇게 할 수가 없었다. 그 전에는 어머니가 내 뒤에 있을 때 돌아보고 싶다는 생각을 해본 적이 없었다. 그럴 필요도 없었다. 왜냐면 거기엔 언제나 나를 바라보는 어머니가 있을 테니까. 나는 언제나 고개를 돌려서 그걸 확인할 수 있었으니까. 그 버스 안에서 나는 뒤를 돌아보고 싶다고, 어머니가 나를 보고 있는지 그렇지 않은지 궁금하다는 생각을 하고 있었다. 나는 어머니가 나를 보고 있는 걸 원했던 걸까, 그 반대를 원했던 걸까? 알 수 없었다. 남자애에게 얻어맞은 어깻죽지를 어루만지고, 단추가 떨어진 블라우스를 신경 쓰면서 나는 무언가 잘못되었다는 느낌을 받았다. 어째서 내가 단소를 연습하는 것이, 나머지 공부를 하는 것보다 어머니를 더 화나게 만드는 일이 되는가?

버스에서 내린 후에도 어머니는 내 손을 잡거나, 말을 걸지 않았다. 내 가방을 들어주지도 않았다. 동네 초입의 다리 앞에 도착했을 때 어머니는 갑자기 걸음을 멈추고 나를 돌아보았다. 나 역시 걸음을 멈추었다. 어머니는 나에게 다가온 후에 내 앞에 무릎을 굽히고 앉았다. 그러고는 내 블라우스를 정리해주면서 물었다.

"고장연이라는 애랑 친구가 되어주려고 한 거야?"

나는 고개를 끄덕였다.

"걔가 좋았어?"

어머니의 질문에 내가 고장연을 좋아하는 건 아니었다는 사실을 깨달을 수 있었다. 좋았냐고? 그건 아니었다. 나는 그저 그 애가 나처럼 다른 친구들과 어울리는 모습을 보고 싶었을 뿐이었다.

"그 애가 다른 애들하고도 친하게 지내는 걸 보고 싶었어요."

"왜?"

나는 고개를 가로저으며 대답했다.

"그냥 그 애가 깨끗하게 하고 다니면 친구가 생길 수 있을 거라고 생각했어요. 그래서 걔가 씻고 올 때마다 내가 선물을 줬어요."

"선물?"

"네, 색연필이랑 뭐 그런 거요."

어머니는 끙차, 소리를 내며 다리를 폈다. 그리고 나를 내려다보고 말했다.

"다시는 그렇게 하지 마."

나는 어머니가 무엇에 대해 그렇게 하지 말라고 말하는 것인지 혼란스러웠다.

"친구들이랑 사이좋게 지내는 건 좋지만, 다른 사람이랑 싸우는 건 절대 안 돼. 알았니?"

나는 고개를 숙이고 가만히 있었다.

"그냥 웃어버려. 그냥 흘려버리라고. 다른 사람들이랑 그런 식으로 얽히지 마. 엄마는 너가 그런 일에 휘말리는 게 싫어. 너가 다칠까 봐 너무 걱정이 된단 말이야."

어머니는 계속 말했다.

"그리고 그 단소 대회에 못 나가."

"왜요?"

나는 어머니를 올려다보며 소리를 질렀다.

"대회에 나가고 싶어?"

대회에 나가고 싶다는 생각을 단 한 번도 한 적이 없었지만 그 순간 대회에 나가는 게 마치 나의 지상과제가 된 것 같았다. 나는 악을 쓰며 어머니에게 소리를 질렀다.

"네! 네! 나가고 싶어요. 대회에 못 나가면 난 죽어버릴 거예요!"

어머니가 오른손으로 내 뺨을 찰싹 때렸다. 순식간에 벌어진 일이었다. 내가 어떤 감정을 느낄 새도 없이 내 눈에서 눈물이 흘렀다. 어머니는 마치 저주를 받아서 소금 기둥이 된 사람처럼 한동안 움직이지 않았다. 잠시 후 어머니는 저주에서 풀린 사람처럼 눈을 몇 번 깜빡거렸고, 코를 한 번 문질렀다. 그리고 그 말을 반복했다.

"넌 대회에 못 나가."

나는 고개를 숙인 채로 계속 훌쩍거렸다.

"이 동네에서 불이 나서 죽은 사람들을 생각해봐. 그걸 아무도 바꿀 순 없어. 얘, 네가 고칠 수 있는 일 같은 건 없어. 일어난 일은 그냥 일어난 대로 둬야 해."

어머니의 말이 지시하고 있는 정확한 의미는 알기 어려웠지만, 나는 어쩔 수 없이 이 동네를 언제나 감싸고 있는 재앙과 다른 사람들의 슬픔, 그리고 어머니와 아버지가 잃은 것들을 떠올릴 수밖에 없었다. 어머니는 내 턱을 잡고 자신을 보게 한 후 부드러운 목소리로 말했다.

"너에게 벌을 주려는 게 아니야. 그냥 좋은 일이 아닌 것 같아서 그래."

그 말을 하는 동안 어머니의 입술이 파르르 떨렸다. 어머니의 그 말을 듣자, 나는 불공정하다고 느낀 것에 대한 죄책감이 들었고, 동시에 막연한 패배감 같은 것을 느꼈다. 나는 내가 무엇에 졌다고 생각했던 걸까? 지금도 내 머릿속에는 그날의 그 장면이 펼쳐진다. 꿈을 꿀 때처럼 나는 그 모든 상황을 지켜보는 또 하나의 눈을 가지고 있다. 이제 막 어둑어둑해지려는 가을의 오후에 좁고 초라한 다리 앞에 중년의 여성과 어린 여자애가 서로 마주 보고 서 있다. 그들 주위로는 볼품없는 나무, 잡초 들이 우거져 있다. 그들은 집으로 돌아가는 중이었다. 다리만 건너면 이제 집에 도착할 수 있겠지만 그들은 집이 너무 멀리 있다고 느꼈으리라.

그 후로 나는 고장연에 대한 관심을 끊었다. 그 애는 예전처럼 다시 혼자가 되었다. 고장연을 놀리는 걸 삶의 즐거움으로 여기던 남자애조차 더 이상 고장연 곁에 가지 않았다. 그 애는 전보다도 훨씬 더 외톨이가 된 셈이었다. 나는 더 이상 그 애와 '접촉'하지도 않았고, 우연히라도 그 옆을 지나게 될 일이 생기면 대놓고 손으로 코를 막았다. 솔직하게 말하자면 그렇게 했을 때, 그러니까 내가 그렇게 해도 된다고 나 자신을 완전히 설득시켰을 때, 나는 안도감을 느꼈다.

솔직한 김에 한 가지 더 고백하자면, 내가 그렇게 변한 게 순전히 어머니의 말 때문만은 아니었다. 짝꿍을 바꿀 시점이 되었을 때쯤, 나는 고장연에게 내 샤프를 주었다.

"넌 나랑 한 약속을 지키지 않았지만 그래도 이걸 줄게. 앞으로 나와 짝이 못 되더라도 꼭 잘 씻고 다니라고."

그 애는 샤프를 내려다보다가 이윽고 입을 열었다.

"아니야."

"뭐가?"

"난 너랑 약속한 적 없어. 그냥 너 혼자 이야기한 거잖아."

그 말에 나는 충격을 받았다.

"그래도 이 샤프 내가 가져?"

나중에 많은 시간이 흘렀을 때, 나는 내가 고장연으로부터 받은 것, 혹은 내가 그 애에게 준 것에 대해 생각했다. 내가 '선물'한 물건들 말고, 다른 것들에 대해. 분명히 우리가 서로에게 건네준 것, 교환한 것이 있었다. 그런 일이 있고 난 후 나는 더 이상 친구들과 관계를 맺으려고 안달복달하지 않게 되었다. 무언가 내 안에서 꺾이고 시들해진 기분이 들었다. 나는 더 이상 용기를 내고 싶지도 않았고, 굴욕감을 느끼고 싶지도 않았다. 아니, 때때로는 그저 용기를 내거나 굴욕감을 느끼면 되는 그런 단순한 세계로 돌아가고 싶다는 생각이 들기도 했다.

어머니가 죽기 전에 나는 고장연을 기억하느냐고 물어본 적이 있었다. 어머니는 잠시 생각하는 척하다가, 기억나지 않는다고 대답했다. 나는 어머니가 거짓말을 한다는 걸 알고 있었다. 하지만 적어도 그때, 나는 어머니에게 배신감을 느끼지는 않았다. 그럴 필요가 없었다. 나는 어머니가 거짓말을 하고 있다는 사실을 알고 있었고, 어머니는 내가 알고 있다는 사실을 알고 있었다. 그러므로 우리는 서로에게 각자 이기고 있으면서 지고 있는 중이었다. 우리가 주고받은 건 0이었다. 그 작은 동네를 떠나 어머니와 내가 서울의 산자락에 있는 집에 '정착'한 이후로도 어머니는 종종 그런 식으로 굴었다. 내 마음속에 묘한 죄책감을 불러일으키고("이 동네에서 불이 나서 죽은 사람들을 생각해봐. 그걸 아무도 바꿀 순 없어"), 내가 위험에 처해 있다는 인식을 심어주는 것 말이다. 나는 어머니의 술수 — 나는 그걸 그렇게 이름 지었다 — 를 알아차릴 때마다 안간힘을 쓰며 시소의 균형을 맞추려고 우스꽝스럽게 몸을 비틀고 다리를 움직이는 아이처럼 관계의 추를 0에 가져갈 수 있도록 최선을 다했다. 내가 어머니를 미워하지 않을 수 있도록. 그러니까, 내가 어머니를 계속 사랑할 수 있게 하려고.

그러므로 그날, 눈 오던 어느 토요일, 도심이 내려다보이는 식당에서 아버지가 망가뜨려버리려고 시도한 건, 다른 게 아니라, 내가 맞추려고 했던, 어머니와 나 사이의 균형 감각이었던 셈이다.

5. 또 다른 여자

남편은 메인 요리가 나올 때쯤이나 되어서야 식당에 도착했다. 서두른 것처럼 보이지는 않았다. 늦은 것에 대해 ─ 그와 함께 차 안에 계속 머물렀다면 나 역시 그 시간에 도착했을 가능성에 대해 ─ 미안해하거나 겸연쩍어하는 기색도 없었다. 나는 그가 나쁜 의도가 있어서 그런 게 아니라는 것을 알고 있었다. 그저 그럴 필요를 못 느끼는 것뿐이라는 사실도. 가끔은 '필요를 느끼지 못하는' 부류의 사람이 부럽다는 생각이 들 때가 있다. 그는 자신의 장인어른에게 정중하게 인사를 했다. 그리고 거짓이 섞인 너스레 ─ "아, 정말 뵙고 싶었습니다" ─ 도 떨었다. 갑자기 나타난 사위라는 존재 때문에 아버지는 당황한 것 같았다. 남편은 나와 아버지 사이에 흐르는 냉랭한 기운을 알아차

렸겠지만 ─ 그러지 못했을 가능성은 거의 없었다 ─ 완전
히 모른 척했고, 음식을 먹는 데 열중했다. 가끔 남편은 아
버지에게 말을 걸었다. 그는 종종 다른 사람 ─ 그 상대가
누구이든 간에 ─ 에게 좋은 인상을 남기고 싶다는 열망이
너무 강해서 그가 가지고 있는 다른 특질이나 의도들을 억
누를 때가 있었다. 그가 던진 이야기들 ─ 경주에서 서울
에 오는 방법에 대해, 고속도로에 대해, 지진에 대해, 문화
재에 대해 ─ 은 무의미했지만 아버지는 성의 있게 대답하
려고 노력했다. 나는 그들의 대화가 마치 공회전하는 자동
차 같다고, 우리가 머물고 있는 공간 속으로 끊임없이 어
떤 찌꺼기들을 배출해내고 있다고 느꼈다. 그리고 마침내
나는 그 찌꺼기들이 의미하는 것은 다름 아닌 나의 패배라
는 것을 인정할 수밖에 없게 되었다. 나의 목적이 뭐였든,
완전히 실패한 것이다. 남편이 접시를 거의 다 비워갈 때
쯤 아버지는 너무 시간을 지체한 것 같다고, 그만 일어나
봐야 할 것 같다고 말했다.

"기차 시간이 다 되었단다."

"바깥에 눈이 너무 많이 와서 기차가 다닐지 모르겠습니
다. 아까 뉴스에서 그랬거든요."

우리는 동시에 창밖을 바라보았다. 징그럽게도 내리는 눈.

"괜찮을 거다. 빨리 나가고 싶구나."

나는 직원을 불러서 후식은 필요하지 않다고 말했다. 밥값을 지불하겠다는 아버지를 억지로 떼어내고 계산을 끝낸 남편은 함께 1층으로 내려온 후에 아버지와 나를 건물 입구에 잠시 세워두었다.

"여기서 잠시만 기다리세요. 택시를 잡아 오겠습니다."

그는 여전히 아버지에게 좋은 인상을 남기려고 애쓰는 중이었다. 눈도 눈이지만 무엇보다 기온이 뚝 떨어진 것 같았다. 너무 추워서 발을 동동거리고 싶은 심정이 되었다. 나는 캐시미어 코트의 외투 깃을 세운 후, 아버지 옆에 나란히 서서 앞만 바라보고 있었다. 아버지의 패딩 점퍼는 아주 두꺼워서 별로 추워 보이지도 않았다. 이런 추위를 예상이라도 했다는 듯한, 그런 태도가 나를 거슬리게 만들었다.

"나한테 화낼 필요 없다."

아버지가 말했을 때, 나는 아버지에게서 한 걸음 물러섰다. 마치 아버지가 말을 거는 행위만으로 나에게 신체적인 위해를 줄 수도 있다는 듯이.

"아버지는 비열해요."

"비열하다고?"

아버지가 나를 보며 되물었다.

"비열하고 뻔뻔해요. 나랑 어머니에게 미안하다고 생각

하셔야 마땅한 거 아니에요?"

잠시 동안 아버지는 아무런 대답도 하지 않았다. 자신을 변호할 만한 그런 단어들을 고르는 중이리라. 이윽고 아버지가 입을 열었다.

"난 최선을 다했다."

최선을 다했다니, 그 정도 변명이라니.

"우리를 떠난 게 최선을 다하신 거라고요?"

"난 그냥 내 인생을 살려고 노력했던 것뿐이다."

명백하게도 아버지는 단어를 고르는 데 실패했다. 아니, 어쩌면 아버지는 그 정도의 노력도 기울이지 않은 것이었다. 나는 아버지에게 한 걸음 다가갔다. 이번에는 내가 그렇게 함으로써 아버지의 신체를 해칠 수도 있다는 듯이.

그리고, 나는 결국 말하고 말았다.

"아버지도 똑똑히 기억하고 있죠? 그 여자요. 어머니의 유일한 친구였던 그 여자요."

아버지는 나와 만난 이후 처음으로 할 말을 잃었다는 듯한 표정을 짓고, 한 손으로 이마를 문질렀다. 어릴 적 살던 그 동네를 떠난 후, 어머니와 나는 그 여자를 입에 올린 적이 거의 없었다. 동네를 떠난 직후에는 의식적으로 그 공간과 관계된 어떤 말도 꺼내지 않으려고 했었고, 나중엔 그냥 자연스럽게 그렇게 되었다. 어머니가 그 여자를 입에 올린 건, 시한부 판정을 받은 후의 일이었다.

"어머니는 그저 슬픔에 빠져 있었어요. 어머니가 도와주고 싶었던 친구가 그런 식으로 죽어버려서요. 아버지는 그때 어머니를 떠나는 게 아니라 어머니를 위로해줬어야 했어요."

"나는⋯⋯"

아버지는 완전히 낙담했다는 듯한 표정으로 말을 이으려고 했지만 나는 아버지의 말을 잘라먹었다.

"불이 난 적이 없었다구요? 대단하시네요. 그걸 어머니의 거짓말이라고 말씀하시다니. 그럼 한번 말씀해보세요. 오빠가 죽었다는 것도 거짓말인가요?"

택시를 잡던 남편이 우리 쪽을 흘깃 쳐다보았다. 남편의 머리와 어깨에 눈송이가 쌓이고 있었다. 아버지는 한 번 더 그 말을 반복했다. 나를 화나게 하는 그 말을.

"난 최선을 다했어."

"최선이라고요? 어떤 최선요? 말씀해보세요. 내 오빠가 죽었어요? 그것도 거짓말이에요? 그것도 거짓말이라고 말씀해보시라고요."

아버지는 두 손으로 얼굴을 문질렀다. 그러고 나서 벌겋게 달아오른 얼굴로 나를 바라보았다. 아버지는 갈림길에서 고민하는 사람처럼, 마치 자제력을 발휘하려고 애쓰는 사람처럼 보였다. 그런 아버지의 태도는 나를 정말로 화나게 했다. 대체 아버지가 무엇에 대해 자제력을 발휘한단 말인가? 아버지는 그럴 자격도 없었다. 아버지는 입술을 깨문 후, 목소리를 낮추고 내게 말했다.

"너희 오빠가 죽었다. 그래, 너희 오빠가 죽었어. 너희 오빠가……"

그때, 남편이 우리 쪽으로 빠르게 걸어오는 게 보였다. 그 뒤로는 택시가 한 대 서 있었다.

"택시를 잡았습니다. 가서 타시죠."

나는 팔짱을 낀 채로 고개를 숙였다.

"가세요. 가버리시라고요."

나는 아버지를 바라보지 않았고 아버지도 내 말에 대꾸하지 않았다. 나는 고개를 숙이고 눈까지 꼭 감고 있었다. 택시 문이 닫히는 소리, 그리고 택시가 출발하는 소리가 들렸다. 나는 아버지가 무사히 돌아가기를 바라지도 않았다. 나는 아버지가 탄 기차가 눈 때문에 철길 위에서 오도 가도 못 하는 걸 상상했다.

남편과 집으로 돌아가는 길에, 문득 그런 문장이 떠올랐다. 눈이 올 땐 소리가 나지 않는다. 얼어붙은 땅, 차창 밖으로 쏟아지는 눈, 끊임없이 움직이는 와이퍼, 엉금엉금 지나가는 옆 차선의 자동차들. 그 순간 내가 원한 건, 내 자신이 안전하다는 확신이었다. 마치 어머니가 내게 해주었던 것처럼. 아, 그런가? 정말 그런가? 너의 삶, 너의 행복, 너의 안전. 나는 어머니가 바랐던 그것들이 그저 허상에 불과하다는 사실을 알고 있었다. 그럼에도 불구하고 나는 내가 그것들을 가진 적이 있다는 것을 실감하고 싶었다. 그것이 그 순간 절실하게 내가 바란 단 한 가지였다.

운전에 열중하던 남편은 나를 흘긋 바라보더니 그럴 줄 알았다는 듯한 말투로 이야기했다.

"거봐, 당신 기분만 나빠졌잖아. 내 말을 귓등으로도 안 듣더니, 결국 이렇게 될 줄 알았다고."

나는 결국 그해에 단소 대회에 나가지 못했다. 어머니는 방과 후 단소 연습에는 계속 나가도 좋다고 말했지만, 나는 그것도 그만두었다. 선생은 안타까워했다. "넌 재능이 있는데 말이다." 모든 것이 하잘것없다고, 아무런 의미도 없어졌다고 생각했지만, 그래도 가끔 나는 방과 후 단소 연습이 이루어지는 동안, 텅 빈 복도에 몰래 남아서 연습하는 소리를 듣고 싶은 마음을 억누르기 어려울 때가 있었다. 나는 그들이 실수하기를 바랐다. 치명적인 실수, 갑자기 누군가 이상한 소리를 내고 나의 부재에 대해 어리둥절해하기를 바랐다. 처음에는 그런 일이 종종 있었을 것이다. 하지만 시간이 지나면서 자연스럽게 나의 지위는 다른 친구에게로 이전되었고 그건 선생의 안타까움이 무색할 정도로 성공적이었다. 그 아이들은 시 대회에 나가 입상을 하고, 도 대항 대회를 준비하게 되었다.

11월의 어느 날 저녁, 식사방에 앉아 티브이를 보면서 식사를 하고 있을 때였다. 지역의 소식을 전해주는 티브이 프로그램에서 도 대항 단소 대회에 대한 소식이 나왔다. 내 옆에 앉아 있던 어머니와 나 사이에 갑자기 어색한 분위기가 흘렀다. 그럴 만한 이유가 없는데도 나는 약간 얼었고 티브이를 보는 게 고역처럼 느껴졌다. 뾰족한 꼬챙이가 복부를 마구 찌르는 것 같았다. 어머니는 어떤 감정을 느끼고 있었을까? 어쨌거나 분명한 건, 어머니도 나도 채널을 바꿀 엄두를 내지 못했다는 사실이었다. 나는 내가 여전히 그 일에 집착하고 있다는 사실을 드러내고 싶지 않았고, 어머니는 채널을 돌림으로써, 자신이 내게 내린 결정 — 금지 — 이 미친 영향력을 인정하게 될까 봐 걱정이 되었을 것이다. 나는 밥알을 꼭꼭 씹었고, 어머니는 내 물컵에 물을 따라주거나 반찬 그릇을 옮기며 약간은 부산스럽게 굴었다. 그때, 화면으로 우리 반 애들의 얼굴이 슬쩍 지나갔다. 길어봤자 5초도 안 되는 시간이었을 텐데, 나는 그 애들을 알아보았고, 나도 모르게 소리쳤다.

"우리 반 애들이에요!"

갑자기 어머니를 감돌던 어색함은 사라졌다. 나는 영문을 알 수 없었다. 심지어 ─ 아주 잠시 동안의 일이긴 했지만 ─ 어머니의 입가에는 자신만만한 미소가 슬쩍 지어졌다. 마치 그런 일 ─ 우리가 아는 사람이 카메라에 잡히는 ─ 을 예상이라도 했다는 듯이. 그런 예상을 한 게 굉장한 일이라도 된다는 듯이.

"그래, 엄마도 봤어."

단소 대회는 허락해주지 않았지만, 어머니는 내가 마을 안쪽, 소나무 숲에 혼자 가는 것은 허락해주었다. 어머니가 어디에 가느냐고 물어보면 나는 솔직히 소나무 숲으로 간다고 대답했고 그러면 어머니는 감기에 걸리지 않게 단단히 차려입으라고만 말했다. 어쨌든 나는 마을 안에 있을 것이었고, 어머니는 그 사실에 안심했을 것이다. 어머니는 이렇게 말하기까지 했다. "나무를 보는 건 좋은 일이야. 자연은 심신을 안정시켜주거든." 나는 사실 어머니 ─ 혹은 다른 사람이라도 ─ 가 '자연'이라는 단어를 입에 올릴 때마다 소름이 끼쳤다. 무신론자 선생이 했던 말 ─ "사람이 썩는 건, 자연으로 돌아가기 위한 거야. 사람은 자연의 일부였다가 자연의 일부로 돌아가는 거란다" ─ 은 여전히 내 마음속에 잠복해 있었고, '자연'이라는 단어를 들을 때마다 부패한 과일이나 녹슨 못, 곪은 상처 같은 단순하고 도 극단적인 이미지들이 슬며시 내 의식 표면으로 떠올랐다. 내가 소나무 숲으로 가는 건 심신 안정을 위한 게 아니었다. 그럼 무엇 때문에? 소나무 숲에서는 어디로 눈을 돌리든 저 멀리 펼쳐진 소나무를 볼 수 있었다. 눈이 오는 날에도, 비가 오는 날에도, 흐린 날에도, 맑은 날에도. 나는 그 나무들의 운명을 알고 있었다. 그 나무들의 뿌리는 파헤쳐질 것이고, 밴드로 묶인 채 결국 트럭에 실려서 어디론가 옮겨 갈 것이었다. 한때 그 모습 — 절대 뽑히지 않으리라고 여겨졌던 것이 무력하게 포클레인에 굴복하는 — 은 나를 흥분시켰지만, 이제는 아니었다. 인부들이 뿌리를 원추형으로 정리해서 목화 마대로 감싼 후 잎이 다치지 않도록 노끈으로 묶어서 트럭에 싣는 것을 볼 때면, 나는 무력감과 이 세상에 뽑히지 않을 것이란 없으리라는 막연한 공포감을 느꼈고, 이 세상의 이치가 뒤집히고 있다는 생각 때문에 속이 울렁거렸다.

　나중에 그 일 — 소나무를 가져가는 일 — 을 떠올렸을 때, 나는 당시의 내가 알아차리지 못한 사실을 떠올리게 되었다. 핵심은 그 나무들을 파헤칠 때 사람들이 무척 '공을 들인다'는 사실이었다. 그 일은 아무렇게나 자행되는 게 아니었다. 폭풍우나 태풍, 지진 같은 재난처럼 무자비

한 것도 아니었다. 그건 아주 섬세하고 계획적으로 이루어졌다. 내가 임신한 친구를 만나서 어릴 적에 살던 동네 이야기를 하다가 문득 떠오른 생각 중 하나는 이것이었다. 소나무들은 다 어디로 옮겨졌을까? 그게 가능했을까? 그 모든 걸 '공들여' 제대로 해낼 수 있었을까? 물론 이제 나는 어른이고, 소나무들이 어떤 유의 장소로 옮겨 가는 건지는 잘 알고 있다. 그러니까 옮겨지는 것, 바로 그것이 소나무들이 심긴 이유라는 걸 잘 알고 있다는 의미이다. 하지만 당시의 나는 ─ 당연히 ─ 그런 걸 몰랐고, 그 모든 일들이 괴상하게만 느껴졌다. 그리고, 어쩌면 나는 그 소나무 숲에서 그런 생각을 했는지도 모른다. 그러니까, 나도 어디론가로 사라지고 싶다고. 글쎄, 잘 모르겠다. 어쩌면 이건 성인 여성인 내가 어린 여자아이였던 그 시기의 나를 바라보는 방식 중 하나에 불과한 것인지도 모른다. 하지만 그 당시에는 그런 이야기가 너무 흔했다. 아이들이 실종되거나 납치당하는 일. 동네 전신주에는 '이 아이들을 찾습니다'라는 글자와 애들의 사진이 여러 개 실려 있는 전단지가 붙어 있었다. 어머니는 그걸 보면 언제나 분통을 터뜨렸다.

"어떻게 부모가 아이를 잃어버릴 수가 있어?"

아버지는 부모들은 범죄의 피해자이기 때문에 아이를

잃은 부모를 비난해서는 안 된다고 말했다. 어머니는 아버지의 말에 수긍했지만 약간은 자존심에 타격을 입은 것 같은 표정으로 결국은 이렇게 말했다. "여보, 제발 마당에 있는 신문 뭉치나 치워줘요." 아버지가 마당 한구석에 쌓아두었던 신문 뭉치들, 내가 부모님 몰래 읽었던 신문 뭉치에는 언제나 납치되거나 실종된 아이들에 대한 기사가 실려 있었다. 그 당시 내 마음을 더 끌었던 단어는 '납치'보다는 '실종'이었다. '납치'라는 단어는 범죄와 결부되었다는 인상을 주었지만, '실종'이라는 단어에는 무언가 신비스러움이 작동했다. 물론 어느 날 갑자기 쥐도 새도 모르게 사라진 아이들에 대한 이야기는 나를 공포스럽게 만들었지만, 그 공포심은 실제적이었다기보다는 그 당시 유행하던 귀신 이야기 —— 길을 걷다가 입이 찢어진 할매 귀신을 만난다든지, 새벽에 거실에 나타난 죽은 가족에 대한 이야기라든지, 방과 후 학교 운동장에 있는 동상이 피눈물을 흘린다는 둥의 그런 이야기들 —— 가 유발하던 공포심과 비슷한 것이었다. 아니다. 더 정확하게 말하자면, 나는 그런 귀신 이야기를 '진짜'로 받아들였고, 실제적인 공포심을 느꼈다(나는 가끔 밤에 불을 켜고 잠에 들었고, 어머니를 졸라서 구입한 기담집은 절대로 내 방 안에 두지 않았다). 사라진 아이들에 대한 이야기는 나를 두렵게 만들었지만 다른 한편으로는 들뜨게 하고 흥분하게 하는 무언가가 있었다.

내가 자유롭게 신문을 읽거나 뉴스를 볼 수 있게 된 건, 내가 그 동네를 떠나고도 몇 년 후의 일이다. 어머니는 신문이나 미디어를 금지하면 이 세상의 추악한 모습과 내가 자연스럽게 분리되리라고 여겼겠지만, 그 당시, 내가 열 살 때 이미 반 친구들 중에는 자유롭게 뉴스나 신문을 볼 수 있는 애들이 있었다. 물론 신문을 보는 애들은 별로 없었고, 뉴스와 ― 어머니 표현에 따르면 ― '아이들이 봐서는 안 되는' 드라마를 보는 애들이 대부분이었겠지만 말이다. 나를 비롯한 다른 친구들은 그런 애들의 이야기에 언제나 귀를 기울였다. 그 애들에게는 언제나 이야깃거리가 넘쳤다. 무언가 거침없는 구석이 있었고, 세상의 이치에 통달한 느낌을 주었다. 내 생각에 그런 애들은 ― 적어도 ― 나보다 훨씬 더 어른스러웠다. 그런 느낌이 있었다. 팔짱을 낀 채 또래 남자애들을 바라보고 혀를 끌끌 차며 낮은 목소리로 이렇게 말을 하는 것이다. "정말 수준 낮아. 수준 낮아서 같이 못 놀겠어." 수준, 그래 그 애들에게는 수준이 있었다. 그 애들은 순식간에 교실을 공포로 얼어붙게 만들 수 있었고, 가요를 흥얼거리거나 유행하는 춤을 출 수도 있었으며 '키스'나 '뽀뽀'라는 단어를 입에 올렸다. 그 애들은 농담을 잘했지만, 그건 내가 훗날 자주 사용하게 될 농담과는 질적으로 다른 것이었다. 웃음으로 모든 걸 흘러가게 놔두는 게 아니라, 거꾸로 모든 걸 움켜잡는 것. 그건 나로서는 절대 할 수 없는 일 중 하나였다.

겨울 방학을 앞둔 어느 날, 수업이 끝나고 집으로 돌아가기 전에 그런 애들 중에 한 명이 이야기를 시작했다. 남자애들과 선생은 모두 나간 후였고 교실에는 여자애들 몇 명만 남아 있었다. 우리들은 그 애를 둘러쌌다. 그 애는 집에 갈 준비를 다 하고 가방을 뒤로 멘 채였고, 책상 앞에 서서 우리를 한번 돌아보았다.

"어제 주영이랑 같이 집에 가는 길이었어. 주영이 알지? 옆 반 주영이. 옆 반은 매일 종례가 늦게 끝나잖아. 정말 지겨워. 애들아, 어제 주영이랑 내가 문방구에서 오락하고 떡볶이 사 먹느라 집에 좀 늦게 갔거든. 그런데 우리 동네로 가는 길목에 차가 세워져 있는 걸 본 거야. 검은색 차였어. 그렇게 큰 차는 처음 봤어. 차 안에는 아저씨 두 명이 타고 있었는데 차창 문을 열고 있어서 차 안이 훤히 보였어. 날씨도 추운데 왜 그렇게 문을 열어놨을까 싶더라고. 운전하는 아저씨 말고 다른 아저씨는, 그러니까 조수석에 앉은 아저씨는 의자를 끝까지 밀어두고 거기에 거의 누워 있었어. 그리고 운전하는 아저씨의 의자는 조금만 뒤로 젖혀 있었지. 그 아저씨들이 우리에게 손짓을 했어. 애들아 잠깐만 와봐, 그러는 거야. 나랑 주영이는 아무 생각도 없이 그 아저씨들에게 다가갔어. 그 아저씨들은 둘 다 양복을 입고 넥타이를 매고 있었어. 우리 아빠처럼 말이야. 아빠 넥타이를 맨 사람들은 좋은 사람이라고 맨날 말씀하셨거든. 누워 있던 아저씨가 우리에게 어느 학교에 다니냐고 물었지. 학교 이름을 알려줬더니, 너무 잘되었다면서 우리 학교에 가야 할 일이 있다는 거야. 그런데 길을 잃어서 잠깐 쉬고 있었다고. 우리는 학교가 이미 문을 닫았을 거라고, 선생님들도 다 퇴근하셨을 거라고 말해줬어. 그런데 그 아저씨들은 어쨌든 자기들은 지금 학교에 가야 한다고 우겼어. 선생님 이름을 대면서 그 선생님이 자기들을 기다리고 있다는 거야. 그래서 우리는 길을 설명해줬어. 그런데, 아무리 설명을 해줘도 잘 모르겠다는 거야. 그러더니 우리에게 말했어. 좋은 생각이 있다고, 우리가 차에 타서 길을 알려주면 어떻겠느냐고. 나는 그 아저씨들을 바라봤어. 그 아저씨들은 나를 보고 웃고 있었어. 갑자기, 막 소름이 끼치는 거 있지. 예감이 든 거야. 그제서야, 나는 그 아저씨의 양복바지 버클이 풀려 있었다는 것, 그 아저씨가 손으로 뭔가를 주물럭거리고 있다는 걸 알았어. 나는 그게 주홍색 공이라고 생각했어. 그런데 갑자기 심장이 너무 뛰는 거야. 이상했어. 마치 내가 잘못을 저지른 것 같은 그런

152

기분이 들었지. 기분이 너무 나빴어. 나는 주영이의 손을 잡고 조심스럽게 뒷걸음 쳐서 천천히 차에서 멀어진 후 돌아서서 빠르게 걷기 시작했어. 왜 그래야 하는지도 모르면서 말이야. 그 아저씨들이 우리를 쫓아올까 봐 너무 무서웠어. 하지만 아저씨들은 우리를 쫓아오지 않았어. 그 차에서 정말 멀리 떨어질 때까지 우리는 아무 말도 하지 않았지. 나는 주영이에게 무얼 봤냐고 물었어. 주영이는 아무것도 보지 못했다고 하더라고. 주영이가 나에게 물었어, 뭘 봤느냐고, 나도 아무것도 보지 못했다고 대답했어. 모르겠어. 하지만, 얘들아, 알겠어? 어제 내가 도망치지 않았다면 주영이랑 나는 실종될 뻔한 거야."

그 당시 우리들은 자못 심각한 표정을 지으며 그 이야기를 들었다. 섬뜩한 느낌이 들었지만 거기에 등장하는 세부 내용들이 정확하게 무엇을 뜻하는지는 잘 몰랐다. 하지만 나는 그 애가 아주 위험한 상황에 처해 있었다는 사실만은 확실하게 알 것 같았다. 그 당시 우리들은 그런 일을 어른에게 말해야 한다는 생각조차 하지 못했다. 굉장히 끔찍한 무언가가 숨겨져 있다는 것, 불쾌하고 절대로 누구도 겪어서는 안 되는 일이라는 사실은 막연히 느끼고 있었지만, 다른 한편으로는 그 일을 겪은 그 애가 으스대고 있다는 것도 알 것 같았다. 그리고, 그게 그 애가 표출해도 되는 정당한 감정이라고도 느끼고 있었다. 왜냐하면 적어도 우리들 중 '실종'이라는 경험에 가장 가깝게 도달해본 유일한 아이였으니까.

아버지를 만난 후, 나는 낙담했고 쓰라린 마음이 들었다. 나를 괴롭히는 건, 아버지가 한 말—"네 엄마는 너에게 거짓말을 한 거야"—이었다. 나는 아버지에게서 진부하고 어정쩡한 악의를 느꼈고, 그런 것들은 나를 상처조차 주지 못한다고 생각하려고 애썼다. 하지만 내가 아버지에게 꺼낸 말들이 있었다. 아버지 앞에서 결코 입에 올리지 않으리라고 다짐했던 사항들. 그런 이야기들을 끄집어내고, 아무런 여과 장치 없이 분노를 터뜨림으로써, 나는 내 자신이 상처받은 적이 있는 작고 여린 여자아이였다는 사실을 인정한 꼴이 되어버린 것 같았고 그것 때문에 수치심이 들었다. 수치심, 아마 그게 이유였을 것이다. 아버지를 만나고 돌아온 지 며칠이 지나 내가 문득 윤이소를 떠올린 것은 동질감에서 비롯된 것이었을까? 아니면 내가 맞닥뜨린 사태에 대한 반작용 같은 것이었을까? 분명한 건 내가 송년회 이후 처음으로 윤이소를 떠올렸다는 사실이었다. 일감을 앞에 두고—물론 남편의 스크랩북도 펼쳐져 있는 채로—서재에 앉아 있다가 문득 그런 궁금증이 든 것이다. 남편은 윤이소가 사라진 사실을 어떤 식으로 받아들였는가? 남편이 다니고 있는 회사는 윤이소가 그런 식으로 은퇴해버린 것을 어떤 식으로 처리했는가? 설립될 당시부터 그 회사가 윤이소의 막대한 도움을 받았다는 걸 이 바닥에서 모르는 사람은 없었다. 그게 돈이든, 회사의 신뢰도든, 그게 무엇이든, 윤이소는 줄 수 있는 도움을 모두 주었다. 그런데 이제 와서 아무도 윤이소에게 신경 쓰지 않는 것이다. 윤이소가 은퇴한 것에 대한 기사를 본 적이 있는가?

문득 윤이소를 떠올린 밤, 남편이 잠든 이후로도 한참 동안 잠을 이루지 못하던 나는 조용히 침대에서 빠져나와서 서재로 갔다. 책상 위의 데스크톱을 작동시키고 인터넷의 검색창을 열었다. 서재의 전등을 켜지 않아서 모니터에서 빠져나오는 푸른빛을 제외하고는 어둠뿐이었다. 하지만 그 빛만으로도 충분했다. 나는 검색창에 윤이소의 이름을 입력했다. 윤이소에 대한 특별한 기사는 없었다. 그녀가 사라진 것에 대해 그 어떤 사람도, 그 어떤 언론도, 그러니까 가십만 다루는 싸구려 언론조차 떠들지 않았다. 나말고는 윤이소가 '사라진' 걸 중요하게 생각하는 사람도 없는 것 같았다. 아무도 관심이 없다. 어떻게 그럴 수가 있었을까? 나는 송년회에서 아무렇지 않게 다른 사람들 틈에 앉아 있던 윤이소의 매니저와 그의 아내를 떠올렸다. 그들조차 마치 처음부터 한 번도 윤이소는 존재하지도 않았다는 듯이 굴고 있었던 게 아닌가? 어떻게 그럴 수 있었을까? 그들은 마치 가족 같은 사이였는데?

윤이소를 다룬 마지막 기사는 그녀가 〈또 다른 여자〉에 출연한다는, 일종의 제작 발표회에 대한 것이었다. 그녀가 제작 발표회에 참석한 건 아니었다. 제작 발표회에는 드라마의 남자 주인공과 여자 주인공이 앉아 있었다. 기사의 마지막쯤에 윤이소의 이름이 거론되었다. "……윤이소가 출연할 예정이다." 그 이후로는 윤이소가 언급된 기사 자체가 없었다. 송년회에서 만난 매니저의 아내는 윤이소가 '갑자기' 편지 한 장 달랑 남겨놓고 사라져버렸다고 했다. 드라마에서는 어떤 식으로 윤이소의 하차를 처리했을까? 나는 이번에는 '또 다른 여자'를 검색해보았다. 등장인물을 소개하는 코너에 여전히 윤이소의 사진과 윤이소의 배역을 설명하는 문구가 남아 있었다. "수현 — 여주인공의 이름이다 — 의 든든한 조력자이자 그녀가 다니는 회사의 이사. 산전수전 다 겪었다. 이 세상에 무서울 것이라고는 없다."

나는 어둠 속에서 데스크톱과 연결된 이어폰을 귀에 꼈다. 그러고는 돈을 지불한 후 드라마 — 윤이소가 아직은 등장하고 있을 것이라고 추측되는 11월 방영분부터 ─ 를 보기 시작했다. 드라마의 내용은 그저 그랬다. 유력 정치인의 아들이 아버지 정적의 딸과 사랑에 빠진다. 아들은 자신이 사랑하는 여자와 결혼을 하고 싶지만 그게 여의치 않다. 그래서 눈속임용으로 돈이 필요한 평범한 집안의 여자에게 자신과 계약 연애를 해달라고 부탁하는데(아들의 부모는 아들이 원수 집안의 딸과 결혼을 하느니 차라리 '그런' 여자와 결혼하는 게 낫다고 여긴다), 그러다가 결국 그 여자와 진짜로 사랑에 빠진다는 내용이었다.

윤이소가 더 이상 출연하지 않으리라는 암시는 11월 마지막 주 방영분에서 나왔다. "이사님은 미국으로 떠나셨어요." 한 줄의 대사, 그게 전부였다. 애초에 그런 식으로 사라져버려도 개연성에 아무런 해도 끼치지 않는 배역이었다. 나는 약간 화가 났다. 이 세상 사람들 모두 그녀를 불공정하게 대하고 있다는 생각이 들었던 것이다. 그때, 갑자기 서재 안이 환해졌다. 고개를 드니까 조명 스위치 옆에 서서 나를 바라보고 있는 남편이 있었다. 나는 한쪽 귀의 이어폰만 뺐다.

"안 자고 뭐 해?"

여전히 드라마는 재생되고 있었고, 다른 한쪽 귀에 여전히 끼워져 있는 이어폰에서는 자신을 배신한 남자에게 여자가 건네는 말이 들려왔다. "너는 후회하게 될 거야. 그런데 너가 후회하게 되면 내가 정말로 못 살 것 같아."

"드라마를 보고 있어."

나는 한쪽 귀의 이어폰을 마저 뺐다.

"드라마?"

남편이 어이가 없다는 듯한 표정으로 되물었다.

"또 다른 여자."

내가 드라마의 제목을 말하자, 그는 정말로 영문을 모르겠다는 표정을 지었다. 그런 표정을 보자 나는 질문하고 싶은 기분을 억누를 수가 없어졌다.

"여보, 윤이소가 사라졌지?"

"뭐? 누구?"

남편은 그런 이름은 아예 머리에서 지워버렸다는 듯이 되물었다가 갑자기 깨달았다는 듯이 대답했다.

"아아, 맞아, 사라졌어. 당신이 그 여자에게 관심이 있는 줄은 몰랐네."

"신경 쓰이지 않아?"

"뭐가?"

"윤이소가 사라진 것 말이야."

"왜?"

왜냐고? 그가 그렇게 되묻자 이번에는 내가 어안이 벙벙해지는 것 같았다. 남편은 정말로 영문을 모르겠다는 듯이 내 얼굴을 바라보며 다시 한번 물었다. 황당하다는 투로.

"왜 그런 생각을 해? 그 여자는 그냥 자기의 삶을 사는 건데."

자기의 삶. 하지만 어떤 사람이 자신의 삶 속에서 그런 식으로 사라질 수 있을까?

"게다가, 내가 예전에도 몇 번 이야기했지만, 그 여자, 얼마나 제멋대로 굴었는지, 우리가 고생한 걸 생각하면…… 이렇게 된 게 잘된 일이야."

"잘된 일이라고? 어떻게 그렇게 말을 할 수가 있어? 윤이소 덕분에 당신이 다니는 회사가 있을 수 있었던 거잖아. 왜 그렇게 말을 심하게 하는 건데?"

"나는 당신이 왜 그 여자 이야기를 하는 건지 당최 알 수가 없다. 당신 요즘 진짜 이상한 거 알아? 왜 그래?"

"내가 뭘 어쨌는데?"

그는 고개를 저으며 한숨을 쉬었다.

"그만하자. 피곤해."

"윤이소가 당신들을 도와줬었잖아."

"당신들? 우리 회사를 말하는 거야? 회사도 할 만큼 다했어. 그 여자 때문에 우리가 얼마나 힘들었는지 알아? 당신이 뭘 안다고 그래? 게다가 당신 그 여자 좋아하지도 않았잖아?"

그는 내 대답을 기다린다는 듯이 나를 똑바로 바라보았다. 하지만 나는 이어폰 두 개를 차례로 귀에 끼우고 모니터를 응시했고, 남편은 몇 번 더 고개를 흔들더니 방에서 나가버렸다. 남편의 마지막 말 ─ "당신 그 여자 좋아하지도 않았잖아?" ─ 때문에 내가 부당하게 취급당하고 있다는 생각이 들었다. 내가 그 여자를 왜 싫어한단 말인가? 나는 이 세계에서 그 여자에게 관심을 가지는 단 한 사람인데. 서재에 혼자 남은 나는 윤이소의 모습을 떠올렸다. 언제나 도도하던 여자, 어디서나 가장 아름답던 여자, 누구에게도 고개를 숙이지 않을 것 같던 그런 여자. 하지만 이제 그 여자는 사라졌고, 아무도 그녀에게 관심을 가지지 않는다. 나는 그녀가 버림받은 거나 마찬가지라고 생각했다. 드라마에는 더 이상 윤이소가 나오지 않을 테지만 나는 드라마 보는 걸 멈추지 않았다.

그날은 겨울 방학식이었다. 전날 집으로 돌아오는 길에 나는 어머니에게 내일이 방학식인데, 방학식이 끝나고 친구들과 놀다가 오면 안 되느냐고 물었다. 어머니가 대답했다. "그렇게 하고 싶으면 그렇게 해. 정확한 시간만 알려주면 엄마가 데리러 갈게." 그즈음에는 가끔 그런 식으로 방과 후에 친구들과 시간을 보낼 때가 있었다. 그건 어머니가 제안한 것이었다. 시간을 약속하고, 학교 근처에서 놀다가 교문에서 자신을 만나 같이 집으로 돌아가면 어떻겠느냐고. 어쨌든 단소 사건 이후로 어머니는 내가 혹시라도 친구 하나 없이 고립될까 봐 걱정을 하는 것 같았다. 하지만 내가 원했던 건 그런 게 아니었다. 나는 한 번이라도 좋으니까 친구들과 '자유롭게' 어울리고 싶었다. 친구들과 골목을 걷고, 낯선 자동차를 만나고, 그들에게 소름 끼치거나 사악한 제의를 받고 그걸 보기 좋게 거절하고 싶었다. 친구들과 함께가 아니어도 좋았다. 나는 그런 식으로 위험에 처했다가 스스로를 구출하는 경험을 하고 싶었다. "혼자 버스를 타고 집에 올 수 있을 것 같아요." 내가 말하자 어머니는 고개를 흔들었다. "그건 안 돼. 둘 중 하나를 선택해야 할 것 같은데? 친구들이랑 놀다가 교문 앞에서 만나든지, 아니면 방학식 끝나고 바로 엄마랑 집에 오든지." 잠들기 전, 어머니는 내 방에 들어와서 어떤 걸 선택할 건지한 번 더 물었다. 내가 여전히 묵묵부답이었기 때문에 어머니는 한숨을 쉬고 방에서 나가버렸다. 다음 날, 어머니는 방학식 동안 교문을 지키고 있다가, 내가 교문에 나타나자 친구들 사이에서 나를 낚아채버렸다. 구제의 여지가 없다는 것을 분명히 알리고 교훈을 주고 싶어 하는 어머니의 마음을 나는 정확하게 읽을 수 있었다. 나는 어머니의 그런 태도가 부당하다고 생각했고, 화가 났다. 집으로 돌아온 나는 아무 말도 없이 방으로 들어가서 커튼을 치고 침대에 누웠다. 커튼은 빛을 완전히 막아주지는 못했지만 방의 명도를 한 단계 낮게 만들어주었고, 그 빛 속에서 나는 차분해지고 고요해졌다. 그리고 그 차분함과 고요함 속에서 나는 마침내 결단을 내렸다. 잠시 후 어머니가 나를 불렀다. 점심을 먹으러 나오라는 것이었다. 나는 군말 없이 나갔고 기분이 나아진 것처럼 행동했다. 그게 내 계획의 시작이었다.

어머니는 내가 밥을 먹으면서 볼 수 있도록 「알라딘」 비디오테이프를 틀어주었다. 나는 이 영화를 부모님과 시내에 있는 극장에서 본 적이 있었다. 특별히 표현한 적도 없는데, 아버지는 내가 이 영화에 완전히 빠져들었다는 것을 알아차리고는 「알라딘」 비디오테이프를 구해다가 내게 선물해주었다. 그 후로 나는 틈날 때마다 이 영화를 봤는데, 부모님은 내가 왜 「알라딘」을 그토록 좋아했는지 몰랐을 것이다. 나는 알라딘과 재스민이 키스하는 장면을 좋아했다. 알라딘은 마법 양탄자 위에 올라타 있고 재스민은 높은 궁궐의 발코니에 서서 서로를 바라보고 있다. 둘은 키스를 하고 싶지만, 어째야 좋을지 몰라 망설인다. 그때 갑

162

자기 마법 양탄자가 제멋대로 움직여서 둘은 입을 맞추게 되는 것이다. 그들이 키스를 할 때, 알라딘의 입가에는 주름이 졌다. 나는 어머니나 아버지의 볼에 입을 맞춰본 적이 있었지만 어떻게 해야 그런 식으로 주름이 생기는지 알 수가 없어서 그 부분을 볼 때마다 골똘히 생각에 빠지곤 했다. 하지만 그날은 달랐다. 나는 어머니가 틀어준 영화에는 도통 집중하지 못하고 있었다.

밥을 먹는 내내 심장이 너무 뛰어서, 그 소리가 어머니에게까지 들릴까 봐 걱정이 될 정도였다. 어머니는 짐짓 아무런 감정도 담지 않은 듯한 말투로 물었다. "오늘은 아빠가 빨리 퇴근하신대. 올 때 너가 먹고 싶은 걸 사다 주신다고 하셨어. 뭘 먹고 싶어?" 나는 뭐라고 대답해야 할지 알 수 없었다. 먹고 싶은 게 있을 리가 없었다. 나는 씹고 있던 밥알의 맛도 전혀 느끼지 못하고 있었다. 극도로 긴장해서 머리털이 뻣뻣하게 굳은 느낌이 들었고, 동시에 몹시 흥분해서 토할 것 같은 기분을 느꼈다. 하지만 그런 내 상태를 어머니에게 들켜서는 안 되었기 때문에, 나는 최대한 차분하게 굴려고 노력했다. 아무렇게나 떠오르는 대로 치킨이 먹고 싶다고 대답하자, 어머니는 아버지가 있는 사무실로 바로 전화를 걸었다. "착하구나, 우리 딸." 통화를 끝내고 돌아온 어머니가 내 머리카락을 쓰다듬으며 말했다.

밥을 다 먹은 후, 나는 양치를 하고 방으로 들어갔다. 그러고는 아무런 망설임도 없이 책가방을 열었다. 그 당시 내 보물 1호는 책가방이었다. 아버지가 일본 출장을 다녀오면서 사다 주신 거였는데, 앞쪽에는 빨간 머리 앤이 그려져 있었다. 그런 책가방을 가진 애는 전교에 나밖에 없었다. 나는 책을 꺼내서 책꽂이에 꽂아둔 후, 그동안 모아두었던 아주 약간의 용돈을 책가방에 넣었다. 정말로 아주 약간이었다. 버스값으로 사용하고, 빵과 우유를 하나 사먹을 정도는 되었을 것이다. 필통은 가져가야 하는지 말아야 하는지 결정할 수가 없었다. 나는 필통 뚜껑을 열어서 그 안에 들어 있는 학용품을 확인했다. 연필, 지우개를 감싸고 있는 종이 부분, 커터칼, 자 등등 그 모든 것에는 아버지가 붙여준 견출지가 있었다. 거기에 적힌 내 이름과 학교와 반, 그리고 반 번호는 나의 존재를 설명하는 하나의 방식이었다. 그냥 비유적인 표현이 아니라 정말로 그랬다. 그 당시 나와 내 친구들은 새로 만나는 사람에게 자신을 소개해야 할 때면 언제나 학교와 반, 번호, 그리고 이름을 댔다. 하지만 일단 내가 이곳을 떠날 가능성에 대해 생각하자, 나는 그것들이 나를 드러내준다는 사실에 마뜩잖음을 느꼈고, 필통은 가져가지 않기로 했다. 그 대신 크리스마스 때 어머니를 졸라서 선물 받은 만화 월간지 한 권과 잠옷, 여분의 바지와 티셔츠 정도가 나와 함께 떠나는 물품으로 선정되었다. 가방은 그리 크지 않아서 그것만으로도 빵빵해졌다. 옷을 챙겨 입고 방에서 나온 나는 살금살금 걸어서 마당으로 통하는 문 앞에 가방을 놔둔 채, 식당방으로 들어갔다. 어머니는 설거지를 하는 중이었다. 나는 부엌문을 열고 어머니에게 말했다. "엄마, 나 소나무 구경하고 올게요." 어머니는 손을 멈추고 나를 한번 보았다. "털모자 쓰고, 장갑 끼고, 옷 단단히 입고 가. 감기에 걸리면 안 되니까." 어머니는 그렇게 말하고 다시 설거지에 집중했다. 나는 알았다고 대답한 후 방에서 나와 마루에 놓아둔 책가방을 조심스럽게 어깨에 멨다. 그리고 부츠를 신고 재빨리 대문 밖으로 빠져나왔다.

나는 '실종'될 계획이었다. 집으로부터 멀어지고, 어머니와 아버지로부터 멀어지고, 그 동네로부터 멀어질 계획이었다. 나는 '실종'이라는 단어가 불길하고 불운한 기운을 품고 있다는 사실을 알고 있었지만, 그 단어가 가지는 신비스러운 작용은 언제나 타인에게만 적용될 수 있다는 것에 대해, 실종된 사람들의 삶이 여전히 지속되고 있으리라는 것에 대해, 그러니까, 살아남는다는 것에 대해서는 몰랐다. 사실 그런 것들은 내게 고려의 대상도 아니었다. 그 날의 나는 그저 버스를 타고 집에서 최대한 멀리 떨어진 곳으로 가야 한다는 생각 정도밖에 없었다. 나는 친구들이 나에 대해 이렇게 말하는 걸 상상했다. "아, 걔는 실종되어 버렸어! 너무 대단하지 않아?"

버스 정류장에 도착한 나는, 제발 동네 사람들을 마주치지 않기를 바라며 버스를 기다렸다. 동네 사람들은 이미 우리 어머니가 얼마나 나를 극성으로 대하는지 알고 있었으므로, 내가 혼자 버스 정류장에 있는 걸 이상하게 여길 터였다. 혼자 있는 나를 본다면 오지랖이 넓은 누군가가 어머니에게 알릴 가능성도 있었다. 다행히도 동네 사람들은 아무도 만나지 않았고 20분 정도가 지났을 때 드디어 버스가 도착했다. 모든 상황이 내 편인 것 같았다. 내가 한 번도 타보지 못한 버스였지만(그래 봤자 내가 타본 버스는 두 종류였다. 학교에 가는 것, 시내에 가는 것) 목적지는 아무런 상관도 없었다. 나는 비장한 마음으로 버스에 올라탄후, 버스 요금을 내고 빈자리에 가서 앉았다. 하지만 버스가 움직이고, 내게 낯익은 풍경이 천천히 뒤로 밀려 나가는 걸 보기 시작했을 때, 나는 마음속 깊숙한 곳에서 무언가가 스멀스멀 새어 나오는 걸 느낄 수 있었다. 아, 그게 뭐였을까? 나는 그게 뭐든 내 자신이 견뎌야 한다고, 혹은 다시 삼켜야 한다고 독려했지만 그 모든 시도가 실패로 끝나자, 조바심이 들기 시작했다. 험하게 움직이는 차 안에서

166

용케 균형을 잡으며 운전기사 아저씨에게 다가간 나는 잔뜩 주눅이 든 목소리로, 절망적으로 말했다.

"아저씨, 저 내리고 싶어요."

"뭐라고?"

"저, 내리고 싶다고요."

아저씨는 못마땅하다는 듯이 나를 바라보았지만 결국 차를 세워주었다. 어쨌든 그의 눈에 나는 분별없는 열 살짜리 여자애였고, 어처구니없는 실수가 얼마쯤은 허용되었을 것이다. 버스에서 내린 후, 나는 어정쩡하게 서서 떠나는 버스의 뒤꽁무니를 바라볼 수밖에 없었다. 버스가 보이지 않게 되자, 나는 버스가 떠난 방향의 반대편으로—그래 봤자 1킬로미터도 되지 않을 거리였겠지만—걷기 시작했다. 이윽고 버스 정류장에 도착한 나는 마치 그날 거기에서 버스를 타본 적도 없다는 듯이, 여전히 타야 할 버스를 기다리는 사람처럼 정류장 의자에 앉아 있었다. 하지만 나는 이미 기가 꺾였고, 다시 버스를 탈 수 있으리라는 생각은 들지 않았다. 시간이 얼마나 지났을까? 버스가 한 대 더 도착했고, 거기에서 내리던, 양손에 비닐봉지를 든 동네 아주머니가 나를 알아보았다. "너, 벽돌집 딸이잖아? 혼자 어디 가니? 엄마는?" 나는 그 말에는 대답하지 않고 꾸벅 인사를 한 후, 고개를 푹 숙이고 뒤로 돌아 걷기 시작했다. 처음에는 천천히, 그리고 점점 빨리. 무거운 가방을 멘 채, 우리 집을 못 본 척 지나가고, 여전히 아무도 살지 않는 옆집 할머니 집도 지나갔다. 할머니의 집은 내가 그 동네를 떠날 때까지 무너지지 않고 그 자리에 버티고 서 있었지만, 그 앞을 지날 때마다, 그리고 더 이상 아무것도 자라나지 않는 그 집 앞 공터를 볼 때마다 나는 망가진 것, 복구될 수 없는 것으로 구성된 세계에 무방비하게 노출된 것 같아서 때때로 속이 울렁거렸다.

나는 떠나지 못했다. 물론 그 시절의 내가 집을 떠난다는 것, 부모님을 떠난다는 것이 무엇을 의미하는지 구체적으로 알았던 건 아니었을 것이다. 그건 그저 내 자신이 취할 수 있으리라 여겼던 하나의 태도나 경향이었을 뿐이다. 하지만 그렇다고 해서 내가 처음부터 떠날 생각 같은 건 하나도 없었다고 말하는 것도 부당하다. 엄밀하게 말하면 나는 **멈춘** 것이었다.

이제, 나는 처음 목적지와는 완전히 반대되는 곳, 동네의 가장 안쪽으로 걸어가고 있었다. 그러니까, 그날, 동네 바깥으로 나가는 것에 실패한 내가 찾아간 곳은 소나무 숲이었다. 소나무 숲은 언제나 그랬듯이 고요했다. 고요하고 고립된 느낌. 바람 때문에 나뭇가지들이 흔들리며 소리를 냈다. 어머니에게 거짓말을 했지만 결국 거짓말을 하지 않은 셈이 되었다는 사실 때문에, 실패했다는 사실 때문에 나는 자존심에 타격을 받은 것 같았다(어째서 자존심은 이런 식으로 내 자신이 실패했을 때만 의식 위로 드러나는가?). 그 전까지 나는 언제나 소나무 숲 초입 쪽에만 머물러 있었지만, 그날은 한 번도 가보지 않은 숲의 저 안쪽까지 걸어가보기로 했다. 도대체 왜? 버스를 타고 떠나는 것에는 비록 실패했지만, 미지의 장소에 발을 내디딜 수 있을 만큼 용감하다는 사실을 증명받고 싶어서. 하지만 대체 누구에게 증명을 받는단 말인가? 좀더 솔직하게 말하자면, ─ 그 당시의 나는 절대로 인정하지 않았겠지만 ─ 그런 식으로 나를 소나무 안쪽으로 밀어 넣은 동력은 어쨌든 나는 동네 안에 있으리라는 것, 여전히 보호받고 있다는 인식이었을 것이다.

처음에는 호기롭게 걷기 시작했다. 일부러 내가 처한 상황을 과장하려는 그런 마음도 있었을 것이다. 내 자신이 탐험가가 된 거 같다고 애써 생각하려는 마음도 있었을 것이다. 하지만 시간이 좀 지났을 때, 나는 소나무 숲이 예상했던 것보다 훨씬 더 넓다는 사실을 알게 되었다. 더 넓고 거칠다는 것. 소나무들은 끝이 나지 않을 것처럼 징그럽게 저 멀리까지 펼쳐져 있었고 마을의 윤곽은 내 시야에서 멀어진 지 오래였다. 나는 겁이 나기 시작했다. 돌아가고 싶은 마음이 굴뚝 같았지만, 그것은 이제 불가능한 일처럼 느껴졌다.

좀더 걷자, 이제는 소나무뿐만이 아니라, 온갖 이름을 알 수 없는 나무들이 아무렇게나 자라난 길로 들어서게 되었다. 나는 나무 사이로 난, 사람들이 지나간 흔적을 따라 걸었다. 하지만 그런 흔적도 옅어지고 길은 험하고 가팔라지고 있었다. 설상가상(아, 이 단어가 이렇게 딱 들어맞는 순간이, 내 인생에 또 있었을까?)으로 반쯤 녹은 눈이 쌓여 있는 길은 미끄러웠다. 손가락이 얼어붙는 것 같았고, 동상에 걸려서 손을 잘라버렸다는 어떤 사람의 이야기가 떠올랐다. 어깨에 힘이 빠지는지 가방이 점점 무겁게 느껴졌다. 그러다가 눈 깜짝할 새에, 왜 그런 일이 일어났는지도 알지 못하는 순간에 나는 미끄러졌고, 앞으로 넘어졌다. 두 손으로 바닥을 짚긴 했지만 갑작스럽게 균형이 앞쪽으로 기울어지는 바람에 메고 있던 가방이 머리 위쪽으로 쏠렸다. 순간적으로 손의 힘이 풀어진 나는, 옆으로 넘어지다가 나뭇가지에 얼굴을 긁혔다. 손바닥은 쓸려서 상처가 났고, 면바지의 무릎 부분이 바위의 모서리에 걸려 찢겼다. 무릎에서는 피가 흐르기 시작했다. 통증도 통증이었지만, 나는 완전히 겁에 질려버렸다. 이런 건 내가 생각한 '실종'이 아니었다. 이건 내가 생각한 '용기 있는' 행동의 결과도 아니었다. 이건 내가 생각한 '으스댈 만한 일'도 아니었다(하지만 나는 나중에 어른이 된 후에 알게 되었다. 내가 원하기만 한다면 이런 일로 얼마든지 으스댈 수 있다는 것을. 모든 이야기는 그런 식으로 완성된다는 것을). 나는 문득 이 숲이 영원히 이어질 가능성을 떠올렸고, '현실적으로' 그것이 불가능하다고 할지라도 내가 읽었던 괴담집의 이야기 — 작은 숲을 뱅뱅 돌다 결국 죽은 사람의 이야기 — 가 실현될 충분한 가능성이 있는 것처럼 느꼈다(동시에 내가 만약 그런 일을 당한다면, 그것을 기록해둬야 한다는, 다소 허무맹랑한 생각도 들었다).

나는 벌떡 일어났다. 그러고는 내가 걸어왔던 방향의 반대쪽으로, 무작정 절뚝거리며 걷기 시작했다. 찢긴 바지의 솔기 사이로 차가운 바람이 들이쳤고, 손바닥과 다리의 상처가 쓰라렸지만, 지금 돌이켜 보면 그래도 그때의 나는 거의 초인적으로 자제력을 발휘하고 있었다. 나는 그때까지도 눈물 한 방울 흘리지 않았던 것이다. 얼마나 걸었을까?

내 앞으로 지붕이 뾰족한 커다란 집이 나타났다. 그러니까, 그러니까, 마치 마술처럼.

갑자기 나무들이 사라지고 넓은 평지가 나타났다. 넓은 평지로 조금 더 걸어가자 거기에 이층집 한 채가 서 있었던 것이다. 그 집은 그때까지 내가 본 그 어떤 집보다 으리으리하고 세련된 것이었다. 그 동네에 있는 다른 집들과는 비교 대상도 되지 않았고, 그 동네에서 가장 현대식이라고 말할 수 있는 우리 집과도 비교가 되지 않았다. 내가 서 있는 곳에서 집의 현관문까지는 돌담 길이 조성되어 있었고, 현관문 양쪽 옆으로는 베란다가 이어져 있었다. 왼쪽 베란다에는 땔감용 나무들이 쌓여 있었고, 오른쪽 베란다에는 야외용 테이블과 의자가 놓여 있었다. 현관문 위의 포치에는 등이 달려 있었는데 낮에는 켜지지 않는 것 같았다. 그리고 그 집 너머로는 다시 숲이 이어지고 있었다. 숲 한가운데의 커다란 집. 나는 동화책에서 이런 경우를 많이 봐왔다. 주인공을 현혹시키고 그다음에는 위험에 빠뜨릴 준비가 되어 있는 집, 마녀. 나는 언제나 그런 속임수에 넘어가는 아이들을 이해할 수 없다고 생각했는데 막상 그게 내 일이 되자, 나는 깨닫고 말았다. 동화 속의 아이들이 어리석어서 그렇게 행동한 것이 아니라는 것을. 그 애들에게는 그저 선택의 여지가 없었을 뿐이라는 것을. 그 집의 초인종을 누르는 게 그 애들이 고를 수 있는 단 하나의 선택지였다는 것을.

나는 커다란 철제문의 초인종을 마구 눌렀다. 이상한 건, 초인종을 누르자마자, 그 소리가 들리자마자, 내 눈에서 눈물이 나기 시작했다는 점이었다. 한참 동안 초인종을 누른 후에야 안쪽에서 잠금장치를 푸는 소리가 났다. 안전 고리가 걸린 상태로 그 틈으로 모습을 드러낸 건, 어떤 여자였다. 그 여자를 뭐라고 불렀어야 했을까? 아줌마라고 부르기에는 너무 젊어 보였지만 언니라고 부르기는 망설여지게 하는 그런 분위기가 있었다. 피부는 창백했고 얼굴은 약간 부어 있었으며 눈 밑은 푹 꺼져 있어서, 무척 수척해 보였다.

"오, 세상에."

그녀는 내가 아무런 해도 끼치지 못할 상처투성이의 작은 여자아이라는 사실을 확인하자마자, 안전 고리를 풀고 다급하게 문을 연 후, 나를 집 안으로 들어오게 했다. 그녀는 남색 실크 파자마 위에 두꺼운 짙은 자주색 모직 숄을 두르고 있었고 곱슬거리는 머리는 포니테일 스타일로 묶였지만, 잔머리가 마구 삐져나와 있었다. 나를 한눈에 훑은 그녀는 작고 새된 목소리로 말했다. 목소리에는 부자연스러운 활기가 감돌았다.

"어머나, 얘 너 무릎에서 피가 너무 많이 나잖아. 얼굴도 엉망이야. 아프지 않아?"

나는 현관문 앞에 차렷 자세로, 덜덜 떨며 서 있었다. 초인종을 누르면서 흘렸던 눈물은 볼에 말라붙었다. 나는 내가 새로운 위험에 처한 건지, 아니면 그 반대인지 판단할 수가 없었다. 그녀는 몸을 숙이고 자신의 눈높이를 나와 맞추고는 물었다.

"얘, 너 이름이 뭐니? 괜찮니?"

나는 천천히 고개를 끄덕였다. 그제야 나는 그녀가 나를 새로운 위험에 빠뜨릴 만한 사람이 아니라는 생각이 들었다(하지만 따지고 보면 이번에도 마찬가지였다. 나에게는 다른 식의 생각을 할 만한 선택의 여지가 없었다). 일단 그런 식으로 마음의 방향을 정하자 긴장이 조금 풀리는 것 같았고 쓰라린 고통과 후회가 나를 사로잡기 시작했다.

"아, 얘, 울지 마, 울지 마, 제발 울지 마."

그녀는 내가 울면 큰일이라도 날 것처럼 호들갑을 떨더니 나를 거실로 데려가 소파에 앉혔다.

"잠깐만 기다려."

집 안은 무척 따뜻했다. 너무 따뜻해서 온몸이 후끈거릴 정도였다. 잠시 후 나타난 그녀는 커피 테이블 위에 나를 위한 차 한 잔을 놓아주고, 내가 신을 털 슬리퍼를 건네주었다. 그녀는 자신이 마실 차도 가지고 왔는데, 그녀 몫의 컵은 어마어마하게 컸다. 나는 그렇게 큰 컵은 생전 처음 보았다. 그녀는 차를 한 모금 마시고 내게 변명하듯 말했다.

"아, 난 따뜻한 차를 정말 많이 마셔야 하거든."

그러고는 내게 덧붙였다.

"마셔봐."

차에서는 쌉싸름하면서 동시에 달콤한 향이 났다. 처음 마셔보는 맛이었다. 그녀가 건네준 털 슬리퍼는 내가 신기에는 지나치게 컸지만 발을 따뜻하게 만들어주었고, 몸의 떨림이 서서히 사그라들었다. 동시에 나를 사로잡고 있던 고통과 후회도 조금씩 사라지고 있었다. 나는 내가 거기에 왜 있는지는 까맣게 잊어버린 채, 호기심에 가득 차서 집 내부를 둘러보았다. 그녀가 앉아 있는 황갈색 가죽 소파에서는 광이 났고, 벽은 모두 통나무로 만들어져 있었으며, 넓은 거실 바닥에는 하얀색 러그가 깔려 있었다. 무엇보다 거실 한구석에는 커다란 벽난로가 있었는데 나는 그걸 외국을 배경으로 한 영화에서 본 적이 있었다. 그녀는 커다란 숄을 하나 더 가지고 와서 내게 덮어주고 이동식 난로를 가지고 와서 틀어주었다. 그 집에는 이동식 난로가 몇 대 더 있었는데 나는 이렇게 따뜻한 집에 왜 이런 난로가 필요한지 모르겠다는 생각이 들었다(심지어 내가 그 집에 있는 동안 그녀는 자주색 숄을 계속 두르고 있었다).

"벽난로를 켜주면 좋겠지만, 미안해. 나도 켤 줄을 몰라."

나는 소파에 앉아서 얌전히 그녀가 건네준 이름 모를 차—어른이 된 후에 나는 그게 어떤 차였는지 알아보려고 애를 썼지만 찾을 수 없었다 ─ 를 마셨다. 그녀는 부산스러웠지만 손이 아주 빨랐다. 그녀는 하얀 러그 위에 양반다리를 하고 앉아서 뜨거운 물로 적신 수건으로 내 무릎을 닦아주었고, 연고를 바른 후에 반창고를 붙여주었다.

"피가 많이 난 거에 비하면 엄청 심각한 상처는 아니야. 어디가 부러지거나 삔 것도 아니잖아."

나는 소파에 앉아 있었기 때문에 그녀가 내 무릎에 약을 바르는 동안 그녀의 머리통을 내려다볼 수 있었다. 그녀는 내가 아프다는 시늉을 할 때마다, 본인이 "아야"라든지, "으으"라든지 하는 소리를 냈다. 그녀는 그 순간 자신의 역할에 완전히 몰입해 있었고, 심지어 신이 난 것처럼 보이기도 했다. 그녀는 내 얼굴과 손을 닦아주고, 오른쪽 볼과 양 손바닥에도 반창고를 붙여주었다.

"얼굴에 있는 상처도 금방 사라질 거야."

그녀는 물수건과 상비약을 원래 있던 곳으로 갖다 놓고 돌아온 후, 나를 바라보며 다시 한번 더 물었다.

"괜찮니?"

나는 고개를 끄덕였다. 나는 정말로 괜찮아진 것 같았다. 더 이상 내가 위험에 처해 있다는 생각도 들지 않았고, 내 자신이 대단한 일을 해낸 것 같은 기분도 들었다. 여전히 느껴지는 무릎의 통증은 그런 내 기분을 더 부추겼다.

그녀는 내 컵이 빈 걸 확인하고 차와 초콜릿 쿠키를 가져다주었다(놀랍게도 그녀는 나의 상처를 치료해주는 동안 큰 컵으로 차를 두 컵이나 마신 참이었다). 나는 여전히 가방을 메고 있었고, 그걸 확인한 그녀가 미간을 찌푸리면서 물었다.

"길을 잃었어?"

나는 쿠키를 하나 입에 넣으면서 고개를 끄덕였다. 초콜릿의 달콤함이 온몸 구석구석으로 퍼져나가는 것 같았다.

"몇 살이야?"

"곧 열한 살이 돼요."

그녀는 내 대답에 꽤 인상적이라는 듯이 고개를 끄덕이며 내 말을 한 번 반복했다.

"아, 곧 열한 살이 되는구나."

그녀는 두어 걸음 뒤로 물러서더니 내 키를 가늠해보았다.

"또래에 비해 키가 작아서 부모님이 걱정하시겠다."

나는 쿠키를 하나 더 집었다가 내려놓으며 대답했다.

"아닌데요. 그런 걱정은 안 하세요."

그건 사실이었다. 부모님은 그런 걸 걱정한 적이 없었다. 그녀는 내 대답 같은 건 상관도 하지 않았다.

"그래도 괜찮아. 나중에 클 테니까, 걱정하지 마. 나도 그랬거든, 어릴 적엔 엄청 작았어."

그녀는 그렇게 말하더니, 벽난로 위쪽 벽면에 걸린 거울에 자기 자신을 비춰보며 중얼거렸다.

"하지만 지금은 이렇게 많이 컸어. 어른이 된 거야."

그녀의 말투에는 뽐내는 느낌이라고는 전혀 없었다. 아무렇게나 머리를 묶고 파자마 위에 숄을 두른 채로 그녀는 한동안 거울을 보며 이리저리 포즈를 취했다. 해가 넘어가는 시간, 약간 어둑해진 거실 안에서 나는 강렬하면서도 섬약한 분위기의 그녀에게 완전히 마음이 팔려 있었다. 아마도 내가 태어나서 우리 어머니가 아닌 여성에게 그런 식으로 마음이 팔린 것은 처음 있는 일이었을 것이다. 어머니, 그래, 그 순간 나는 어머니를 떠올렸다. 나 자신이 '실종'되겠다며 집을 떠난 아이라는 사실이 떠올랐고, 이제 그건 불가능해졌다는 사실을 인정해야 한다는 생각도 들었다. 하지만, 어떤 식으로 돌아가야 한단 말인가? 어떤 식으로 나의 실패를 누구에게도 알리지 않으면서 이 상황을 모면할 수 있을까? 내 생각에 방법은 단 하나뿐이었다. 최대한 빨리 집으로 돌아가는 것, 어머니 몰래 내 방으로 들어가 낮잠을 자는 척하고, 마치 한 번도 그 집에서 나간 적이 없다는 듯이 구는 것뿐이었다.

"저, 아무래도 돌아가야 할 것 같아요. 집으로 가는 길을 알려주실 수 있어요?"

나는 소파에서 일어나 그녀에게 다가가서 예의 바르게
물었다. 최대한 절박해 보이지 않으려고 애를 쓰면서. 그
녀는 잠시 동안 내 존재를 잊고 있다가 기억해낸 사람처럼
나를 바라보았다.

"너네 집이 어딘데?"

"우리 집은 다리 근처에 있어요."

나는 내가 동네로부터 지나치게 멀리 떨어진 곳까지 와
있다고, 그래서 그녀가 내가 말하는 곳이 어디인지 잘 모
르리라고 걱정했지만, 뜻밖에도 그녀는 '다리 근처'가 어디
인지 잘 알고 있는 것 같았다.

"아, 거기? 알아. 어딘지 알겠다. 그런데 너 혼자는 못 보
내겠어. 너무 어두워졌잖아. 너네 집 전화번호를 알려줘.
너네 엄마에게 데리러 오라고 할게."

나는 고개를 저었다. 어머니가 여기에 온다면 내가 집을
떠나려고 했다는 사실을 알게 될 것이다. 무엇보다 내 가
방이 그 증거였다. 나와 함께 떠날 것들을 선별해서 넣어
둔 가방.

"내가 운전해서 너를 데려다주면 좋겠지만, 난 사람들
눈에 띄면 안 돼. 그러면 그 사람이 정말 화를 낼 거야."

"그 사람이 누구예요?"

그녀는 이번에도 내 질문 같은 건 별로 개의치 않는다는

듯이 말했다.

"뭐, 의사 선생님도 몇 주 동안은 절대로 밖에 나가지 말라고 하기도 했고."

"어디가 아프세요?"

나는 그녀에게 물었다.

"그런 건 아닌데…… 아마 넌 이해 못 할 거야."

"그럼 집으로 가는 길만 알려주세요."

"너를 혼자 보냈다가 무슨 일이라도 생긴다면 어떡하니? 난 그럼 너무 괴로울 거야. 넌 아직 꼬마잖아."

"아니에요. 전 꼬마가 아니에요."

그녀는 잠시 동안 나를 바라보았다. 그러고는 내가 무슨 상황에 처해 있는지 다 알겠다는 듯이, 내 생각을 꿰뚫어 보기라도 한다는 듯이 내게 말했다.

"이렇게 하면 어떻겠니? 일단 가방은 내게 맡겨둬. 그 가방에 뭐가 들었는지는 안 봐도 알겠다, 나도. 너네 엄마가 열어 보면 굉장히 화가 나실 거야. 엄마에게는 그냥 이 근처에 놀러왔다가 길을 잃었다고만 말씀드려."

하지만 나는 가방을 두고 가는 게 영 마뜩지 않았다. 어쨌든 그건 내 보물 1호였으니까. 그녀가 이번에도 내가 무슨 생각을 하는지 다 알겠다는 듯이 말했다.

"책가방은 나중에 내가 몸이 좀 괜찮아지면 너네 집에

몰래 가져다줄게. 어머니에게 혼나는 것보다는 그게 나을
거 같은데?"

나는 어쩔 수 없이 고개를 끄덕였다.

6. 멋진 깔개

　어머니가 나를 데리러 온 건 고작 20분 정도가 지난 후였다. 나는 그녀가 어머니에게 숲 한가운데, 집의 위치를 제대로 설명할 수 있을지, 어머니가 그 복잡하고 험한 길을 따라서 잘 찾아올 수 있을지 걱정이 되었는데, 어머니와 함께 우리 집으로 돌아가면서 그 걱정이 기우에 지나지 않았다는 것을 알 수 있었다. 그러니까, 나는 그날 숲 안에서 뺑뺑 돈 것이었다. 내가 숲속에서 떠올렸던 괴담집의 이야기 — 귀신에게 홀리는 바람에 숲속에서 길을 헤매다가 죽은 사람의 이야기 — 가 아주 허황된 것은 아니었던 셈이다. 어머니는 나의 손을 잡고 그녀의 집 뒤쪽 숲으로 걸어 들어갔고, 조금 더 걷자, 숲이 끝나고 우리 동네로 이어지는 비포장도로가 나왔다. 우리 집과 아주 가까운 곳에 있었다고 말하기도 어려웠지만, 내가 생각했던 것처럼 그렇게까지 멀리 떠나온 것도 아니었다.

그 집으로 들어온 어머니는 아이를 돌봐줘서 고맙다는 인사를 했다. 그녀는 어려운 일도 아니었다고 말하고는 이렇게 덧붙였다.

"애를 혼내지 마세요. 얼마나 무서웠겠어요."

밖으로 나온 어머니는 반창고가 붙은 내 얼굴과 무릎을 유심히 살펴본 후에 자신의 목도리를 내 목도리 위로 한 번 더 둘러준 후 내 손을 잡았다.

"가자."

나는 어머니가 ─ 자신의 시야에서 벗어났을 때 나에게 생긴 일에 대해 언제나 그랬듯이 ─ 질문 세례를 던질 거라고 여겨졌지만, 이번에는 그러지 않았다. 모르겠다. 어머니는 내가 길을 잃었다는 말을 믿었던 걸까? 어머니는 내 손을 너무 꽉 잡고 있었고, 나는 손이 아팠다. 손을 꽉 잡는다는 것 ─ 어머니에게서는 나를 사랑한다거나, 보호하고자 하는 기색을 찾을 수 없었지만 그렇다고 책망의 기미나 매정함이 느껴지는 것도 아니었다. 무엇이었을까? 그것은? 어둠 속에서, 가끔씩 지나가는 차의 전조등 불빛이 비칠 때마다 나는 어머니의 옆모습을 올려다보았다. 어머니는 깊은 생각에 잠겨 있는 것 같았고, 내 손이 아니라 다른 무언가를 잡고 싶어 하는 사람처럼 보였다. 그랬다, 그날의 어머니는 내 존재 같은 건 잊어버린 사람처럼 보였다. 방금 전까지 내 상처를 살펴보고 내게 목도리를 둘러준 어머니는 이제는 내가 다리를 다쳤고, 어머니의 걸음이 너무 빨라서 계속 헉헉대고 있다는 사실, 내가 손을 아파할 거라는 사실은 전혀 고려하지 않고 있었다. 그 사실이 나를 너무 두렵게 만들어서 나는 손이 아프다는 표시도 낼 수가 없었고, 걸음을 늦춰달라는 요청을 할 수가 없었다.

집 근처에 도착했을 때, 나는 대문 앞을 서성거리는 아버지를 보았다. 코트를 그대로 걸치고, 고무 슬리퍼를 신고 있는 걸 봐서는, 집에 아무도 없는 걸 알고 너무 놀라서 바깥에 나와 하염없이 우리를 기다리고 있었던 모양이었다.

"도대체 어디에 갔다 온 거야? 내가 얼마나 걱정했는지 알아?"

아버지에게 다가갈 때까지도 어머니는 여전히 내 손을 꽉 잡은 채였다. 그제야 걸음을 멈출 수 있었던 나는 고개를 숙인 채로 숨을 골랐다. 아버지는 채근하듯이 다시 한번 물었다.

"무슨 일이야? 여보, 대체 무슨 일이야?"

어머니는 고개를 저었다.

"아니에요, 아무 일도 없어요."

그렇게 대답한 어머니는 갑자기 내 손을 놓고, 대문 안으로 들어가버렸다. 갑자기 손이 자유로워지자, 나는 좀 어리둥절해졌고, 어딘가로부터 영원히 박탈당한 듯한 기분을 느꼈다. 어머니와 내가 작은 동네를 떠난 이후로 어머니는 나와 함께 어디를 가든 내 손을 잡거나 팔짱을 끼거나 했다. "이래야 우리가 가족처럼 보일 거 아니니." 역시, 지금에 와서 생각해보니, 그 말은 참 이상하다. 왜냐하면 팔짱을 끼든 끼지 않든, 손을 잡든 잡지 않든 어머니와 나는 가족이었기 때문이다.

나와 대문 밖에 남겨진 아버지는 — 어머니가 마루로 연결된 미닫이문을 닫는 소리가 들려왔다 — 복잡한 표정으로 나를 내려다보다가, 그제야 찢긴 바지, 얼굴과 무릎에 붙여진 반창고를 발견했다. 나는 울먹이며 소나무 숲에 갔다가 길을 잃었다고 말했다.

"괜찮다, 괜찮아. 그렇게 길도 잃고 하는 거지."

아버지는 이렇게 말하며 나를 데리고 집 안으로 들어갔다. 미닫이문을 열자, 치킨 냄새가 진동을 했다. 문 바로 앞에 치킨 상자가 놓여 있었던 것이다. 그제야 낮에 어머니가 내게 먹고 싶은 걸 물어봤던 사실, 그리고 내가 — 아무렇게나 — 치킨이라고 대답한 사실이 떠올랐다. 그건 너무 오래전에 일어났던 일처럼 느껴져서 내가 기억하고 있다는 사실 자체가 기이하게 여겨질 정도였다. 심지어는 실제로 있었던 일처럼 느껴지지도 않았다. 그건 마치 하나의 꿈, 연속적이지 않아서 하나의 장면으로 제대로 엮기조차 어려운, 조각난 꿈처럼 느껴졌다. 그러니까, 내가 그날 겪었던 그 모든 일들이 그랬다. 하지만 그것들은 모두 실제로 일어난 일이었다. 내 상처, 찢긴 바지, 그리고 온 집 안에 진동하는 치킨 냄새가 명백한 증거였다. 안방으로 들어간 아버지는 어머니와 무슨 이야기를 나누는 것 같았다. 문에 귀를 바짝 가져다 대면 무슨 이야기가 오가는지 어렴풋하게나마 알 수 있었겠지만 나는 그렇게 할 여력이 없었다. 잠시 후 방에서 나온 아버지는 내가 씻는 걸 도와줬고 내 방 서랍장에서 갈아입을 옷을 꺼내주었다. 사실 그즈음에는 어머니도 씻는 것을 도와주거나 입을 옷을 꺼내주지는 않았지만 그날 밤 아버지는 내게 그렇게 해줬다. 그날 저녁 식사는 아버지와 나, 둘만 했다.

"엄마는 몸이 좀 아프시대."

나는 고개를 끄덕였다. 아버지는 상을 펴고 접시와 포크를 가지고 와서 내가 편하게 먹을 수 있도록 닭고기를 찢어주었다. 아버지가 상을 차리는 걸 보면서 나는 미치도록 배가 고프다고 느꼈는데, 정작 음식을 앞에 두고 앉으니까, 거짓말처럼 먹고 싶은 기분이 싹 사라져버렸다.

"그래도 먹어야 해."

나는 아버지가 내 밥그릇에 놓아주는 닭고기를 씹어서 목구멍으로 넘겼다. 저녁을 다 먹은 후에 아버지는 내 얼굴에 붙어 있는 반창고를 떼어내고 상처 위에 약을 바른 후 새 반창고를 붙여주었다.

"그런 식으로 집을 나가면 엄마가 무척 슬퍼하실 거다."

반창고를 다 붙여준 아버지가 자신의 손으로 내 앞머리를 한 번 쓸고는 그렇게 말했다.

"하지만 집을 나간 게 아니에요…… 나는……"

나는 아버지의 눈을 피하며 얼버무리듯 대답했다. 아버지는 그 말에는 대답을 하지 않았고, 이번에는 내 무릎에 반창고를 붙여주면서 덧붙였다.

"너무 걱정하지 말거라."

나는 그게 내 상처에 대해 말하는 건지, 아니면 내가 걱정해야 할 다른 거리가 있는 건지는 알 수 없었다.

그날 밤 잠들 때까지 나는 어머니의 얼굴을 보지 못했다. 새벽에 잠에서 깬 나는 화장실로 달려가서 저녁에 먹은 닭고기를 모두 게워냈다. 이전에도 여러 가지 이유로 토한 적은 있었지만, 부모님의 도움이나 보살핌을 받지 못한 건 처음이었다. 물론 그날 밤 나는 부모님 방문을 두드리며 나를 보살펴달라고, 나를 보호해달라고 요구할 수도 있었다. 아마 그렇게 했다면 어머니나 아버지가 기꺼이 그렇게 해줬을 것이다. 하지만 나는 그날 부모님의 방문을 두드리지 않았다. 나를 막은 건 무엇이었을까? 기진맥진해진 나는 입을 헹구고 눈물을 닦은 후 엉금엉금 기듯이 방으로 돌아와서 침대 위에 누웠다.

어머니가 그녀의 집으로 나를 데리러 왔을 때 나를 보고 지었던 표정이 떠올랐다. 나는 그 집의 거실 소파에 얌전히 앉아서 문이 열리는 소리와 그녀가 어머니에게 사정을 설명하고 어머니가 대답하는 소리를 듣고 있었다. 나는 두 가지 가능성을 떠올렸다. 어머니가 방과 후에 교문 밖을 서성이다가 나를 발견하고 짓는 그 표정 — 안도하고 안심하는 — 을 보일지도 모른다고 생각했지만, 다른 한편으로는 언젠가 집 앞 작은 다리 앞에서 그랬던 것처럼 내 뺨을 찰싹 때릴지도 모른다고 생각하고 있었던 것이다. 하지만 그 집 소파에 앉아 있는 나를 발견한 어머니의 얼굴에 떠오른 감정과 행동은 예상한 것과는 완전히 다른 어떤 것이었다. 나는 지금도 때때로 그 당시 어머니가 나를 보고 지었던 표정을 떠올린다. 화가 난 것 같기도 했고, 낙담한 것 같기도 했으며, 혼란스러워 보이기도 했던 어머니의 얼굴. 그때 어머니는 무슨 생각을 했을까? 어떤 감정을 느꼈을까? 그 후로 몇 달 동안, 그러니까 그 동네를 떠나게 될 때까지 어머니는 어떤 종류의 자제력을 잃어버린 사람처럼 굴었다. 이건 내 표현이 아니라 그 당시 어머니와 다툴 때 아버지가 썼던 표현이다. "당신은 지금 완전히 자제력을 잃었어." 그 시기의 어머니는 일관성 없이 나를 대했는데, 때때로는 이루 말할 수 없을 정도로 사랑을 퍼부었다가 또 어떤 때는—그 집에서 나를 데리고 오던 때 그랬던 것처럼—나의 존재를 완전히 잊어버린 사람처럼 굴었다. 그 당시 나는 그런 어머니의 태도가 가끔씩은 곤혹스럽게 느껴지곤 했다. 그렇지만 이건 어쩌면 선후 관계의 문제인지도 몰랐다. 어머니는 내 존재를 절대로 잊고 싶지 않았기 때문에 그런 식으로 절박하게 사랑을 퍼부은 것인지도. 어쩌면 어머니는 후회하고 있었는지도 모른다. 하지만 어머니가 무엇을 후회한단 말인가? 나를 낳은 것에 대해? 엄마가 된 것에 대해?

나중에 어머니가 섬 출신이라는 이야기를 처음으로 했을 때, 섬에서 몰래 빠져나왔다고 했을 때, 나는 이날의 기억을 떠올리고 있었다. 그 후로 가끔 나는 어머니에게 이날—내가 '실종'되려고 했던 날—에 대해 이야기하고 싶다는 생각을 하곤 했다. 그러니까, 심각한 의도를 내비치는 게 아니라, 그냥 어머니와 나 사이의 공통점에 대하여 언급하고 싶다는 그런 생각. "나도 엄마를 닮아서 그랬나 봐요. 모전여전이잖아요, 이런 건." 만약 내가 농담하듯 가볍게 이야기를 꺼냈다면 어머니는 뭐라고 답했을까? 이를테면, 병상에 있는 어머니를 볼 때마다 나는 이런 궁금증이 들었다. 그 섬을 빠져나올 때, 멀어지는 섬을 바라보면서 어머니는 어떤 삶을 꿈꾸고 있었을까? 어머니가 찾아나선 진짜 삶은 어떤 모습을 하고 있었을까? 놀랍게도 그런 비슷한 이야기를 꺼낸 적이 있긴 했다. 농담을 하듯 우리 둘 사이의 공통점을 이야기했어야 하는데 그렇게는 하지 못했다. 나는 그렇게 물었다. 밑도 끝도 없이, 그냥 후회한 적이 없느냐고. 내가 그런 식으로 질문을 한 건 처음이었던 것 같다. 그때, 어머니는 잠시 생각에 잠겨 있다가 대답했다. "나는 지금 너가 행복해서 무척 좋아." 나는 고개를 젓고 다시 한번 똑같은 질문을 했다. 자신의 인생을 돌이켜 보고 후회할 만한 일을 하나도 입 밖에 내지조차 못하는 그런 삶을 살아야 했다면, 하물며 그게 내 어머니라면, 내가 그 삶을 어떤 식으로 받아들일 수 있단 말인가? 어머니는 식당에서 메뉴를 고르는 말투로, 딱 한 번 그런 적이 있다고 대답했다. "여동생이 죽었을 때, 여동생의 아들이 죽었을 때, 그리고 제부가 죽었을 때 나는 모두 알고 있었단다. 그런데 그들의 장례식 그 어디에도 난 가지 않

190

았어. 너를 데리고 거기에 가보지 못한 게 후회가 된단다."
어머니는 내가 그들의 죽음을 슬퍼했으면 좋겠다고 말했
는데 나는 이렇게 대답했다. "엄마, 전 그분들 얼굴도 모르
는걸요." 어머니는 내가 왜 그런 식으로 말을 하는지 다 이
해한다는 듯이 고개를 끄덕였다. 그리고 변명하듯이 덧붙
였다. "사실 그 일을 그렇게까지 후회하는 것도 아니란다.
그냥 억지로 생각하니까 그런 게 떠올랐을 뿐이야."

　윤이소 때문에 가벼운 말다툼이 있은 후로 남편과 나는
거의 대화를 하지 않고 지냈다. 그 전에는 이런 식의 다툼
이 있으면 내가 먼저 사과를 하곤 했다. 사과를 하면서 나
는 언제나 마음속으로 이유를 붙였다. 그는 언제나 너무
일을 많이 하고, 일을 하느라 스트레스를 많이 받고 있으
니까, 그는 우리가 행복한 삶을 살기 위해 노력하는 것뿐
이니까…… 하지만 이번에는 그런 이유를 붙이고 싶은 기
분이 들지 않았다. 남편이 출근하고 나면 나는 서재에 틀
어박혀서 『멋진 깔개』의 번역 작업을 하거나 윤이소가 출
연한 〈또 다른 여자〉를 보면서 시간을 보냈다. 여전히 남
편은 야근이 잦았고, 심지어는 회사에서 자고 오는 날도
있었다. 나는 그가 속옷과 양말을 사서 사무실에 가져다
놓았다는 사실을 알고 있었지만, 아는 척을 하지 않았다.
물론 그런 상상이 들기도 했다. 만약 그가 다른 여자를 만

나고 있는 거라면? 바람을 피우고 있다면? 그렇다면 나는 어떤 선택을 할 수 있을까? 삶의 일부분이 어쩔 수 없이 무너져 내리고 그것이 전시되는 과정을 견딜 수 있을까? 만약 그런 일이 일어난다면 어머니는 어떤 식의 조언을 해주게 될까? 너의 삶, 너의 행복, 너의 안전. 나는 그 단어들이 실질적으로 내게 돌려준 것들에 대해 생각했다. 내게 밀착되어 있는 방식들에 대해 생각했다. 어쩔 수 없이 어머니를 원망하는 마음이 들었고, 그 마음 뒤에는 다시 죄책감이 들러붙었다.

야근을 마치고 집으로 돌아온 남편이 침대에 눕기 무섭게 곧바로 잠에 곯아떨어지고 난 후, 나는 잠을 이루지 못하다가 결국 침대 밖으로 슬그머니 — 슬그머니 나갈 필요는 없었는데, 나는 그런 태도가 내게 뿌리박혀 있다는 것을 새삼 깨달았다 — 나오곤 했다. 그러고는 서재로 가서 불을 켰다. 그러면 책상 위에는 내가 낮에 번역을 하다가 놔둔 『멋진 깔개』의 한 부분이 펼쳐져 있곤 했다.

"마당으로 나간 아버지는 귀엽고 예쁜 아기 곰 한 마리가 잠에 들어 있는 걸 발견했습니다"라는 문장과 마치 강아지처럼 생긴 아기 곰을 품 안에 끌어안은 남자의 그림.

나는 책을 덮고 〈또 다른 여자〉를 보기 시작한다. 데스크톱에 이어폰을 연결한 후, 방의 불을 끈다. 어둠 속, 의자에 무릎을 곧추세우고 앉아서 이어폰을 귀에 낀 후, 화면에 집중한다. 그 전에는 윤이소가 등장하는 장면만 골라서 보았지만, 이제는 그녀가 등장하지 않은 회차까지도, 아니, 어쩌면 윤이소가 등장하지 않은 회차를 중점적으로 드라마를 시청한다. 윤이소가 등장하지 않은 회차를 보면서 나는 언제나 화면 속 어딘가에 윤이소가 앉아 있는 모습을 그려보곤 했다. 그녀는 언제나 송년회에 입고 왔을 법한 화려한 옷을 입고 어깨를 편 채로 다리를 꼬고 앉아 있다. 카페 안, 과거에 사랑했던 여자에게 이별을 고하는 남자 주인공과 이별 통보를 듣고 있는 여자 사이에, 거실 한가운데에서 소리를 지르는 남자 주인공의 부모 근처 소파에, 사랑에 빠져서 어쩔 줄 몰라 하며 침대 위에 엎드려 있는 여자 주인공의 발치에, 그녀는 그 어디에서나 모든 것을 다 이해할 수 있다는 표정을 지으며 앉아 있다.

하지만 2월이 거의 끝나갈 무렵의 어느 날, 남편의 코 고는 소리를 들으며 나는 문득 그런 궁금증이 들었다. 어떻게 그는 저토록 순식간에 잠 속으로 피신할 수 있는 걸까? 그는 왜 잠들기 전에 후회나 죄책감, 혹은 헛된 희망이나 환상에 빠져들지 않는 걸까? 아, 그리고, 나는 기억해냈다. 그의 말—어머니의 고향에서 일어난 간첩 조작 사건에 대해 한 말—"그건 우리 모두가 겪은 일이나 마찬가지라고". 그는 어떻게 그런 말을 아무렇지도 않게 할 수 있는 걸까? 잠든 그의 규칙적인 숨소리를 들으며, 나는 그가 나와는 같은 시공간에 속한 적이 없는 완전히 별개의 사람, 낯선 존재라고 느끼고 있었다. 나는 침대에서 슬그머니 — 이번에도 나는 역시 슬그머니 나온 것이다 — 빠져나와서 서재로 들어갔다. 이번에는 윤이소가 나오거나 나오지 않은 드라마를 감상하는 대신, 다른 것을 보고 싶어졌다. 나는 남편의 스크랩북을 뒤지기 시작했다. 그리고 어머니의 고향에 대한 기사를 찾아냈다.

윤 씨는 1971년 동해상에서 오징어 잡이 배 '청파호'를 타고 조업 중 태풍을 만나 북으로 월선했다. 북한 함정에 나포된 윤 씨는 1년여의 억류 끝에 72년 귀국했지만 반공법상 월북 혐의로 기소돼 징역 1년, 집행유예 3년의 실형을 선고받았다. '납북 어부'라는 꼬리표 탓에 더 이상 조업도 할 수 없게 된 그는 전국을 떠돌다 76년 미금도에 정착했다. 윤 씨는 이 섬에 정착해 다시 조업 활동도 시작하고 결혼도 하고 아이도 낳았다. 83년, 평범한 삶을 살던 윤 씨에게 전주에서 보안사 수사관들이 찾아왔다. 수사관들은 월북으로 실형을 선고받고 형 집행도 모두 끝난 윤 씨를 고정간첩이라며 전주로 끌고 가 온갖 고문과 폭행을 가하며 자백을 강요했다. 윤 씨는 결국 자백했고, 20년 형을 선고받았다. 윤 씨는 15년간 복역하고 99년 5월에 출소했지만 이미 가족은 뿔뿔이 흩어진 상태였다. 특히 윤 씨의 아들은 빨갱이의 아들이라는 손가락질을 견디다 못해, 윤 씨가 출소하기 석 달 전에 자살한 것으로 알려져 큰 충격을 주었다. 다른 남아 있는 가족들에게 폐가 될까 봐 연락을 끊고 혼자 산 윤 씨는 진실화해위원회가 출범하고 나서도 몇 년 후인 2011년 말 위원회에 진실 규명을 요청했다. 그러나 몇 달 뒤인 2012년 2월 심장마비로 사망, 이번 진실화해위원회의 결정을 보지 못해 주변을 안타깝게 하고 있다.

미금도, 그게 바로 어머니가 태어나고 떠나는 것에 — 어머니는 그 섬을 1973년에 떠났고, 11년 후에 나를 낳았다 — 성공했던 섬의 이름이었다. 나는 어머니의 고향이 이런 식의 내용으로만 보관된 게 마음에 들지 않아서 다른 기사들을 찾아보기로 했다. 첫번째로 뜬 기사의 헤드라인은 이것이었다. "'마지막 대국' 이세돌의 특별 응원단…… 가족과 고향 주민." 이런 것도 있었다. "한수원, 미금도에 300메가와트 태양광 발전 건설." 이런 것도. "5달 동안 2억6000만원 적자 섬마을 고속버스가 달리는 이유는?" 물론 비극적인 사건들도 있었다. "LPG 운반선이 어선 충돌, 선원 1명

사망" 혹은 "신안 미금도 저수지서 70대 여성 숨진 채 발견"
이런 것도. 나는 이 기사들을 프린트해두기로 했다.

　다음 날 나는 문구점에 들러서 스크랩북을 하나 사서 집
으로 돌아왔다. 그러고는 전날 밤에 프린트해둔 기사들을
스크랩북에 하나씩 넣기 시작했다. 마치 남편이 했던 것처
럼, 가위로 프린트된 종이를 자르고 어떤 것들은 이어 붙
였다. 며칠 동안 나는 번역 작업을 하는 틈틈이 미금도에
대한 기사를 찾아내고, 스크랩을 했다. 할 만큼 했다는 생
각이 들자, 문득 윤이소에 대한 기사도 찾아보고 싶다는
생각이 들었다. 며칠 동안 검색을 하다 보니까 요령도 붙
었다. 나는 기사를 아카이빙해둔 사이트를 찾아내서 검색
란에 '윤이소'을 친 후, 가장 오래된 기사가 맨 위쪽에 오도
록 설정했다. 가장 눈에 띄는 건, 그녀가 「도베르만」이라
는 영화로 영화제에서 여우 주연상을 받은 것에 대한 기사
였다. 그녀는 그 상을 받은 후 한 인터뷰에서 이렇게 말했
다. "배우요? 나를 다시 살아가게 만들어주죠. 여러 번 사
는 거예요. 마치 꼬리가 아홉 개 달린 여우처럼요." 오래된
기사부터 시간순으로 배열된 헤드라인은 배우로서 그녀
의 커리어가 망가져가고 있다는 것을 보여주고 있었다. 그
런 기사도 있었다. 어마어마한 부자인 그녀의 아버지가 죽
은 후 그녀가 그 모든 재산을 물려받았다는 가십성 기사,

아홉 살 어린 남자와 사귀다가 헤어졌다는 기사, 그녀가 공식 석상에 나타난 사진을 두고 성형 의혹이 있다는 기사, 몇 년 전 잠시 일을 쉬고 있을 때 몰래 찍힌 살이 찐 사진까지…… 적나라하게 드러난 그녀의 삶. 하지만 시간이 지나면서 더 이상 아무도 그녀에게 관심조차 기울이지 않게 된 것이다. 불쌍한 여자. 나는 그녀가 왜 그런 식으로 갑자기 사라져야 했는지 알 것도 같았다. 그걸 왜 모르겠는가? 이 모든 걸 어떤 식으로 견딜 수 있단 말인가? 나는 그모든 기사들을 빠짐없이 프린트했다. 그건 미금도를 다룬 것보다 훨씬 더 양이 많아서 스크랩북을 하나 더 사야 할 정도였다. 다음 날 나는 대용량 스크랩북을 하나 더 구입했다. 그리고 미금도에 관한 기사를 앞에, 윤이소에 대한 기사를 뒤에 이런 식으로 한 권의 책에 스크랩해두었다. 이유를 설명할 수는 없었지만, 나는 이 두 이야기가 같은 책 안에 포함되었다는 사실 때문에 안심이 되었고, 만족스러웠다.

그녀―숲속에 사는 그 여자―는 나와의 약속을 지키지 않았다. 책가방을 가져다주지 않았던 것이다. 처음 며칠 동안, 나는 그녀가 혹시라도 가방을 들고 우리 집 앞에 나타날까 봐, 우리 어머니와 마주치기라도 할까 봐 몹시 초조했다. 사실 어머니는, 내가 단순하게 길을 잃었던 것이 아니라는 것을 이미 알고 있었으므로, 책가방을 든 그녀와 마주친다 한들 아무런 상관이 없었을지도 모른다. 그렇지만 나는 그렇게까지 치밀하게 거짓말을 준비했다는 사실이 어머니의 눈앞에 분명하게 보이는 것을 원하지 않았다. 그런 걱정도 결국엔 시간 낭비라는 것이 밝혀졌다. 나는 책가방을 잃어버렸다는 사실을 받아들일 수밖에 없었다. 책가방이 나를 떠났다는 것, 혹은 그렇게 경솔하게 책가방을 거기에 두고 떠나왔다는 사실 때문에 마음 한구석이 저릿했고 억울한 감정마저 들었지만 가방을 찾을 수 있는 방법은 없었다. 그녀의 집을 찾아가는 것은 말도 안 되는 생각 같았다. 그 길을 기억하지도 못했을뿐더러, 사실 그 일이 있은 후, 그녀의 집은커녕 소나무 숲 근처로는 아예 얼씬도 하지 않았던 것이다. 심지어 그해 겨울 방학, 굴삭기가 소나무를 뽑으러 왔을 때도 마찬가지였다. 엎드려서 동화책을 읽고 있던 내 옆에 앉아서 빨래를 개던 어머니는 나를 바라보지도 않고 물었다.

"왜 구경 안 가니? 너 그거 좋아하잖아?"

나는 뭐라고 대답해야 할지 알 수 없다고 느꼈다.

"이제 재미없어요. 시시해요. 그런 건."

내 대답에 어머니는 그제야 빨래 개던 손을 멈추고 나를 바라보았다. 나는 읽고 있던 동화책을 덮고 어머니의 다음 말을 기다렸지만 어머니가 그냥 다시 빨래를 개는 것으로 돌아갔기 때문에 나 역시 책을 읽는 것으로 돌아갔다. 1월 말, 겨울 방학이 끝나가면서 나는 다시 애가 타기 시작했다. 가방이 없으면 학교에 갈 수가 없는 건 명약관화한 사실이었다. 어머니에게 가방을 새로 사달라고 했다가 혹시라도 내 가방의 행방을 물어본다면? 나는 어머니 몰래 아버지에게 새 책가방을 사달라고 부탁했다. 다행히도 아버지는 이유 같은 건 묻지 않았다. 개학 첫날, 아침 등굣길에 나는 어머니가 내 책가방이 바뀐 걸 알아챌까 봐 걱정을 했지만 지금 돌이켜보면 어머니는 가방이 바뀌었다는 사실 정도는 이미 다 알고 있었을 것이다.

그해, 구정 연휴를 앞둔 어느 일요일에 아침 식사를 하다가 아버지는 어머니에게 이제껏 하지 않은 제안을 했다. 나를 데리고 서울에 있는 자신의 집 — 그러니까, 어머니의 시집 — 으로 함께 가자고 말을 한 것이다(아버지는 비겁하게도 이 말을 하면서 나를 끌어들였다. "너, 할머니 할아버지 보고 싶지?"). 나는 아버지가 왜 갑자기 어머니에게 그런 요구를 했는지 알지 못했다. 어머니는 단호하게 안 된다고 대답했다. 며칠 동안 아버지와 어머니는 그 문제 때문에 시간이 날 때마다 다투었고 집 안 전체에는 쌀쌀맞은 분위기가 감돌았다. 나는 아버지가 말한 대로 할머니와 할아버지를 보고 싶은 마음, 다른 친구들처럼 연휴를 보내고 싶은 마음이 있어서 내심 속으론 아버지가 이기길 바랐지만, 아버지는 어머니의 고집을 꺾지 못했다. 연휴가 시작되는, 아버지가 떠나는 날 아침까지도 둘 사이는 냉랭했다. 떠나기 전에 아버지는 어머니에게 말했다.

"나는 모든 걸 당신이 원하는 대로 했어. 그 모든 어려움을 감수하고, 그런데 당신은…… 당신은……"

여기까지 말한 아버지는 나를 한 번 바라본 후, 입을 꾹 다물고 집을 떠나버렸다. 그날 하루 종일 어머니는 평정심을 찾으려고 애쓰는 것 같았지만 그게 잘되지는 않았던 것 같다. 어머니는 다른 명절 연휴에 그랬던 것처럼 내게 짜장면을 시켜 주고 잼을 바른 식빵이나 라면을 만들어주었지만, 정작 어머니 자신은 음식을 입에 대지 않았다. 책을 펴놓거나 티브이를 켜놓았지만 거기에 집중하지 못하는 것 같았다. 어머니는 멍하니 다른 생각에 빠져 있다가 갑자기 생각이 난 듯 내 이름을 불렀다. 어머니에게 다가가면 어머니는 나를 꼭 안아주면서 귓가에 입술을 대고 아주 조용히 말했다. "내가 널 얼마나 사랑하는 줄 알지?"

그날 어머니는 신문에 실린 영화의 편성표를 찾거나 하지 않았고, 밤에는 몸이 좋지 않다면서 일찍 방에 들어갔다.

구정 당일 아침, 나는 거실에 있는 전화기 벨소리 때문에 잠에서 깼다. 비몽사몽간에 아버지로부터 걸려온 전화일 거라고 짐작했고(아버지가 아니라면 누가 그런 날 아침 우리 집으로 전화를 건단 말인가?) 두 사람이 화해를 할 거라는 생각에, 오늘 밤에는 다시 어머니가 영화를 보게 되리라는 생각에 안심이 되었다. 그렇지만 나는 전화를 건 사람이 아버지가 아니라는 걸 금방 알아차릴 수 있었다. 어머니의 말투 때문이었다. 어머니는 정중한 말투로 꼬박꼬박 존댓말을 하고 있었다. 그건 어머니가 완전히 낯선 사람을 대할 때의 말투였다. 통화를 끝낸 어머니가 내 방문을 열고는 외출 준비를 하라고 말했다.

"어디에 가요?"

나는 눈을 비비며 물었다. 알고 보니 전화를 건 사람은 바로 그 여자 — 소나무 숲에 사는 — 였다.

"그분이 우리를 초대하고 싶다는구나."

나는 깜짝 놀랐는데, 마을에 사는 그 누구와도 교류를 하지 않던 어머니가 다른 사람의 초대에 응했다는 점 때문이었다. 지금 생각해보면 거기에는 여러 가지 복잡한 요소들이 작동했을 것이다. 어머니 역시 그 전화가 아버지에게서 걸려 온 것이라 예상했을 것이고, 아버지가 아니라서 실망했을 것이다. 아니다, 그냥 단순한 이유에서였을지도 모른다. 그저 자신의 딸을 도와준 여자의 요청을 받아들인 것일지도. 혹은, 그 여자의 어떤 면이 어머니를 매혹시켰는지도 모른다(이 마지막 진술은 사태가 끝난 뒤 비로소 완성된 의미 없는 술회인지도 모른다. 하지만 이 세상에 그렇지 않은 진술이 있을까?). 어쨌든 세수를 하고 양치를 하면서 나는 다행이라고 생각하고 있었다. 그곳에 가면 어떤 수를 써서든지 어머니 몰래 내 책가방을 가져올 수 있을 테니까. 검정색 모직 바지와 파란색 스웨터를 입고 그 위에 감색 코트를 걸친 어머니가 내게 자잘한 꽃무늬가 그려져 있는 벨벳 원피스와 스타킹을 건네줄 때, 나는 가방 — 나는 내 새 가방 속에 잃어버린 가방을 욱여넣어 올 계획이었다 — 을 따로 들고 가고 싶다고 말했다. 내 말투에는 자신감이 없었다. 그러고 싶지 않았는데 저절로 그렇게 되었다.

"왜, 가방을 또 잃어버리려고?"

이렇게 대답한 어머니는 곧 후회하는 것 같았다.

"그래, 그렇게 해."

우리는 그녀의 집으로 바로 가지 않고 버스를 타고 시내로 나갔다. "살 게 있어." 어머니가 말했다. 그전에도 어머니와 시장 — 시장은 정해진 날짜에만 들어섰다 — 에 간 적이 있었지만 그날 어머니가 나를 데리고 간 곳은 상품이 깨끗하게 진열되어 있고, 그 위로 하얀 조명이 비치는 커다란 마트였다(어머니는 그곳의 존재를 어떻게 알았을까?
나는 궁금했다. 나중에 나는 어머니가 그 마을 안이나 바깥
에 있는 모든 것들에 빠삭했다는 사실을 알게 되었다). 어머
니는 신중하게 그녀의 집에 가지고 갈 품목을 골랐다. 휴
지와 인스턴트 커피와 세제 같은 것들…… 앞에 멈추어 선
어머니는 고개를 흔들며 이건 안 될 거 같다고 중얼거렸
다. 배는 거의 선택될 뻔했지만 아깝게 탈락했다. 어머니
는 배 상자를 들었다가 내려놓은 후 나를 보고 씩 웃었다.
"좋은 생각이 났어." 최종적으로 낙찰된 것은 내가 한 번도
먹어본 적이 없고, 심지어 이름도 모르는 과일들이 담긴
바구니였다. 어머니는 아버지와의 다툼은 저 멀리 치워버
린 것 같았고 마치 명절 특선 영화를 보거나 책을 읽고 새
로운 정보를 알아냈을 때처럼 자신만만해 보였다. 그저 선
물을 고르는 것, 한 번도 사보지 못한 물건을 구입하는 것
만으로 그렇게 된 것이었다.

　그녀의 집 앞에 도착했을 때, 우리는 돌담 길의 끝, 오른
쪽 베란다 옆에 하얀색 세단이 주차되어 있는 걸 보았다.
사실 처음에 나는 그걸 보지 못했고 그걸 발견한 건 어머
니였다(자동차는 내가 절박하게 초인종을 눌렀던 그날에도
세워져 있었던 것으로 밝혀졌다). 어머니와 나는 자동차 앞
에 잠시 동안 멈춰 서 있었다.

"엄마, 그 아줌마는 운전을 할 줄 아나 봐요." 내가 말하자 어머니가 복잡 미묘한 말투로 대답했다.

"그래, 아주 멋지구나."

우리 동네에는 자가용을 모는 사람이 없었다. 학교 운동장에 주차된 선생들의 자가용을 본 적이 있긴 했지만 그 차들은 이 하얀 세단에 비하면 너무나 볼품이 없었다. 문을 열어준 그녀의 모습 역시 나를 감탄시키기에 충분했다. 눈이 조금 부어 있긴 했지만, 어쨌든 그녀는 파자마 차림도 아니었고, 숄을 두르고 있지도 않았으며, 머그잔을 들고 있지도 않았다. 피부가 창백하지도 않았고 볼에는 홍조가 돌았다(나는 나중에서야 그게 화장의 결과라는 것을 알게 되었다). 속눈썹은 길고 컬이 들어가 있었고, 입술에는 붉은색 립스틱이 칠해져 있었다. 그녀가 조금만 고개를 움직여도 귀에 달린 진주 귀걸이가 달랑거렸다. 기다란 머리카락 끝은 곱슬거렸고, 그녀가 입고 있는 치마 부분이 풍성한 초록색 원피스에 새겨진 자수가 반짝거렸다. 그렇게까지 겉모습을 꾸민 여자를 실제로 본 건 그날이 처음이어서(어머니가 시내로 외출할 때 꾸미는 것과는 비교도 되지 않았다) 나는 마음이 울렁거렸다. 너무 울렁거려서 나는 그게 좋은 쪽의 감정인지 나쁜 쪽의 감정인지도 분간할 수가 없을 정도였다(나중에 나는 그런 애매모호하고 얄궂은 감정이, 눈이 빠지도록 아름다운 여자를 보면 순간적으로 느끼는 감정이라는 사실을 알게 되었다). 어머니는 그녀를 보고 어떤 생각을 했을까? 겉으로 보기에 어머니는 별다른 감정을 느끼는 것 같지는 않았다. 어머니는 그저 차분한 목소리로 그녀에게 인사를 했을 뿐이었다.

"그날, 얘를 도와주셔서 고마워요."

"오, 아니에요. 당연히 할 일을 한 것뿐인데요. 어서 들어오세요."

그녀는 마치 빨리 본론에 들어가야 한다는 듯이 곧장 우리를 식당으로 안내했다. 거실을 통과하는 동안 어머니는 표 나지 않게 실내를 두리번거렸고, 나는 벽난로 쪽만 슬쩍 보았다. 벽난로는 여전히 꺼져 있었다. 식당은 아주 컸다. 우리 집 마루와 식당방—그 순간, 나는 우리 집의 식당방이라는 단어가 너무 초라하다고 생각했다—을 합친 것만큼이나 컸다. 식당의 중앙에는 대리석 상판이 깔린 식탁이 있었고, 식탁 위에는 음식이 차려져 있었다. 그녀는 어머니에게 건네받은 과일 바구니를 뒤쪽 싱크대에 올려두고 다시는 쳐다보지도 않았다.

식탁 위에 차려진 음식은 내가 봐도 중구난방이었다. 스테이크와 파스타,—물론 나는 이 음식들의 이름을 그날 처음 알았다—야채 샐러드와 만둣국과 갈비찜, 그리고 잡채와 전, 예쁘게 깎은 과일과 쿠키 등등. 이번에는 어머니가 좀 감탄했다는 듯이 말했다.

"이걸 혼자 다 했어요?"

"아니요. 그럴 리가요. 전 음식 같은 건 하나도 못해요. 어제 사람을 불렀어요."

"그분은 어디 가셨어요?"

"그분도 집에 갔죠. 명절이니까."

어머니는 무슨 말인지 알겠다는 듯이 고개를 끄덕였다.

"앉으세요."

어머니와 나는 나란히 앉았다.

"오늘 오기로 한 사람이 오지 않아서요. 혼자 음식을 먹기엔 너무 많고, 그렇다고 버릴 수도 없고, 이 동네엔 아는 사람도 없고, 그러다가 저 꼬마 아가씨를 떠올렸죠. 혹시나 해서 전화를 걸었는데, 이렇게 와주셔서 너무 좋은 거 있죠."

호들갑스럽게 말한 후, 그녀는 와인을 한 병 가지고 와서 우리 앞에 앉았다. 그런 술병을 실제로 본 것도 난생처음이었다(어머니는 본 적이 있었을까?). 출장을 다녀올 때 아버지가 술을 사 오실 때가 있었지만, 거의 위스키 종류였고 나는 아예 만지는 것도 금지되어 있었다. 식탁 위에는 와인잔이 두 개밖에 없어서 그녀는 하나를 더 가지고 왔다. 그

리고 어머니와 자신의 잔에는 와인을 따르고 내 잔에는 포
도 주스를 따라주었다.

"제가 무례하게 군 건 아니죠?"

그녀가 물었다.

"아니요."

어머니가 고개를 저었다. 나는 어머니가 술을 마실지 안
마실지 궁금했다. 나는 우리 집에서 술을 마시는 사람을
본 적이 없었다. 아버지가 가끔 회사일 때문에 술을 마시
고 들어올 때가 있다는 건 알고 있었지만, 그런 날엔 나는
언제나 아버지가 들어오기 전에 잠에 들어야 했다. 아버지
는 술에 취해 잠든 딸을 깨우는 스타일은 아니었다. 어머
니는 (이번에도 역시 표 나지 않게) 그녀가 와인잔을 잡고
(아마도 와인잔을 드는 방식 같은 걸 알아보는 중이었으리
라) 돌리다가 입안에 술을 털어 넣는 모습을 지켜보았다.
잠시 후 어머니는 그녀처럼 와인잔을 돌리진 않고 그냥 입
으로 가져갔다. 그러고는 아주 조금, 정말 조금만 마시고
서, 잔을 식탁 위에 내려놓았다. 그리고 나를 내려다보며
미소를 지었다. 나도 와인잔에 든 포도 주스를 마셨다. 마
치 진짜 술을 마시는 것 같은 착각이 들어서 어쩔 수 없이
우쭐한 기분이 들었다.

"정말 조용히 이사를 왔네요. 전혀 몰랐어요. 아마 이 동

네 사람들은 여기에 누가 사는 줄도 모를걸요."

그녀는 와인잔을 내려놓으며 그게 중요한 문제라도 된다는 듯이 대답했다.

"아, 아니에요. 이사를 온 게 아니에요. 잠깐 요양차 온 거예요. 한 달 정도만 머물면 될 줄 알았는데, 벌써 두 달이 다 되어가네요."

"앞으로 언제까지 머물 생각이에요?"

"그건 잘 몰라요. 전 지금이라도 집으로 돌아가고 싶거든요. 몸이 근질근질해요. 여긴 너무 무료하고……"

여기까지 말한 그녀는 와인을 한 잔 더 마셨고 어머니에게 물었다.

"몇 살이세요?"

하지만 그녀는 어머니가 대답하기도 전에 손사래를 치며 말했다.

"죄송해요. 이런 질문은 무례한 건데 말이에요. 전 스물일곱 살이에요. 아, 아니 스물여덟 살요."

그리고 나를 가리키며 말했다.

"너는 이제 열한 살이 되었지?"

나는 잡채를 입에 넣고 우물우물 씹으면서 고개를 끄덕였다. 그녀는 남은 와인을 한입에 털어 넣으며 말했다.

"얘는 아주 똑똑해요. 이런 아이를 자식으로 두셔서 행복하시겠어요."

어머니는 나를 한 번 쳐다보고 내 머리를 쓰다듬으며 고개를 끄덕였다.

"저 나이 땐 자기가 어른이라고 생각하죠."

나는 약점을 들킨 것 같은 기분이 들었고 포도 주스를 술처럼 생각하는 건 그만두기로 했다.

"술을 너무 급하게 마시는 것 같아요."

"맞아요. 사실 전 술을 마시면 안 돼요."

그녀는 그 말을 하면서도 두번째 와인잔을 비웠다. 나는 그녀가 음식에는 손도 대지 않고 있다는 것, 그저 술에만 열중하고 있다는 사실을 알아차렸다. 마치 술 마시는 모습을 보여주려고 어머니와 나를 부른 사람처럼. 일단 술기운이 돌자, 그녀는 이런저런 이야기를 쏟아내기 시작했다. 어머니는 몇 번이나 그녀의 말을 막으려고 시도했지만 번번이 실패했고, 안절부절못하다가 결국 나를 거실로 데려간 후 티브이를 틀어주었다(어머니는 리모컨 사용법을 몰라서 한참을 헤매야만 했다).

"티브이 보고 있어. 알았지?"

나는 고개를 끄덕였다.

"엄마, 근데 유부남이 뭐예요?"

어머니는 무언가 생각에 잠긴 듯한 표정을 지었지만, 결국 이렇게 대답했다.

"아무것도 아니란다."

어머니는 티브이 볼륨을 높여주고 식당으로 들어갔다. 나는 어머니와 그녀의 말을 엿듣고 싶어서 그쪽으로 귀를 쫑긋 열어두었지만, 거의 듣지 못했다. 거실에 있는 내가 알 수 있었던 것 중 하나는 그녀가 엄청나게 많은 말을 하고 있다는 점이었다. 그녀는 갑자기 큰 목소리로 웃음을 터뜨렸다가 갑자기 큰 소리로 울기도 했다. 거실에 앉아서 티브이에서 방영되는 만화 영화를 보고 있던 나는 갑자기 책가방 생각이 났다. 책가방을 챙길 수 있는 절호의 찬스였다. 나는 조심스럽게 일어나서 거실 곳곳을 걸어 다니며 책가방이 있을 만한 곳을 살펴보았다. 아무리 뒤져봐도 책가방이 나오지 않았기 때문에 나는 침실이라고 여겨지는 방문 앞에 서 있다가 조심히 문을 열고 들어가보았다.

방 안은 커튼이 쳐져 있어서 어둑했고, 침대 위에는 옷들 — 하얀색 원피스와 아가일 무늬가 들어간 조끼, 실크로 만들어진 베이지색 잠옷 같은 것들 — 이 어지럽게 펼쳐져 있었다. 나는 그 옷들을 구경하다가 화장대로 시선을 돌렸다. 화장대 위에 액자가 하나 엎어져 있었다. 그러고 보니 이 집 거실에는 사진 액자 하나 없었다. 나는 액자를 세워보았다.

바깥에서 소란스러운 소리가 났다. 나는 화장실을 찾고 있다고 둘러댈 생각이었는데 어머니는 나를 신경 쓸 정신이 없어 보였다. 어머니는 그녀를 부축하고 있었고 나는 그녀의 얼굴을 바라보았다. 그녀의 머리카락은 헝클어져 있었고, 오른쪽 눈의 속눈썹은 떨어져 있었다. 립스틱이 지워진 입술은 창백해 보였고 술기운 때문인지 피부는 얼룩덜룩해 보였다. 나는 한 사람의 아름다움이 그런 식으로 한순간에 퇴락할 수 있다는 것, 퇴락했을지언정 여전히 아름다움을 품고 있을 수 있다는 사실에 놀라움을 느꼈다. 나는 그녀가 마치 자정이 지나 마법에 풀린 신데렐라 같다고 느꼈다. 재투성이. 아름다운 재투성이. 어머니는 그녀를 소파 위에 눕혔고, 리모컨을 찾아 티브이를 껐다. 어머니는 이번에는 허둥대지 않았다. 어머니는 뭐든 한 번만 만지면 손에 익게 할 수 있었던 것이다. 그동안 그녀는 계속 어머니의 옷을 붙잡고 자기를 혼자 두지 말라고, 돌아가지 말라고 울먹였다. 그러는 동안 그녀의 볼을 타고 눈물이 계속 흘러내렸고 그건 너무 극적으로 보여서 심지어 가짜 눈물처럼 보일 정도였다. 어머니는 그녀에게 한숨 자고 일어나면 기분이 좋아질 거라고 말했지만 그녀는 여전히 작은 소리로 흐느끼고 있었다.

"얼마 전에 난 아이를 잃었어요. 인공 유산 말이에요."

어머니는 아무런 거리낌 없이 성큼성큼 걸어서 침실로 들어갔고, 잠시 후 담요를 들고 나타났다. 그러고는 그녀에게 담요를 덮어주었다. 그녀는 눈을 감고 흐느끼며 담요를 자신의 가슴께로 끌어 올리며 말했다.

"이번이 두번째예요."

어머니는 머리맡에 앉아서 어깨를 문질러주며 작은 목소리로 속삭였다.

"괜찮을 거예요. 정말로 괜찮을 거예요."

집으로 돌아가는 길에 나는 어머니에게 물었다.

"엄마, 인공 유산이 뭐예요?"

어머니는 한 치의 망설임도 없이 대답했다.

"배 속에 있는 아이를 잃어버리는 거야."

더 자세한 설명을 바랐지만, 어머니가 더 이상의 설명을 해주지 않기로 결정했다는 것을 나는 알 수 있었다.

"엄마, 저 아줌마 ― 나는 그녀의 호칭을 어떻게 할지 알 수 없다고 생각했었지만, 그녀가 임신을 한 적이 있다는 이야기를 듣자 손쉽게 결정할 수 있었다 ― 는 왜 저렇게까지 많이 울어요?"

이번에는 어머니에게 조금 생각할 시간이 필요한 것 같았다. 잠시 후 어머니가 대답했다.

"술에 취한 거야. 술에 취하면 분별력을 잃어버리거든."

나는 어머니가 와인을 두어 잔 마셨다는 걸 알고 있었다.

"그럼 엄마도 취했어요? 엄마도 분별력을 잃었어요?"

어머니가 대답했다.

"아니, 엄마는 절대로 분별력을 잃지 않는단다."

집으로 돌아온 어머니는 내게 전날 배달 온 신문을 찾아오라고 했다. 우리는 함께 앉아서 신문을 펼쳐놓고 영화 편성표를 찾아보았다. 그날 밤에는 「인디애나 존스」가 할 예정이었다. 어머니는 그 영화를 본 적이 한 번도 없다고 말했다. "같이 볼 거지?" 어머니가 내게 물었다.

밤에, 아버지가 집으로 전화를 걸었을 때, 어머니는 아버지에게 사과했다. 나는 어머니가 전화를 받는 내내 어머니 옆에 서 있었다. 미안하다고 말하고 난 후, 어머니는 오랫동안 아버지의 말을 듣기만 했다. 나는 여전히 그때 아버지가 어머니에게 무슨 말을 했는지 알지 못한다. 우리가 그 동네를 떠난 이후로 어머니와 아버지가 만나서 무슨 이야기를 했는지 여전히 알지 못하는 것처럼. 한참 동안 아버지의 말을 듣기만 하던 어머니는 수화기를 내게 건네주었다. 아버지는 내가 보고 싶다고 말했다. 나도 아버지에게 보고 싶다고 대답했다.

그날 밤, 어머니와 나는 같이 앉아서 「인디애나 존스」를 보기 시작했다. 어머니는 순식간에 영화 속으로 빨려 들어갔다. 언젠가 어른처럼 말하는 내 또래 여자애들이 사용했던 문장이 떠올랐다. 그 애들은 더 이상 '무궁화꽃이 피었습니다' 같은 게임은 하고 싶지 않다고 말했었다. "흥미를 잃었어." 나는 어머니가 새로운 영화나, 혹은 아버지에게 사 달라고 부탁한 새 책을 펴볼 때마다 '흥미를 느낀다'는 것을 알고 있었다. 어쩌면 어머니는 그녀에게 흥미를 느낀 건지도 몰랐다. 그녀가 가진 것들은 어머니가 가진 것들하고는 너무나 달랐다. 그러니까 어머니는 그녀를, 그러니까 그녀의 집, 그녀의 자동차, 그녀의 식탁, 그녀의 화장, 그녀의 옷차림, 그녀의 아름다움 같은 것들을 흥미롭게 받아들였던 건지도 모른다. 하지만 지금 돌이켜보면, 어머니가 그녀에게 느꼈던 감정은 그런 것보다는 훨씬 더 복잡하고 설명할 수 없는 부분을 포함하고 있었을 것이다. 이를테면, 그녀가 처해 있던 상황이 어머니의 태도에 영향을 끼쳤을 가능성이 있었다. 그 당시 어머니가 그녀에게 관심을 보이는 방식은 묘하게 일관적이지 않았다. 어머니는 그녀의 아름다움에 대해서는 심드렁했지만, 그녀의 식탁을 보고는 감탄하는 식으로 굴었다. 술을 마시는 그녀에 대해서는 비난하고 싶어 했지만, 그녀가 울고 있을 때에는 마치 아기를 대하듯 했다. 그날, 나는 「인디애나 존스」에 완전히 빠져든 어머니를 보다가, 어머니가 그녀에게 흥미를 느꼈다 할지언정 다시 그 집을 방문하는 일은 없을 거라고 생각하고 있었다. "흥미를 잃었어." 나는 어머니가 그녀에게 보이는 일견 변덕스러워 보이는 관심은 곧 끝나리라고 생각했다.

내 예상은 보기 좋게 틀려버렸다.

명절 연휴가 끝나고 봄 방학이 시작했을 때, 그녀는 우리 집으로 다시 전화를 걸었고, 어머니는 나를 데리고 그녀의 집에 갔다. 선물을 사지는 않았다. 방문의 횟수가 늘어가면서(언제나 그녀가 먼저 전화를 걸었다. 어머니가 전화를 거는 일은 없는 것 같았다) 어머니는 그녀의 집에 있는 물건들 — 심지어는 겨울이었기 때문에 건드릴 필요가 없었던 에어컨까지 — 을 다룰 수 있게 되었다. 하지만 어머니도 벽난로만은 어찌할 수가 없었다. 우리는 함께 간식을 먹고 카드놀이를 했다. 가끔 그녀는 노래를 불렀다. 그녀는 노래를 잘했다. 그리고 그녀의 하소연이 시작되면 어머니는 나에게 거실에 가서 티브이를 보라고 했다. 몇 번쯤, 나는 책가방을 찾으려고 시도해보기도 했다. 하지만 한번 자신에게서 — 자의든 타의든 — 떨어져나간 것들에 대해 으레 그렇게 되는 것처럼, 나는 그 가방에 대한 애착을 점점 잃어버렸다. 때때로 그녀는 술을 마시고 눈물을 흘리고 아이처럼 어머니에게 매달렸다. 어머니는 그녀에게 말을 놓지 않았지만, 그녀는 어머니를 "언니"라고 불렀다. "언니가 없었으면 나는 여기서 외로워 죽었을 거예요." 봄 방학 내내 나는 어머니가 그녀에게 용기를 불어넣으려고 애쓰는 모습과 술에 취한 그녀를 도와주는 모습을 곁에서 지켜봤다. 집으로 돌아오는 길에 어머니는 내게 그 말을 반복했다.

"분별력을 잃어버린 거야."

개학을 한 후에는 어머니 혼자 그녀의 집을 찾아갔을 것이다. 내가 학교에 있는 동안에만 어머니가 그녀의 집을 방문하는 것으로 둘 사이에 어떤 원칙을 정했던 건지도 모른다. 겉으로 보기에 달라진 건 없었다. 어머니는 여전히 버스를 타고 나를 학교로 데려다줬고, 가끔 나는 친구들과 방과 후에 놀다가 어머니와 약속한 시간에 교문 앞에서 만나 함께 집으로 돌아가곤 했다. 버스 안에서 나는 어머니에게 하루 동안 있었던 일을 종알종알 떠들어댔고, 어머니는 나를 보며 빙그레 웃었다. 한 달에 한 번, 부모님과 버스를 타고 시내로 나가서 경양식 집에서 밥을 먹고 극장에 가서 영화를 보는 것도 그대로였다. 어머니는 그녀에 대한 이야기는 아버지에게 한마디도 하지 않았고, 나 역시 마찬가지였다. 하지만 때때로 나는 아버지에게 그 사실, 어머니에게 친구가 생겼다는 말을 하고 싶은 기분을 느낄 때가

있었다. 아버지와 어머니가 각각 다른 방식으로 고군분투
하고 있다는 인상을 받을 때, 혹은 어머니가 내게 흥미를
잃을까 봐 걱정이 될 때, 어머니 마음속에 아버지와 나를
포함하지 않는 공간이 생기고 있다는 것이 느껴질 때. 하
지만 나는 아버지에게 그런 걸 말한 적이 없었다. 만약 내
가 그 사실을 미리 아버지에게 알렸다면 어떻게 되었을까?
이런 생각은 부질없는 것이다. 왜냐하면 결국 버림받은 건
어머니와 나였지, 아버지와 내가 아니었기 때문이다.

나는 나중에 그런 생각을 했다. 어머니는 그녀를 '스칼릿
오하라'처럼 생각한 건지도 모른다고. 물론 그녀는 화려하
고 아름다웠지만, ─ 이렇게 냉정하게 말해야 한다는 점이
마음 아프지만 ─ 스칼릿 오하라만큼 강단 있게 자신의 삶
을 개척하려는 여자는 아니었다. 하지만 스칼릿 오하라나
그녀는 어머니가 한 번도 원한 적도 없고, 그리고 절대로
가질 수도 없는, 그런 종류의 삶을 산 여자들이었다.

3월이 되자, 남편은 회사일에 여유가 생겼는지 야근을
하는 횟수가 줄어들고, 더 이상 회사에서 자고 오는 일도
없어졌다. 나는 일주일에 한 번씩 대학에 강의를 나갔고,
집에서는 스크랩북을 만들거나 번역 작업을 했다. 그는 새
로 산 속옷을 집으로 가지고 오지 않았다. 나는 그 속옷들

이 여전히 그의 사무실 책상 서랍에 들어 있는 상상을, 그가 사무실 문을 잠근 채 속옷을 갈아입는 상상을 해보았다. 우리는 그냥 서먹서먹한 채로 상황을 뭉갰다. 나는 왜 윤이소가 그런 식으로 사라져야 했는지, 왜 그녀가 그런 식으로 취급되는 것을 가만히 두었는지 남편에게 설명을 듣고 싶었지만, 그런 것을 물어볼 수는 없었다. 그가 화를 내는 것도 원하지 않았지만, 그걸 왜 궁금해하냐는 그런 질문을 받는다면 대답할 자신도 없었기 때문이었다.

2주 후쯤, 번역 작업이 거의 끝나고 있을 무렵, 나는 아주 오랜만에 대학 친구들 모임에 나갔다 — 경기도 광주에 사는 친구는 나올 수가 없었다. "애기 땜에 내 몸이 완전 녹아버린 거 같아. 어디도 나갈 수가 없어!" — 우리는 광화문에 있는 식당에서 만났는데, 두부 샌드위치나 샐러드 같은 건강식을 파는 곳이었고, 키오스크로 주문을 해야 했다. 누군가 우리는 이런 걸 하기에 너무 늙은 게 아니냐고 한탄을 했다. 식사를 하다가 나는 갑자기 생각이 난 사람처럼 윤이소라는 이름을 꺼냈다.

"아, 그 옛날 배우?"

누군가가 그렇게 말하자 다른 친구들이 기억이 난다는 듯이 고개를 끄덕였다.

"아, 스캔들 엄청 많지 않았어? 나이도 많은데, 막 젊은 남자 사귀고. 엄청 부자여서 고생도 전혀 안 해봤다며?"

다른 친구가 그 말을 받았다.

"부럽잖아, 그런 삶."

"그런 게 뭐가 부럽니?"

누군가 이 대화에 종지부를 찍겠다는 듯이 말했다.

"쉽게 얻은 것은 쉽게 잃는 법이지."

나는 그녀가 그리 옛날 배우는 아니라고, 얼마나 재기
발랄하고 재능이 넘치는 배우였는지에 대해 설명해주고
싶었다. 누군가가 대표작이 무엇이냐고 내게 물었는데, 그
때야 나는 비로소 내가 본 윤이소의 작품이 고작해야 〈또
다른 여자〉 하나뿐이라는 걸 깨달았다. 나는 그냥 난감하
다는 듯이 웃으며 고개를 가로저었다. 윤이소는 또다시 그
런 식으로 흘러가고, 우리는 다른 이야기 — 남편을 따라서
외국으로 떠난 친구나 이혼한 친구나 유산을 한 친구에 대
해 — 로 옮겨갔다.

며칠 후, 남편은 마치 항복한다는 듯한 태도로 전화를
걸어서 오랜만에 밖에서 식사를 하는 게 어떻겠냐고 물었
다. 마음이 동하진 않았지만, 어쨌든 남편이 먼저 내민 사
과의 손길을 매정하게 뿌리치는 게 적어도 내게는 어려운
일이었다. 그날 밤에 시내에 있는 식당에서 밥을 먹다가
남편이 말했다.

"더 이상 이런 식으로 지내고 싶지 않아."

나는 고개를 끄덕였다.

"나도 요즘 좀 바빠서 날카로워졌나 봐."

"뭐 하느라?"

남편은 나를 바라보지도 않고 물었다.

"이야기했잖아, 나 요즘 일본 작가가 쓴 동화책 번역하고 있다고."

"그래?"

"응."

"그건 나중에 누가 읽어?"

글쎄, 그걸 누가 읽을까? 나는 아무 말도 하지 않았고, 우리는 침묵 속에서 식사를 마쳤다.

하지만 그날 밤, 잠에 들려고 침대 위에 나란히 누웠을 때, 나는 그에게 이렇게 말했다.

"굉장히 재미있는 이야기가 있는데 들어볼래?"

남편은 알겠다고 대답했다.

"제목은 '멋진 깔개'야. 동화에는 아버지와 아들 3형제가 나와. 어머니는 없어. 그냥 처음부터 없어. 아마 죽었거나 그렇겠지? 그들은 산골 마을에 외따로 살아. 왜 그런지는 몰라. 아들 3형제는 아직 어려. 열 살, 여덟 살, 여섯 살. 아버지는 이 3형제를 정성을 다해 키운단 말이야. 그리고 세

월이 흘러서 이 애들은 청소년이 돼. 청소년이 된 아이들은 산골 마을을 지겨워해. 떠나고 싶어 하지. 왜냐하면 거긴 너무 적적하고 심심하거든. 아버지는 허락하지 않아. 그래서 아들 셋은 어느 날 소리 소문도 없이 아버지를 떠나버려. 아버지는 슬픔에 빠져서 하루하루 쓸쓸하게 살아. 아들들을 기다리면서. 그러던 어느 날, 아침에 일어나보니까 집 마당에서 아기 곰 한 마리가 잠을 자고 있는 거야. 정말 작은 곰이야. 마치 작고 귀여운 강아지처럼 말이야. 새근새근 잠들어 있어. 숨을 쉴 때마다 가슴 부분이 오르락내리락해. 길을 잃은 아기 곰일 거라고 아버지는 생각했어. 아버지는 아기 곰을 키우기 시작해. 곰이 마치 사람인 것처럼. 잠도 같이 자고, 밥도 같이 먹고, 사랑을 쏟아. 둘은 대화는 통하지 않지만, 눈빛만 봐도 서로의 뜻을 알아채는 그런 관계가 됐어. 그런 식으로 봄이 지나고 여름이 지나고 가을이 지나고 겨울이 지나고…… 몇 번의 계절이 지나. 곰의 몸집이 점점 커지고, 아버지는 아들들을 완전히 잊어버렸어. 왜냐하면 그에게는 아들보다 더 사랑하는 곰이 있으니까. 이제는 엄청나게 몸집이 커진 곰과 아버지가 행복하게 살아갈 뿐이었지. 아버지를 떠났던 아들 3형제는 도시의 쓴맛을 잔뜩 봤어. 돈을 사기당하고, 범죄자로 몰리고, 무전취식을 해야 했지. 그들은 자신들이 패배자가 되었다고 생각해. 살 방도는 아버지를 찾아가는 것밖에 없다고 생각하지. 그래도 거기에는 집도 있고, 먹을 것도 있고…… 그래서 그들은 아버지의 집으로 다시 돌아가. 그런데 어떤 일이 벌어졌는 줄 알아?"

나는 남편이 대답할 리 없다는 것을 알고 있었다. 그는 벌써 잠들어서 코를 골고 있는 중이기 때문이었다. 나는 어두운 천장을 바라보았다. 그는 완벽한 수면을 위해 애썼고(그는 이런 기사를 스크랩해두었다. "완벽한 삶을 위한 완벽한 수면: 여덟 가지 방법") 밤이 되면 집의 모든 창에는 암막 커튼을 쳐서 빛이 하나도 들어오지 않게 만들었다. 나는 가끔 이런 어둠이 두렵다. 이런 두려움이 온당한 것이라고 생각하지만, 나는 거기에 대해 한마디도 할 수가 없었다. 문득, 어릴 적 내가 그녀의 집에 처음 갔을 때, 그녀가 두르고 있던 숄이 떠올랐다. 짙은 자주색 숄. 그녀의 온몸을 덮고도 남을 만큼 커다랗던 숄. 그 후로 어머니를 따라 그녀를 몇 번이나 만나러 갔지만, 한 번도 그 숄을 본 적이 없었다. 그녀는 그걸 어떻게 한 걸까? 버렸을까? 이상했다. 딱 한 번 본 것에 불과했는데도 그 후로 나는 그녀를 생각할 때마다 그 숄을 두른 모습을 떠올리고 있었던 것이다. 심지어, 가장 화려한 옷을 입은 모습을 생각할 때도, 내 상상 속 그녀는 짙은 자주색 숄을 두르고 있었다. 마치 그게 그녀를 위한 최소한의 방어책이라도 된다는 듯이. 그게 그녀를 지켜줄 수 있기라도 한다는 듯이. 나는 어쩌면 그녀가 영원히 그 숄을 벗어 던지지 않기를 바랐던 것일까?

어머니는 그 숄을 기억하고 있었을까?

아니다. 어머니는 기억하지 못했을 것이다. 아니, 이런 표현은 이치에 맞지 않다. 보지 못한 것을 어떻게 기억한단 말인가? 그건 어머니는 목격하지 못하고 오로지 나만 목격한 그녀의 물품이었다. 이런 생각이 든다. 나는 어머니가 돌아가시기 전에 자신의 인생을 충분히 복기했다고 생각했다. 터져 나오는 말. 그게 나를 혼란스럽게 만들었다고 느꼈지만 어쩌면 그 반대가 아니었을까? 내가 혼란스러움을 느꼈다면, 그건 어머니가 너무 많은 이야기를 해서가 아니라, 너무 많은 이야기를 하지 않아서가 아니었을까? 그건 터져 나오는 말이 아니라, 너절함을 가장한 취사선택된 말이었던 것일까?

돌이켜 보면 어머니에게는 그런 면이 있었다. 입 밖에만 내지 않으면 한 번도 일어나지 않은 일처럼 만들 수 있으리라는 믿음 같은 것. 나 역시 질문했어야 하는 것을 질문하지 않았다(이런 것도 모전여전이라고 말할 수 있을까?). 나는 어떤 종류의 이야기를 꺼내지 않는 게 어머니와 나의

'행복한' 삶을 위해 좋은 선택이라고 믿었다. 아, 어머니는 내 질문을 기다리고 있었을까? 이를테면 이런 것, 어머니가 '너의 오빠'라는 말을 두번째로 언급했던 날 — 내가 개를 키우자고 말한 날 이후 처음으로 — 에 대해. 어머니와 나는 동네에서 가까운 구립 도서관에 있었다. 봄이 시작되기 전이었고, 내가 열여섯 살이 된 해였다. 날씨는 여전히 차가워서 어머니와 나는 외투를 꽁꽁 싸매 입고 도서관에 들렀다. 그 시기에 우리는 그런 식으로 자주 함께 도서관에 가곤 했다. 어머니는 내가 책을 읽으며 그 속의 세계를 탐독하기를, 호기심을 가지기를 원했다. 어머니는 저 멀리 가능한 한 끝까지 내가 손을 뻗어보기를 원했지만, 동시에 내가 지나치게 넓은 세상에 관심을 가질까 봐 두려워하기도 했다. 어머니는 가끔 내가 이해하지 못할 정도로 일관성을 잃어버렸고, 나는 자주 어머니가 내게서 원하는 게 무엇인지 알 수 없다고 느끼곤 했다. 하지만 지금 이 순간, 그날을 돌이키고 있는 지금, 문득 그런 궁금증이 든다. 어머니 자신은 알고 있었을까? 자신이 내게서 무엇을 원했었는지.

그날, 자료 열람실의 책장 앞에 나란히 서서 읽을 책을 고르고 있다가(그 시절 나는 이미 어머니와 키가 비슷했다), 갑자기 어머니가 내 쪽으로 몸을 숙이고 귀에 속삭였다.

비밀을 누설하는 사람처럼, 마치 그 일이 엊그제 일어나기라도 한 것처럼. "네 오빠가 죽었어." 그리고 어머니는 서가에 꽂힌 책 제목으로 시선을 두었다. 절대로 나를 바라보지 않기라도 하겠다는 듯이. 나는 어떤 식으로 반응했던가? 나는 아무렇지도 않게 대답했다.

"알고 있어요."

하지만 마음속으로 나는 이런 질문을 되풀이하고 있었다. 엄마, 왜 이제 와서 오빠 이야기를 꺼내시는 거예요? 나는 어머니의 발언에 숨겨진 의도를 파악해야 한다고 느꼈지만 다른 한편으로는 그냥 모른 척하고 싶기도 했다. 어머니가 돌아가시기 전, 종종 아무 맥락도 없이 나는 그날을 떠올릴 때가 있었다. 병상에서 어머니가 내뱉는 수많은 말들 속에 그 이야기가 포함되기를 바랐다. "그때, 내가 갑자기 너희 오빠 이야기를 꺼냈잖니……" 하지만 어머니는 끝내 그 이야기를 하지 않았다.

어쩌면 이 모든 생각들은 그저, 내가 사태를 과장한 결과일 수도 있었다. 어쩌면 어머니는 그저 그날의 일을 잊어버렸는지도. 이랬거나 저랬거나, 나는 그날 거기에서 그 말을 꺼낸 어머니의 의도를 영원히 알 수 없을 것이다. 왜냐하면 — 당연한 사실이지만 — 어머니는 이미 죽고 내곁에 없으니까.

7. 우린 실패한 거야

4학년이 되자, 많은 것들이 바뀌었다. 우선 학교에 있는 시간이 길어졌기 때문에 어머니는 아침마다 도시락을 싸야만 했다. 친구들은 도시락통을 휘두르고 다니면서 상급생이 된 기분을 만끽했지만, 나는 여전히 어머니와 함께 등하교를 해야 했으므로 그런 기분을 느끼기는 힘들었다. 집으로 돌아가는 길에 어머니는 가끔 내게 물어보곤 했다.

"너네 반에 잘생긴 남자애 없어?"

나는 고개를 흔들었다. 부끄럽거나 창피해서가 아니라, 나는 정말로 남자애들에게는 별로 흥미가 없었다. 남자애들은 언제나 여자애들을 괴롭히려고 기를 쓰는 존재들이었고, 여자애들은 팔짱을 끼고 남자애들을 향해 "아, 정말 수준 떨어져"라고 말하곤 했다. 그즈음 나는 공부에 흥미가 생기기 시작한 참이었다. 특히 좋아한 과목은 '산수'였다. 나는 미지수 — 이를테면, 삼각형 두 변의 길이를 알려주고 다른 한 변의 길이를 구한다든가, 혹은 간단한 일차방정식 같은 것들 — 를 계산하는 걸 좋아했다. 주어진 다른 조건들만으로도 숨겨진 숫자를 알아낼 수 있다는 것은 근사한 일처럼 느껴졌다. 그렇다고 그 당시 성적이 상위권이라고 말할 수는 없었다. 어머니는 성적에 그다지 큰 관심이 없는 것처럼 보였지만 어쨌든 내가 아버지에게 산수 문제에 대해 질문하는 걸 좋아했다. 나중에 어머니는 병상에서 이렇게 말한 적이 있다. "나는 니가 산수를 너무 좋아해서 수학자나 뭐 그런 게 될 줄 알았는데." 그 말을 들었을 때, 나는 뜻밖에도 배신감을 느꼈다. 왜냐하면 내가 고3 때 일문학과에 진학하겠다고 하니 어머니가 이렇게 말했기 때문이다. "언어랑 문학을 다룬다는 건 멋진 일이야." 그런 식으로 내가 모르는 어머니의 '진짜' 마음이 얼마나 더 있던 걸까?

그 시절, 내가 열한 살이었던 시절, 산수 말고, 내가 흥미를 붙인 것이 하나 더 있었다. 그건 바로 수영이었다. 그해 4월에 나는 우리 반 애들 중 여자애 몇 명이 수영을 배운다는 사실을 알게 되었다. 수영장은 시내 백화점 꼭대기에 있었다. 여름에 부모님과 함께 해수욕장에 간 적이 있긴 했지만 실내 수영장에 가본 적은 한 번도 없었고, 무엇보다 수영을 배운다는 게 좀 이상하게 느껴졌다.

"수영을 다 하고 나면 수영복을 탈수기에 넣고 돌려야해. 그러면 수영복이 바짝 말라. 물기가 다 없어지는 거야. 그런 거 본 적 있어?"

나는 그 애의 말에 고개를 흔들었다. 수영장을 다니는 무리 중의 한 명인 그 애는 우리 반에서 남녀 통틀어 키가 가장 컸다. 팔짱을 낀 채로 "흥미를 잃었어"라든가, "저질이야, 정말" 이런 말을 내뱉어도 전혀 어색해 보이지 않는 그런 여자아이. 반에서 제일 먼저, 유일하게 2차 성징이 시작되었지만 전혀 거리낌이 없었고, 리본 모양의 금 귀걸이를 하고 다녔다. 진짜 금이었을까? 진짜 금이었을 것이다. 그 애의 부모님은 시내에서 큰 고깃집을 운영하고 있었고, 학교 선생들은 그 애 부모님이 운영하는 식당에 고기를 먹으러 갔다. 그 애가 말을 하거나 고개를 움직일 때마다 귀에 달린 작은 금 리본이 쉴 새 없이 흔들거렸다. 나는 가끔 귀걸이가 걸린 그 애의 귀를 남몰래, 넋을 놓고 바라보고는 했다.

수영을 배우고 싶다고 말했을 때, 의외로 어머니는 단번에 허락했다. "수영장에 어떻게 갈지 방법을 궁리해봐야겠다." 시내에 사는 친구들은 백화점에서 제공하는 셔틀

228

버스를 타고 다녔지만, 우리 동네까지 오는 셔틀버스는 없었다. 일주일에 두 번, 수영 강습이 있는 날이면 어머니는 내 수영 용품을 들고 기다리다가 하교하는 나를 데리고 시내로 향하는 버스를 탔다. 버스 안에서 어머니는 내게 수영을 하기 전에 먹을 간단한 과일이나 빵 같은 걸 건네주었고, 내가 수영을 배우는 동안에는 유리 벽으로 된 대기실에서 나를 기다렸다. 강습이 끝나면 어머니와 나는 다시 학교로 향하는 버스를 탔고 학교 앞에서 다시 집으로 돌아가는 버스를 탔다. 그래서 수영 강습이 있는 날이면 으레 어둑어둑해진 뒤에야 집으로 돌아올 수 있었다.

병상에 있을 때, 어머니는 이 시절에 대해서 이야기하는 것을 좋아했다. "완전 강행군이었어. 너가 수영하는 걸 그렇게까지 좋아할 줄 몰랐잖니." 아니었다. 솔직히 그렇게 고생한 것에 비하면 내 수영 솜씨는 형편없었다. 막연하게 상상했던 것만큼 수영이 재미있지도 않았다. 물에 뜨는 건 내가 예상했던 것처럼 자연스러운 일이 아니었고, 물에 들어가기 전에 배워야 하는 것들은 흥미롭지도 않았다. 물속에서 앞으로 나아가는 것 역시, 내가 그럴 거라고 생각한 것과는 완전히 달랐다. 같이 강습을 듣던 애들이 거의 다 물에 뜨게 되었을 때도 나는 여전히 킥판을 잡고 있어야 했고, 발차기를 못하는 나를 향해 강사 선생은 자주 호

루라기를 불었다. 하지만 나는 수영장의 냄새 ─ 탈의실에 들어갈 때부터 나를 흡족하게 만드는 ─ 를 좋아했고, 수영모와 수경을 쓰는 순간을 ─ 내가 무언가 중요한 일을 하고 있는 사람처럼 느끼게 만들었기 때문에 ─ 좋아했다. 나는 탈수기를 돌리는 시간도 좋아했는데, 신기하다거나 그런 건 아니었고 그 탈탈거리는 소리를 좋아했다. 건조기 소리에는 비밀도, 신비도 없었다. 그저 통은 돌아가고 있었고, 자신의 일을 수행하고 있을 뿐이었다. 나는 물속에 들어가서 완전히 숨을 멈추고 있다가 수면 밖으로 튀어나오는 그 순간을 좋아했다. 수면 아래로 들어갈 때, 마치 이 세계와의 끈이 차단된 것 같은 기분을 좋아했다. 그리고, 다시 물 밖으로 나왔을 때, 소음들이 내 귀로 다시 돌아오는 순간, 나는 일종의 거추장스러움을 느꼈다. 강습을 받는 도중 가끔 어머니와 눈이 마주치는 순간도 좋아했다. 나와 눈이 마주친 어머니는 손을 흔들어주었지만, 때때로는 무언가 깊은 생각에 잠겨 있어서 나를 발견하지 못할 때도 있었다. 어쨌든, 나는 수영장에서 일어나는 그 모든 일 ─ 그러니까 수영을 제외한 ─ 을 좋아했던 셈이다.

"힘을 빼고 물에 몸을 맡기면 돼."

어머니는 내게 그렇게 충고했다. 나중에 어머니가 병상에 있을 때, 나는 어머니에게 물어본 적이 있었다.

"어머니는 수영을 잘하셨겠네요?"

어머니는 그게 무슨 말이냐는 듯이 나를 바라보았다.

"어머니는 섬 출신이잖아요."

어머니는 나를 바라보더니 곧 빙그레 웃어 보였다. 어머니에게 여동생이 있다는 말을 들은 게 바로 그때였다.

"난 잘 못했고, 동생은 아주 잘했어. 걔는 정말 수영을 잘했어. 어릴 적엔 동네에 있는 바닷가에서 노는 게 그냥 하루 일과였으니까. 우리 어머니, 그러니까 너의 외할머니 말이야, 그분이 돌아가신 후로 줄곧 난 엄마라도 된 것처럼 그 애를 대했던 것 같아. 그 애도 나를 엄청 의지했어. 겨우 네 살 차이였지만 그땐 그게 엄청 큰 차이라고 생각했나 봐. 하지만 어쩔 수 없었어. 그게 내게 부여된 역할이었으니까. 때로는 버거울 때도 있었어. 나는 매일 부엌에서 살았어. 너희 외할아버지가 바다에 나가 있는 동안, 학교에서 돌아온 나는 부뚜막 앞에 앉아서 불을 피우고 밥을 짓고, 뭐 그런 걸 했어. 열 살, 겨우 그때부터 그런 게 내 일상이었어. 그 애는 내 곁에서 떠나질 않으려고 했지. 그래서 우리는 그 모든 일을 함께했단다. 모든 걸 나눴어. 그렇지만, 섬을 떠나는 문제에 대해서는, 그런 마음을 품은 것에 대해 그 애에게 말을 못 했어. 지금도 가끔 생각한단다. 그때 그 애에게 사실대로 내 계획을 털어놓았다면 그 애는 날 따라오겠다고 했을까? 나를 가지 못하게 막았을까? 자신은 거기 혼자 남겠다고 했을까? 솔직히 말하자면, 그래, 나는 어쩌면 그 애가 나를 따라나선다고 할까 봐 말을 안한 건지도 몰라. 우리가 다 떠나버린다면 아버지는 혼자거기에 남아 있어야 하는 거니까. 웃기지 않니? 나는 언제나 마음속으로 아버지를 미워했는데, 그럴 땐, 그런 생각이 들더구나. 아버지를 혼자 남겨둘 순 없다고. 그러니까한마디로, 내가 마음 편하게 떠나고 싶어서 그 애를 거기에 남겨둔 건지도 모르지. 지금도 그때를 생각하면 좀 아득한 기분이 들어. 아, 후회를 한다는 건 아니야. 정말 그런건 아니야. 다만 다른 가능성을 생각해보는 거야…… 다른선택…… 다른 삶…… 뭐 그런 거 말이야.

섬을 떠나고 1년 정도가 지났을 때, 나는 용기를 내서 그애에게 편지를 썼단다. 아버지는 관공서에서 보내는 우편물도 당신 스스로 챙기지 않아서 아버지가 편지를 뜯어 볼일은 없었겠지만, 나는 가짜 이름과 가짜 주소를 편지 봉투에 적었어. 진짜 주소는 편지 내용에다 적어두었단다. 아, 별 내용을 쓰지는 않았어. 혼자 두고 와서 미안하다든가, 뭐, 그런 건 안 적었어. 그냥 나의 일상을 적었어. 그리고 편지의 마지막에는 이렇게 적었지 '아버지가 못 보도록편지를 불태워버려'. 나는 그 당시에 목포 시내에 있는 양품점에서 일을 하고 있었거든. 주인 아주머니가 배려해주어서 양품점에 딸린 작은 방에서 먹고 자고 했었단다. 나는 동생이 답장을 안 할 거라고 생각했어. 글쎄, 나라면 안 할 것 같았거든. 그런데, 그 애가 답장을 보내준 거야. 별 내용은 없었어. 난 그게 좋았어. 어제까지 안부를 주고받은 사람들처럼 느껴지게 했거든. 동생은 편지의 마지막에 이렇게 적었지. '언니가 시키는 대로 편지를 불태웠어.' 우린 그렇게 가끔 편지를 주고받았단다. 타지에서 혼자 살아간다는 게 너무 힘들었지만, 아, 정말로 힘들었어. 그래도 그 애가 있었기 때문에 나는 용기를 내서 열심히 방통대 공부도 하고 학교 행정실에 취직도 할 수 있었어. 그때 양품점을 떠날 때, 내가 행정실에 취직하게 되었을 때, 주인 아주머니가 내게 원피스를 한 벌 선물로 해줬어. 그게 바로 그 옷들 중 하나야. 우리가…… 그 동네를 떠날 때 버린 옷 중 하나란다.

때때로 그 애는 내게 돈을 보내주기도 했어. 아, 그렇게 큰돈은 아니었어. 진짜 쥐꼬리만 한 돈이었는데, 그 애는 내가 그 돈을 어떤 식으로 사용했는지 항상 알고 싶어 했어. 사실, 난 그 돈을 쓰지 않았단다. 난 그 당시에 악착같이 돈을 모았어. 밥도 잘 안 먹었어. 고구마를 한 솥 삶아놓고 그걸 몇 날 며칠 동안 먹을 정도였어. 하지만 그 애에게는 거짓말을 했어. 너가 준 돈으로 밥을 사 먹었단다, 이 렇게 말이야. 그 애는 뛸 듯이 기뻐했단다. 난 그 돈을 언젠 가는 그 애에게 돌려줄 생각이었어. 그렇지만 때때로는 그 돈으로 밥을 사 먹을 때도 있었지, 진짜 밥. 그런 날이면 편 지에다가 음식 이야기를 잔뜩 적었어. '애, 너가 준 돈으로 산 밥을 먹으면 마음이 아프면서도 기운이 나. 너가 내 부 적이야.'

너네 외할아버지는 그 애가 결혼을 하던 해에 돌아가셨 는데, 한 번도 내 이야기를 한 적이 없대. 정말로 대단한 분 이지 않니? 그 애는 편지에 그렇게 썼어. '언니랑 아버지랑 은 너무 닮았어. 놀라워. 그렇게 닮았다는 것이.' 하지만, 애, 난 그렇게까지 독한 사람은 아니야. 정말. 니네 외할아 버지가 돌아가셨다는 소식을 들었을 때는 마음이 아팠단 다. 너무 마음이 아파서 출근도 못 하고 집에서 울기만 했 었어. 그때 동생은 겨우 스물한 살이었지. 네 외할아버지 가 돌아가신 후 그 애는 결혼을 했다고 했어. 남편도 어부 라고 했지. 그 애는 말했어. '나는 이 사람을 사랑해.' 나는 걔가 사랑에 대해 모른다고 생각했을 거야. 고작 스물한 살짜리가 뭘 알았겠니? 나는 동생이 그 남자에게 속은 거 라고 생각했지만, 그들의 결혼사진을 보니까 마음이 좀 풀 어지는 것 같기도 했어. 섬에 있는 작은 회관에서 약식으

234

로 한 결혼이었는데. 한편으로는 좀 슬펐어, 잘 모르겠다. 내가 바란 건, 그 애가 좀더 세상 물정을 알고 난 후에 어떤 선택들을 하는 것이었어. 다른 선택, 다른 삶. 하지만 이런 건 그냥 하는 말에 불과하겠지. 얘, 생각해봐. 우리는 수많은 선택지 중에 하나를 선택한다고 여기지만 언제나 우리가 그 일을 선택할 가능성은 백 퍼센트인 거야. 내 말 알겠니?

동생이 결혼을 한 후에도 우리는 편지를 주고받았어. 여전히 봉투에는 가짜 이름과 가짜 주소를 적었어. 그 애 남편도 내 존재를 몰랐을 거야. 너네 외할아버지가 돌아가셨으니까 내 존재를 숨길 필요가 없었지만, 그땐 이미 그냥 그게 우리들 사이의 장난 같은 게 되어버린 거야. 그 애는 여전히 편지를 불태웠지. 우리 둘만의 비밀. 우리를 특별한 자매로 만들어주는 그런 거 말이야. 그 애는 아들을 낳았을 때도 내게 연락을 해서 조카가 생겼다는 걸 알려줬어. 나는 매해 조카 사진을 받았고, 매해 조카를 위해 선물을 보내줬어. 하지만 조카를 만나본 적은 없어. 이상하지 않니? 생각해보렴. 나는 네 외할아버지가 돌아가신 후에 섬으로 돌아갈 수 있었어. 섬에 가서 며칠 머물 수 있었지. 아이 때문에 동생은 육지로 나올 수가 없었을 거야. 하지만 이상하게도 동생은 한 번도 내게 섬으로 놀러 오라는 말을 하지 않았고, 나 역시 한 번도 그 섬으로 돌아가지 않았단다. 그렇게 우리는, 그 애가 결혼하고 4년 정도 계속 편지를 주고받았어. 몇 년 후에 동생은 둘째를 임신했다고 연락을 해왔어…… 그리고 딸을 낳았단다……그게 마지막이야. 그 후로 나는 그 애를 만난 적이 없어. 무슨 일이 있었냐고? 모르겠다. 그냥 그런 식으로 삶이 흘러간 거야. 그런 식으로 우리는 서로에게서 멀어진 거야. 몇 년 전에 나는 동생의 소식을 알고 싶어서 이리저리 수소문을 했었어. 그런데, 진작에, 너무 오래전에 이미 죽었다고 하더구나."

수영장에 다녀온 날이면 나는 서둘러 저녁을 많이 먹고 일찍 잠에 들었다. 자주 높은 곳에서 떨어지는 꿈을 꿨다. 몸이 공기를 가르며 떨어지다가 지상에 닿기 직전에 언제나 나는 내가 꿈속에 있다는 사실을 깨닫곤 했다. 움찔. 꿈 밖에 실재하는 내 몸은 움찔했고, 나는 그걸 느꼈다. 내 신체는 다른 기능은 사라지고 마치 순간적인 응축과 팽창만을 위해 존재하는 것 같았다. 나는 그런 꿈이 무섭거나 두렵지도 않았지만 그렇다고 짜릿하거나 즐겁지도 않았다.

"키가 크려고 하는 거다."

아버지가 말했다.

"그걸 어떻게 알아요?"

"두고 봐라."

아버지는 그렇게 말한 후 흡족하다는 듯한 미소를 지었다. 그 당시 나는 또래 아이들보다 작았다. 키도 작고 몸집도 작았다. 아마 내가 고물상에 가서 체중계에 오르는 걸 계속했다 한들, 더 이상 그런 식의 박수는 받지 못했으리라. 그 동네에 살던 내내 나는 작았고, 그 동네를 떠난 후, 그러니까 열두 살이 되던 해에 나는 1년 동안 10센티미터가 넘게 훌쩍 자랐다. 그러니까 아버지는 '두고 보지' 못한 셈이다. 어쨌든 아버지가 그렇게 말했을 때, 나는 문득 숲속 그녀의 말—"또래에 비해 키가 작아서 부모님이 걱정하시겠다"—을 떠올렸다. 그녀의 말처럼 사실은 아버지가 내 키에 대해 걱정을 하고 있는 것이 아닌가, 하는 생각이 들었던 것이다. 개학을 한 후로 나는 그녀를 본 적이 거의 없었다. 가끔 물어보면 어머니는 며칠 전에 그녀의 집에 다녀왔다고, 그녀가 나를 보고 싶어 한다고 말해주었다.

"그 아줌마는 아직도 분별력을 잃었어요?"

그 문장—분별력을 잃다—을 입 밖으로 내뱉자, 왠지 모르게 의기양양한 기분이 들었다. 개학 후 그녀의 취한 모습을 보는 일이 없어지자, '분별력을 잃었다'라는 표현에서 그녀라는 얼룩은 완전히 사라져버렸고 이제 나는 그 표현을 단독적인 의미로 — 무언가 멋지고 어른스러운 — 받아들일 수 있었다. 하지만 그 당시 나는 아직 극적으로 표현하는 방식이 익숙하지 않아서 그 문장을 사용할 기회를 좀처럼 얻지 못하고 있었던 것이다.

"그래, 아직도 가끔 그러는구나."

어머니는 솔직한 태도로 대답했다.

"그 아줌마는 엄청 이쁜데."

"그래, 맞아, 아주 이쁘지."

"그 아줌마네 집에는 신기한 것도 되게 많은데."

내 말에 어머니는 한숨을 한 번 쉰 후 대답했다.

"그래, 맞아."

"그런데 왜 자꾸 분별력을 잃어버려요?"

어머니는 잠시 생각에 잠긴 것 같았다. 나는 어머니에게 다시 질문했다.

"엄마랑 그 아줌마는 친구예요?"

어머니는 부드러운 미소를 지으며 대답했다.

"아마도 그런 것 같구나. 엄마의 **도움**이 필요한 친구 말이야."

어느 날 밤에 나는 밖에서 들리는 시끄러운 소리 때문에 잠에서 깼다. 마당으로 향하는 미닫이문은 환하게 열려 있었고, 처마 밑의 노란색 백열등이 마당을 환하게 비추고

있었다. 나는 잠옷 차림으로 눈을 비비며 마당으로 나가보
았다. 그러고는 대문 안쪽에 서서 바깥을 내다보았다. 희
미한 가로등이 하나 서 있는 어둡고 좁은 골목에는 하얀색
세단이 하나 세워져 있었다. 보자마자, 나는 그게 그녀의
자동차라는 걸 알아차릴 수 있었다. 어머니는 상체를 숙이
고 조금 열린 차창 안으로 무언가를 계속 말하려고 애쓰
고 있었고, 아버지는 어머니 뒤에 서 있었다. 나는 뒷모습
만으로도 아버지가 무척 화가 났다는 것을 알 수 있었다.
그리고 그녀가 분별력을 잃었다는 사실도. 잠시 후 그녀가
경적을 울렸다. 한 번, 두 번, 세 번 그리고 네 번. 잠자고 있
던 동네 개들이 깨어나서 짖기 시작했다.

  "제발, 그만 좀 해요."

  어머니가 애원하듯이 말했다. 조금만 더 있으면 이웃집
사람들이 나와서 우리 가족에게 화를 낼 게 분명했다. 나
는 그녀의 얼굴을 보고 싶어서 이리저리 고개를 돌렸지만
도저히 내 시야에 들어오지 않았다. 하지만 나는 이미 그
녀의, 분별력을 잃어버린 모습을 잘 알고 있었다. 눈물 때
문에 화장이 번져 얼굴은 지저분해져 있을 테고, 머리카락
은 마구 헝클어져 있을 테지.

  잠시 후, 그녀는 엉엉 울기 시작했다. 그녀의 울음소리
가 열린 차창을 통해 흘러나와서 골목과 우리 집 마당으로

퍼졌고, 나는 이게 단순히 '분별력을 잃어버린' 수준의 사태가 아니라는 것을 깨달을 수 있었다. 가증스럽게 축적된 고통. 그것은 추잡한 세계, 내가 절대로 발을 들여서는 안되는 세계의 모습 같았다.

울면서 그녀는 말했다.

"나도 돌아가고 싶어요! 그렇지만 돌아갈 곳이 없단 말이에요. 나는 완전히 버림받았다고요."

그 순간 어떻게 알았는지 아버지가 몸을 돌렸고, 대문 뒤에 서 있는 나를 발견했다.

"들어가."

그 순간, 아버지의 목소리를 듣는 순간, 나는 누군가 내 몸통을 잡고 어디선가 쑥 꺼내는 듯한 느낌에 사로잡혔다.

"들어가, 당장."

아버지는 내게 다가와서 내 등을 밀었다. 그녀가 술에 취해 흐느끼는 걸 이미 몇 번이나 봤지만, 그건 모두 그녀의 집 안, 그녀의 장소에서, 그리고 환한 빛이 남아 있는 낮 시간에 이루어진 일이었다. 그 집에서 그녀가 울음을 터뜨릴 때마다 어머니는 그녀를 위로했는데, 그건 마치 연극의 배역처럼 다들 자신의 자리에서 실행해야 하는 온당한 일처럼 느껴지곤 했었다.

그녀는 울며 칭얼대고, 어머니는 그녀를 돌보아준다.

그녀의 집에서 어머니는 그녀를 향한 가벼운 책망의 감정을 드러낼 때도 있었고, 심지어는 대놓고 질책 —"그렇게 해서는 안 돼요. 그때 당신이 그런 선택을 해서는 안 되었어요" — 할 때도 있었다. 하지만 동시에 어머니는 그녀에게 끊임없이 힘을 불어넣어주려고 애쓰기도 했다("아, 괜찮아요. 당신은 다시 살 수 있어요. 몇 번이나 다시 살 수 있어요"). 하지만 그날 밤, 그 좁은 길, 어둠 속의 엷은 빛만이 존재하는 그곳은 그녀가 있어야 하는 장소가 아니었고, 거기서 우는 건 그녀가 해야 하는 일이 아닌, 무언가 불온하고 부당한 일처럼 느껴졌다. 어머니는 더 이상 그녀를 비난하거나 격려하지 못했다. 어머니는 그녀에게 애걸복걸했다. 잘못된 장소와 잘못된 시간대에 떨어져서 어쩔 줄 모르는 사람들. 아, 아니다. 이렇게 말하는 것은 —솔직하게 말하자면 — 아버지에게는 너무 가혹한 일이었다. 아버지에게는 잘못된 장소와 잘못된 시간이라는 표현 자체가 들어맞지도 않았다. 왜냐하면 그날 밤이 되기 전까지 아버지는 그녀가 누구인지도, 그녀가 아버지 자신과 어떤 식으로 연결되어 있는지도 알지 못했을 것이기 때문이다. 그녀와 관련해서 아버지에게 적절한 장소와 시간 자체라는 개념 자체가 애초에 성립이 안 되는 것이었다.

불이 꺼진 방의 침대 위에 앉아서, 절대로 잠들지 않겠

다고, 부모님이 집 안으로 들어올 때까지 기다리겠다고 다
짐했지만, 나는 침대 상판에 기댄 채로 잠이 들어버리고
말았다(어릴 적의 나는 언제나 그런 식으로 잠에 들었고, 어
른이 된 나는 자주 밤을 지새운다. 이런 패턴에 의미를 부여
하려는 시도들이 얼마나 무의미한 줄 알면서도 나는 멈추질
못한다). 내가 다시 깨어난 것은 새벽녘이었다. 밤중의 그
소란함은 흔적도 없이 사라졌고 주위는 고요한 듯했지만,
그 고요함을 뚫고 퍼져나가는 불길한 소리들이 있었다. 나
는 최대한 조심스럽게 방문을 열고 부모님 방으로 다가가
서 문에 바짝 귀를 댔다. 아버지는 어머니에게 화를 내고
있었다. 목소리를 최대한 낮추려고 노력하고 있었지만 자
신의 생각만큼 그게 잘되지 않는 것 같았고 가끔 큰 소리
를 냈다.

"저런 여자랑 엮이다니 진짜 제정신이야? 도대체 왜 그
러는 거야? 당신, 동네 사람들하고는 대화조차 나누려고
하지 않았잖아."

"내가 과민하다고 말했던 건 당신이야. 더 이상 과민하
게 굴지 않는 것뿐인데, 왜 뭐가 문제야?"

"저 여자가 누군지 알아?"

아버지의 물음에 어머니는 대답하지 않았다. 나는 어머
니의 침묵이 아버지의 질문에 대한 대답이라는 것을 알아

차렸다. 더 이상 아무 말도 들리지 않았기 때문에 나는 엿
듣는 건 그만두기로 하고 내 방으로 돌아갔다. 그 당시 나
를 울적하게 만드는 것은 아버지가 저런 식으로 어머니
에게 화를 낸다는 사실 그 자체였지만 동시에 이해가 되
지 않았던 것은, 아버지가 '저렇게까지' 화를 낸다는 사실
이었다. 나는 그렇게까지 어머니에게 화를 내는 아버지를
본 일이 없었다. 물론 그녀가 몰고 온 불길한 파장이 있었
다. 하지만 어린 내가 생각하기에도 그게 전적으로 어머니
의 탓이라고는 도저히 생각되지 않았다. 그저 우발적인 사
건일 뿐이었다. 아버지를 그토록 화나게 한 것은, 어머니
가 친구를 사귀었다는 사실을 숨겼기 때문인가? 그 친구
가 술에 취해서 분별력을 잃은 여자이기 때문인가? 그녀
가 너무나 멋진 하얀색 차를 몰아서인가?

"아빠는 걱정이 돼서 그러는 거야."

다음 날 아침, 학교에 가는 버스를 기다리다가 어머니는
내게 갑자기 그렇게 말했다. 내가 아무것도 묻지 않았는데
도 말이다. 문득 그날 밤, 내가 '실종'되려고 했던 날 밤, 나
와 단둘이 남겨졌던 아버지가 내게 했던 말 —"걱정하지
말거라" — 이 떠올랐다.

"뭐가 걱정이 되는데요?"

내가 묻자, 어머니는 갑자기 나를 끌어안았다.

"사랑하는 우리 딸에게 무슨 일이 생길까 봐."

어머니는 명백하게 거짓말을 하는 중이다,라고 나는 생각했다. 어머니는 상황을 얼버무리려고 노력하는 중이었다. 왜 아니겠는가? 그 여자가 우리 집에 찾아온 게 나의 안전과 무슨 관련이 있단 말인가? 그 여자가 왜 위험 요소가 된단 말인가? 위험 요소가 된다 한들 그건 나의 것은 아니었다. 그 이후로 어떤 일이 있었는가? 더 이상 아버지와 어머니는 그녀의 일을 화제에 올리지 않았지만, 나는 여전히 어머니가 가끔 그녀를 만나러 간다는 사실을 알고 있었다. 아버지도 알고 있었을까? 아마 알고 있었을 것이다. 그 후로 두 사람은 내가 잠들었다고 생각되는 시간을 빌려 자주 다투었다. 잠든 척하고 있던 내가 조용히 방에서 빠져나온 후 안방 문에 귀를 대면 한껏 억제하려고 애쓰는— 그렇지만 흘러나오는 감정을 절대로 처리하지 못하는— 목소리를 들을 수 있었다. 그런 일이 반복되자 마침내 나는 생각하게 되었다. 그 싸움의 원인은 내가 제공한 거라고, 애초에 내가 이 집을 나가지 않았다면 '실종'당하겠다는 그런 생각을 하지 않았다면, 어머니는 그 여자를 애초에 만날 일이 없었을 거라고.

그날 수영 강습이 있던 날, 나는 처음으로 물 위에 떴다.

그동안 노력을 기울인 것이 민망할 정도로 그냥 몸이 두둥
실 수면으로 떠올랐다. 아니, 아니다. 허탈하게도, 내가 그
날 아무런 노력을 기울이지 않았기 때문에 몸이 떠오른 것
이나 마찬가지였다. 어머니는 내가 무언가 한 가지를 배웠
다는 것, 해냈다는 사실 때문에 기분이 좋아 보였다. 탈의
실에 들어온 어머니는 내가 샤워하면서 물에 한 번 헹군
수영복과 수영모를 탈수기에 넣는 걸 도와주었고, 탈수기
가 돌아가는 동안 내게 말했다.

"엄마는 너가 자랑스럽다."

6월, 여름의 길목을 맞이한 저녁의 해는 우리가 버스를
타고 동네로 돌아갈 때까지 여전히 희미한 빛을 간직하고
있었다. 충만함, 나는 아마 그때 그런 감정을 느낀 것 같다.
모르겠다. 그 시절의 내가 충만함이라는 감정에 대해 생각
해본 적이 있을까? 그저 모든 사태가 끝난 후 돌이켜봤을
때, 그날에 무언가 특별함이 깃들었으면 좋겠다는 소망에
서 비롯된 과장된 기억인 걸까? 그 모든 것을 극적으로 받
아들이고 싶은 나의 왜곡인 걸까? 하지만 나는 그걸 정확
하게 기억하고 있다. 버스에서 내렸을 때, 내 드러난 피부
에 와 닿았던 상쾌한 저녁 공기의 감촉 같은 것을. 어머니
는 집으로 걸어가는 동안 내게 말했다.

"다음 시간에는 앞으로 나아갈 수 있을 거야."

"아직 그럴 자신은 없어요."

사실 나는 자신감으로 꽉 차 있었지만 짐짓 겸손한 척을 하며 대답했다.

"그건 어렵지 않아. 팔을 앞으로 휘젓고 발만 힘차게 차면 돼. 그러면 앞으로 나아가게 되어 있어."

하지만 내가 수영장에서 팔을 앞으로 휘젓고 발을 힘차게 차는, 그래서 물을 가르고 앞으로 나아가는 그런 날은 오지 않았다. 놀랍게도 그랬다. 그런 일이 일어났다. 그날이 내 마지막 수영 강습이었고, 나는 그 후로 수영을 배운 적이 없었다. 헤엄치는 방법을 모르는 사람, 그게 바로 나였다. 남편은 그게 마치 재미있는 농담이라도 된다는 듯이, 어떤 모임에 가면 나를 소개할 때 그렇게 말하곤 한다. "아, 이 사람은 헤엄치는 방법을 몰라요!"

그날, 집으로 돌아왔을 때, 어머니와 나는 집 앞에서 서성거리는 남자들을 볼 수 있었다. 그들은 자신들을 경찰이라고 소개했다. 내 손을 잡고 있던 어머니의 손이 떨리는 게 느껴졌다. 어머니는 떨림을 숨기려고 애쓰고, 목소리를 가다듬을 시간을 벌겠다는 듯이 머리카락을 한번 만지고는 그들에게 무슨 일이냐고 물었다. 남자들은 순간적으로 나를 내려다보았다. 어머니는 침착하게 대문을 열어주며 내게 말했다.

"들어가서 옷 갈아입고, 밥 먹을 준비해."

나는 순순히 그렇게 했다. 이번에는 말을 엿들을 생각조차 하지 못했다. 하지만 어머니가 말한 대로 옷을 갈아입는다거나 하는 일도 할 수가 없었다. 나는 신발을 벗고 집 안으로 들어간 후 마당으로 통하는 여닫이문은 활짝 열어놓은 채, 멍하니 문 뒤에 서 있었다. 잠시 후 어머니가 대문 안으로 들어섰고, 곧이어 나와 눈이 마주쳤다.

어머니는 울고 있었다.

어머니는 나에게 그녀가 죽었다는 소식을 전해주었다. 서울에 사는 그녀의 지인이 전화를 걸었는데, 이틀 동안 통화가 되지 않아서 경찰에게 연락을 했고, 경찰이 찾아가보니 그녀는 이미 음독자살을 한 후였다는 것이었다. 유서는 따로 없었다고 했다. 물론 그 시절의 나는 그런 자세한 정황까지는 알지 못했다. 어머니는 자살, 특히 음독자살 같은 단어는 입에 올리지도 않았다.

그녀의 죽음에 대해 자세히 알게 된 건, 내가 이십대 중반의 일이다. 그즈음 나는 일본어 통번역 대학원을 준비하고 있었다. 대부분의 시간 동안 대학 도서관에 앉아 대학원 입시 준비를 했지만 아주 가끔 기분 전환을 하고 싶으면, 도심에 있는 대형 카페에 나가서 맛있는 커피를 주문하고 노트북으로 이런저런 글들을 읽었다. 대단한 글들을 찾아서 읽은 건 아니었다. 오히려 그즈음 나는 쓸모없는, 가치가 없어져버린 글들을 찾아 읽으려고 애쓰곤 했다. 세상에서 멀어지고 싶은 그런 마음이 있었다. (절대로 내가 음정을 알 수 없을 만한) 노래 가사만 덩그러니 적혀 있는 블로그 포스팅을 반복해서 읽거나, 기상청 홈페이지에 들어가서 옛날 날씨 같은 것을 찾아볼 때도 있었다. 혹은 이미 종영해서 볼 수 없는 드라마 ― 대부분 시청률이 엉망인 드라마들이었다 ― 의 감상평 같은 것들을 읽었고, 때때로는 부고를 찾아서 읽기도 했다. 내가 얼굴도 알지 못하는 죽은 사람과 그 사람의 남겨진 가족들, ― 물론 아무나 신문에 부고를 남길 수 있는 것은 아니었다. 하지만 그들의 죽음은 과연 기록될 만한 것이었을까? ― 그러다가, 문득 나는 숲속 그 여자의 이름을 기억해냈다. 궁금증이 들었다. 오래전이긴 하지만, 그 여자의 부고가 남아 있을까? 그 여자는 부고가 실릴 만한 사람이었던가? 자살한 사람도 부고가 남는 걸까? 여자의 이름을 검색하고 나서 나는 깜짝 놀랐다. 순간적으로 아버지의 그 말이 떠올랐기 때문이었다.

― 저 여자가 누군지 알아?

― 저런 여자랑 엮이다니 진짜 제정신이야?

나는 아버지가 왜 그런 식으로 말을 했는지 여전히 알지 못했지만, 어쨌든 그 여자가 누구인지는 알게 되었다. 기사는 2년 전 것이었다. 기사에는 1980년대 말에 스무 살의 나이로 엄청난 인기를 구가하던 여자 가수가 갑자기 티브이에서 사라졌는데, 알고 보니 유력 정치인의 내연녀가 되어 두 번이나 낙태를 해야 했고, 경기도 인근의 별장에 거의 감금되다시피 지내다가 자살했다는 내용이 씌어져 있었다. 그 정치인은 그녀의 장례식에 얼굴 한번 내비치지 않았고, 가족들에게 애도조차 하지 않았다. 심지어 그녀와의 관계를 부인했다. 그 사실을 폭로한 건 그녀의 남동생이었다. 그녀의 동생은 그 정치인이 최근에 다시 정계로 복귀해서 5선 국회의원이 되었는데, 그가 얼마나 추악한 인간인지 사람들이 알아야 한다고 주장하고 있었다. "그 사람 얼굴을 볼 때마다 아직도 누나의 죽음이 떠오릅니다. 그 사람이 더 이상 정치판에 나오지 않았다면 나도 이렇게까지 하지 않았을 겁니다." 사진 속 중년 남성은 "사라져버린 한 여자의 삶은 누가 보상합니까?"라고 적힌 작은 피켓을 들고 거리에 서 있었다. 내가 찾은 다른 기사에서 그는 이렇게 말하고 있었다. "그 시절 제 누나의 사정을 제보해주실 분들을 찾고 싶습니다." 그 기사는 그다지 큰 반향을 일으키지 못한 것 같았다. 나는 관련 기사들을 더 찾아보았다. 적어도 그 남자를 인터뷰한 신문사 중에 흔히 말하는 유력 신문사는 없었다. 기사에는 댓글이 다섯 개 정도 달려 있었는데, 어떤 사람들은 그 정치인이 이제라도 도의적 책임을 져야 한다고 말했고, 또 어떤 사람은 그 삶은 그녀의 선택이지 다른 누군가의 선택이 아니라고 말하기도 했다. 이제 와서 저런 사실을 폭로하는 이유가 무엇인지 궁금하다는, 비아냥거리는 유의 댓글도 있었다. 그녀의 얼굴이 실린 기사 사진도 있었다. 어깨 부분의 러플이 강조된 검정색 블라우스와 솔기 부분에 빨간색 체크무늬가 들어간 배기 청바지를 입고 한 손에 마이크를 든 그녀는 활짝 웃으며 무대 위에 서 있었다. 내가 어릴 적 보았던 그녀에게서는 찾을 수 없는 활기가 있었다. 그 시절 나는 그녀를 알아보지 못했지만—당연히 그랬을 것이다. 그녀는 내가 일곱 살이 되기도 전에 브라운관에서 사라졌으니까—어머니와 아버지는 그녀를 알아봤었던 것이다.

그날 우연히 기사를 읽은 나는 가슴이 울렁거렸다. 갑자기 오래된 기억들이 끊임없이 밀려드는 것 같았다. 억제하려고 노력했던 기억, 어머니도 나도, 그 동네를 떠나오고 나서 한 번도 꺼내지 않았던 이야기…… 언제나 내 의식 밑바닥에 찰랑거리던 죄책감들이 서서히 차오르는 게 느껴졌다. 내가 그날 우리 집을 나가지 않았더라면…… 그 마을, 어머니와 아버지가 헤어진 곳, 아버지가 나와 어머니를 버린 곳, 그리고 어디에나 죽은 사람의 흔적들이 있던 곳.

나는 어머니에게 그 기사를 이야기하지 않았고 그냥 잊어버리려고 노력했다. 그리고 아마도 어느 정도는 성공했던 것 같다. 하지만, 어머니가 병상에서 자신의 삶을 복기하기 시작했을 때 — 그러나 이상하리만치 어떤 종류의 이야기는 절대로 함구했던 그때 — 나는 어머니에게 그 기사를 이야기해주고 싶다는 생각을 했고, 동시에 어머니가 그걸 읽은 적이 있는지 묻고 싶은 기분이 들었다. 그녀의 남동생이 그녀를 알고 지냈던 사람들을 찾고 있었다는 것을 알고 있느냐고 묻고 싶었다. 하지만 나는 그런 걸 물어보지 못했다. 내가 어머니에게 던진 질문은 완전히 어리석은 것이었다(아, 어째서 나는 언제나 그런 식으로 잘못된 질문을 던지고야 말았던 것일까?). 그때 그녀가 그런 식으로 죽었을 때, 어머니의 노력이 물거품이 되는 것 같아서 고통스러웠냐고 묻자 어머니는 이렇게 대답했다.

"아니, 아니, 그건 그냥 그녀의 선택이었어."

그게 바로 어머니와 내가 그녀에 대해 이야기한 처음이자 마지막 순간이었다.

한 가지 언급하고 싶은 건, 내 책가방에 관한 것이다. 내 책가방이 집으로 돌아왔다. 어머니가 숲속 그녀의 집에 찾아간다는 걸 알고 있는 사람, 어머니와 그녀가 우정을 나누고 있다는 사실을 알고 있었던 사람은 그 동네에 아버지와 나밖에 없었다. 경찰이 그 집에서 내 책가방을 발견했기 때문에, 그들은 우리 집을 찾아올 수 있었던 것이었다. 나중에 나는 그 가방에 견출지가 붙어 있는 필통이 들어 있지 않았다는 사실, 내 이름 같은 건 아무 데도 적히지 않았다는 사실 때문에 깜짝 놀랐다. 그들은 그게 내 책가방인지 어떻게 알았던 것일까? 물론 이유는 명백했다. 그 가방이 특별한 것이었기 때문에, 그런 가방을 멘 사람은 그 동네에 나밖에 없었기 때문에. 그럼에도 불구하고 나중에 이 일을 떠올릴 때 나는 이걸 일종의 상징처럼 받아들이곤 했다. 그러니까, 삶의 어떤 부분들은 아무리 내 이름을 지워도 결국은 내게로 돌아온다고. 하지만 더 많은 시간이 흘렀을 때에는 — 이러한 종류의 상징들이 으레 그렇듯 — 진부하고 손상되기 쉬운 것에 불과하다는 생각을 하게 되었다.

경찰은 몇 번 더 찾아왔다(마지막 방문 때 그들은 내 책가방을 돌려주었다). 그 방문은 일반적인 것이었고 별다른 의미는 없었다. 경찰의 입장에서는 어쨌든 죽은 그녀가 가깝게 지냈다고 판단되는 사람들의 이야기를 들어볼 필요성을 느꼈을 것이다. 하지만 아버지는 경찰들이 어머니에게 그녀의 죽음에 대해 물었다는 사실 자체, 그리고 경찰이 집에 들락날락 — 아버지는 정말로 이렇게 표현했다. "경찰이 우리 집을 들락날락하게 만들다니, 당신 정말 미쳤어" — 한다는 사실에 굉장한 충격을 받은 것 같았다. 마치 있을 수 없는 일이 일어나기라도 한 것처럼.

그날 밤이 기억난다. 본격적인 장마철이 찾아오기 직전의 습기를 잔뜩 머금은 공기가 피부로 느껴지던 어느 날 밤, 내가 몰래 안방 문에 귀를 기울였을 때, 아버지는 어머니에게 뭐라고 말했던가?

"우리는 실패한 거야."

그 말, 그 단순한 말을 듣자, 나는 온몸에 힘이 빠지는 것 같았다. 내가 침대로 돌아간 지 얼마 되지 않아서 어머니가 내 방으로 들어왔다. 나는 어둠 속에서 마치 잠결에 그러는 것처럼, 어머니가 내 얼굴을 볼 수 없도록 — 혹은 내가 어머니의 얼굴을 보지 않을 수 있도록 — 벽 쪽으로 돌아누웠다. 내 옆에 누운 어머니는 한 팔로 나를 안고 다른 팔로 내 머리를 쓰다듬었다.

지금까지도 풀리지 않는 궁금증 중 하나는 이것이었다. 어머니의 친구가 자살했고, 경찰이 어머니를 찾아온 사실이 왜 그렇게까지 아버지에게 타격을 준 걸까? 그게 결혼생활의 실패를 운운할 만한 일이었을까? 그 당시 동네를 떠돌던 미묘한 분위기가 있었다. 그들은 존재하는지도 몰랐던 여자 — 그것도, 화려하게 지어진 별장에 살던 어린 여자 — 의 자살 때문에 경악했지만 다른 한편으로는 흥미를 느끼고 있었다. 그리고 그들은 자신들의 관심을 숨길 생각조차 하지 않았다. 어디를 가나 그 이야기뿐이었다. 그런 이야기 틈에서 내가 알게 된 사실이 있다. 그녀가 죽고 나서 이틀 동안 방치되어 있었다는 것. 그 이야기를 듣고 나는 옆집 할머니의 죽음을 떠올렸고, 누구에게든 따지듯이 묻고 싶었다. "왜 어떤 사람은 죽고 나서 방치되어야 하나요?" 무신론자 선생이었다면 내게 뭐라고 대답해줬을까? 나는 그녀와 함께 산 가족이 없으므로 그녀의 죽음 때문에 고통받을 사람, 그러니까, 개를 키워야 하는 사람이 없다는 생각을 했는데 — 물론 이건 완전히 잘못된 생각으로 판명이 났지만 말이다 — 그건 나를 한편으로는 안심되게 하면서도 한편으로는 더 잔혹하게 느껴지기도 했다.

마을 사람들은 그 여자와 유일하게 교류했던 사람이 바로 우리 어머니라는 사실과 어느 날 새벽에 그녀가 하얀색 세단을 몰고 우리 집 앞에서 경적을 울렸던 사실을 떠들어댔다. 소문은 점점 불어나서 어머니가 그녀와 함께 밤에 자동차를 타고 이리저리로 놀러 다녔다거나, 아버지와 그녀가 어떤 모종의 관계에 있다고 말하는 사람들도 생겨났다. 한마디로 우리 가족은 구설수에 오른 것이다. 나는 그걸 알 수 있었다. 학교에 가기 위해 어머니와 내가 함께 버스 정류장에 서 있을 때, 우리를 바라보는 사람들의 미묘한 시선 같은 것들이 있었다. 그들은 우리 가족이 무언가를 숨기고 있다고, 그녀의 죽음 뒤에 무언가 숨겨진 굉장한 비밀이 더 있다고 믿는 것 같았다(어쩌면 그러기를 바란 것인지도 모른다). 마을 사람들은 우리에게 알은척을 하지 않았고 아이들도 우리 어머니에게 인사조차 하지 않았다. 그녀의 장례식은 어떻게 진행되었을까? 어머니가 그녀의 장례식에 갔었을까? 모르겠다. 내가 분명히 알았던 건 어머니가 내가 수영장에 강습을 가야 한다는 사실 같은 건 까맣게 잊어버렸다는 사실이었다. 시간이 얼마간 흐른 어느 날, 방과 후에 나를 데리러 온 어머니가 갑자기 굉장한 사실이라도 떠올랐다는 듯이, 갑자기 작게 소리를 내질렀다.

"아, 수영장!"

나는 더 이상 수영장에 가고 싶지 않다고 말했다.

한 달쯤 후, 일요일 아침 잠에서 깨었을 때, 나는 아버지가 집에 없다는 걸 알아차렸다. 가끔씩 주말 아침에 아버지가 집에 없을 때가 있었다. 날씨가 좋은 아침이면 아버지는 운동화를 신고 동네 한 바퀴를 걷다 오곤 했던 것이다. 나는 식당방 쪽문에 붙어 서서 부엌에 있는 어머니에게 조심스러운 태도로 — 그런 태도를 가지면 무언가 사태가 바뀔 수도 있다는 듯이 — 물었다.

"아빠 어디 가셨어요?"

어머니에게서는 얼른 씻고 밥 먹을 준비를 하라는 대답이 돌아왔다. 세수를 하고 옷을 갈아입은 후에 밥을 먹으러 갔을 때, 밥상 위에는 밥공기가 두 개밖에 없었다. 어머니는 내 앞으로 숟가락을 놓아주며 말했다.

"이제부터 밥은 우리 둘만 먹게 될 거야."

나는 그게 무슨 말인지 몰라서 숟가락을 든 채로 어머니를 바라보기만 했다.

"이제 우리 가족은 너와 나 둘뿐이라는 거야."

어머니는 그렇게 말했었다. 그래, 그랬었다. 그때가 바로 "이 하늘 아래 가족이라고는 너와 나 둘밖에 없는 거야"라는 어머니의 말버릇이 시작되는 순간이었다. 나는 울었던가? 울었을 것이다. 어머니는 나를 달래주지 않았고, 그저 가만히 내버려두었다. 그리고 나는 울음을 그치기는커녕 악을 쓰고 울었다. 나중에는 너무 지쳐서 목소리가 나오지 않을 때까지. 무엇이 그토록 나를 슬프게 만든 것일까? 하지만 이런 질문이 왜 필요한가? 아버지는 나에게 마지막 인사조차 하지 않았었다. 어머니는 결국 내게 이렇게 말해야만 했다.

"울지 마, 울어도 소용없어."

나중에, 아주 오랜 시간이 흐른 후에 나는 어머니의 이
말이 내게 건네는 것임과 동시에 당신 자신에게 한 것이라
는 사실을 깨달을 수 있었다. 단둘이 밥상에 둘러앉은 이
후로 한 달이 더 지났을 때, 우리는 그 동네를 떠났다. 그
동네를 떠나기 전까지 어머니가 차린 밥상을 보면 설명할
수 없는 감정을 느꼈다. 그건 뭐였을까? 슬픔? 상실감? 무
력감? 이사를 할 때 나는 어머니가 밥상 — 어머니가 혼수
로 들고 온, 매번 꼼꼼하게 닦았던 바로 그 밥상 — 을 버리
려고 내놓은 걸 보고 비로소 안도했다.

남편과 화해를 한 후, 나는 나의 일상으로 돌아가려고
애썼다. 스크랩북도 더 이상 펴보지 않았다. 무엇보다 윤
이소에 대한 생각을 멈추어야 했다. 남편이 일단 화해의
손을 내밀었으니 그렇게 해야 한다는 생각이 들었던 것이
다. 그렇지만 때때로 어떤 의구심이 고개를 쳐들었다. 나
의 생활? 돌아간다? 그것은 어디에서 어떤 모습으로 존재
하고 있었던 것일까? 그리고 어느 날 밤, 잠든 남편 옆에서
나는 그 여자 — 어머니의 친구였고, 숲속에 숨어 있다가,
결국 음독자살을 한 그 여자 — 를, 혹은 그 여자의 숄을 또
다시 떠올리고 있었다. 이번에도 나는 침대에서 슬그머니

빠져나와 서재로 가서 전등 스위치를 올렸다. 책상 앞에 앉았을 때, 나는 몇 년 전에 보았던 기사 — 그녀의 남동생이 그녀의 죽음에 대해 시위하는 것을 다룬 — 를 다시 읽어보고 싶다는 생각이 들었다. 하지만 이상하게도 아무리 검색을 해도 그 기사를 찾을 수가 없었다. 기사를 모두 내린 걸까? 그런 일이 가능한 걸까? 그런 일이 일어나려면 어떤 식의 과정이 필요한 걸까? 나는 그 기사에 실려 있던 그녀의 모습을 다시 보고 싶다는 생각이 간절해져서 몇 번이나 더 시도해봤지만 결국 포기해야만 했다. 이번에는 유튜브 사이트에 들어가서 그 여자의 이름을 검색해보기로 했다. 혹시나 하는 생각으로 별 기대 없이 한 행동이었는데, 놀랍게도 그녀의 무대 영상이 몇 개 업로드되어 있었다. 오래된 영상이라 화질은 무척 좋지 않았고, 재생 시간도 짧았지만 그 정도를 발견한 것만으로도 무척 놀라운 기분이 들었다.

나는 이어폰을 끼고 "1986년 가요톱10: 그림자"라는 제목의 영상을 제일 먼저 클릭했다. 영상 속 그녀의 얼굴을 보자마자, 나는 영상에 나오는 여자가 그 숲의 여자와 동일인이라는 사실을 믿을 수가 없어서 어안이 벙벙해질 정도였다. 그녀는 시스루 소재의 검정색 도트 무늬 블라우스와 하이웨이스트 청바지를 착용하고, 망사 양말과 빨간색

하이힐을 신고 있었다. 머리카락은 반만 묶었는데 너무 꽉 묶어서 양쪽 눈이 올라가 있었다. 노래는 미디엄 템포의 디스코곡이었다. 특별한 건 아니었을 것이다. 아마도 그 당시 유행했던 일본 팝 스타일을 흉내 낸 것이었으리라. 냉정하게 말해서 그녀가 노래에 굉장히 재능이 있다고 말할 수도 없을 것 같았다. 비음이 섞여 있는 목소리는 고음으로 올라가면 단점이 도드라졌다. 그럼에도 불구하고 그녀에게는 사람의 마음을 잡아 끄는 구석이 있었다. 당연히 그랬을 것이다. 그래서 그 시절 많은 사람들이 그녀를 사랑했던 것이리라.

1993년의 그녀를 만난 적이 있는 나는 그로부터 시간이 훨씬 지난 후에, 그 당시의 그녀보다 훨씬 더 나이를 먹은 후에, 비로소 1986년의 그녀를 다시 보게 된 셈이었다. 숲속 집에서 숄을 두르고 자주 '분별력을 잃어버리던' 그녀와 무대 위에서 모든 것을 멋지게 제어하며 사람들을 매혹시키던 그녀, 무엇이 진짜 그녀의 모습인 걸까? 카메라를 바라보는 그녀의 눈빛, 관중석을 향하는 손짓, 노래를 부르고 있는 입술을 보고 있으니까 나는 왠지 그녀가 그 순간 가장 바랐던 게 무엇인지 알 수 있을 것 같은 기분이 들었다. 그건 무엇이었을까? 무대 위에서의 시간이 끝나지 않기를 바라는 마음 같은 것. 그 시간이 영원히 지속되기를 바라는 마음 같은 것. 하지만 그 시절 그녀에게 허용된 시간은 고작 3분 남짓이었을 것이다. 한 번에 단 3분. 고작 그것이 그녀의 세계였다. 영상을 반복해서 보던 나는 마침내 영상 속의 그녀와 내가 직접 얼굴을 본 적이 있는 그녀가 결국은 같은 사람이라는 것을 온전히 받아들일 수 있게 되었다. 그 시절 그녀는 우리 어머니에게 어떤 이야기들을 했을까? 어머니는 왜 그녀의 이야기를 듣는 사람의 자리를 자처했을까? 왜 자신이 그녀를 돌봐줘야 한다고 생각했을까? 왜 어머니는 그것을 **멈추지** 못했을까? 그녀가 어머니에게 건네고 돌려받은 것이 있는 것처럼, 어머니에게도 그녀에게 건네고 돌려받은 것이 있었을까? 나는 비로소 깨달았다. 열망에 대한 것. 그 대상이 무엇이든 간에 그녀에게는 열망이 있었다. 멈추지 않고 전력 질주를 하려고 했다. 그게 어디로 통하는 문이든 끈질지게 탈출구를 찾아 내려고 했다.

그해 겨울, 열 살이었던 내가 떠올랐다. 피가 덕지덕지 묻은, 무릎 부분이 찢긴 바지를 입고 얼굴은 자잘한 상처 투성인 내가 그녀의 거실, 화려하고 커다란 소파 위에 앉아 있다. 그녀는 커다란 숄을 두르고 내 앞에 서서 양팔을 허리에 댄 채 생각에 잠긴 듯 나를 내려다보고 있다. "잠깐만 기다려." 거실에 혼자 남겨진 나는 창문을 통해 눈이 내

리는 밖을 바라본다. 숄을 두른 채 그녀는 눈을 맞으며 도
끼로 나무를 내리쳐서 장작을 만들고 있다. 도끼를 든 양
팔을 아무리 격렬하게 움직여도 그녀의 숄은 떨어지지 않
는다. 그녀는 캔 음료 뚜껑을 따는 정도의 힘만 들이는 것
처럼 보이는데도 장작은 정확하게 두 동강이 난다. 나는
그녀가 장작을 얼마나 많이 만들 수 있는지 지켜본다. 잠
시 후 그녀는 장작을 안고 집 안으로 들어온다. 그녀에게
서는 방금까지 장작을 캔 사람의 흔적 같은 건 찾아볼 수
없다. 얼굴은 깨끗하고, 눈을 맞은 흔적도 찾아볼 수가 없
다. 그녀는 나를 보고 한 번 싱긋 웃은 후 벽난로 속에 장
작을 하나하나 차곡차곡 쌓아둔다. 성냥을 성냥갑에 한 번
그은 후, 장작 나무 사이로 던진다. 순식간에 불길이 솟아
오르고 그녀의 얼굴에 그림자가 진다. 나는 넋을 잃고 그
불길을 바라본다. 그건 누군가를 해칠 만한 불길이 아니
다. 누군가에게 슬픔이나 고통을 줄 만한 불길이 아니다.
나와 그녀를 따뜻하게 만들어주는 불길이다. 열 살짜리 나
는 그렇게 되뇐다. 그녀는 숄을 벗는다. 숄이 그녀의 다리
아래로 스르르 떨어진다. 그녀는 벽난로 위쪽 벽에 걸려
있는 거울 속 자신의 얼굴을 바라보며 말한다. "나는 이렇
게 어른이 되고 말았어." 나는 거울 속 그녀를 보려고 애쓰
지만 거울에 비친 그녀의 얼굴이 보이지 않는다. 잠시 후

나는 시선을 내려 벽난로 안을 바라본다. 아주 잠시 한눈을 팔았을 뿐인데 그사이, 불길은 꺼져 있고, 벽난로 안은 텅 비어 있었다. 나는 견딜 수 없는 추위를 느낀다.

나는 그림자를 지켜봤어.
그건 이 우주에서 가장 아름다운 놀이예요. 우우우
그건 이 우주에서 가장 슬픈 놀이예요. 우우우
우리는 아름다움과 슬픔을 뛰어서 다시 만날 거예요. 우우우
우리들의 그림자, 그림자, 그림자.

나는 이어폰을 귀에서 떼어낸 후 남편이 잠들어 있는 방으로 가서, 협탁 위에 올려진 독서 등의 스위치를 눌렀다. 이럴 때야말로 그런 식의 표현을 쓸 수 있는 게 아닐까? 어둠 속에서 깨어나는 것. 갑작스럽게 느껴진 빛 때문에 남편의 감은 눈이 움찔거렸다. 나는 남편에게 다가가 그를 흔들어 깨웠다.
"왜 그래? 무슨 일인데?"
"일어나 봐."
"뭐?"
눈을 뜬 남편은 빛에 익숙해지지 않는다는 듯이 이마를

찌푸리고 나를 올려다보았다. 지금 그의 눈에 내가 어떤 식으로 보일까? 하는 궁금증이 들었지만 그런 생각은 그만두기로 했다.

"당신은 고통받은 사람을 모른 척했어. 그녀를 도와야 했는데 모른 척했어."

그는 정말로 영문을 모르겠다는 표정을 지으며 상체를 일으켰다.

"누구? 그게 무슨 소리야?"

"윤이소 말이야."

"당신 대체 왜 그래? 대체 내가 얼마큼 당신을 참아줘야 해?"

"나를 참아준다고? 참는 건 당신이 아니라 나야."

그는 마치 갑작스러운 재난이라도 당한 사람 같았다.

"당신이 뭘 참았어? 나는 뭐 바깥에서 노는 사람인 줄 알아? 내가 일하는 게 나 혼자 좋자고 하는 거냐고! 집에 오면 몸과 마음이 편했으면 좋겠어. 그게 그렇게 큰 걸 바란 거야? 당신 요즘 왜 이러는 거냐고? 도대체 뭐가 잘못된 건데? 뭐가 불만인 건데?"

내가 뭘 참고 있냐고? 무엇이 불만이냐고? 어머니는 항상 내가 가지고 있는 것, 내가 가진 삶을 감사하게 생각하라고 말했었다. 그냥 웃어버려, 다른 사람들과 갈등할 일을 만들지 마. 그 동네를 생각해보렴, 우리 모두 고통을 받는 거야. 그걸 생각해봐. 너는 충분히 행복한 거야. 운이 좋은 거라고. 그는 거칠게 이불을 걷어내고 침대 밖으로 나왔다. 그런 후 거실로 나가서 집 안의 등이란 등은 모조리 다 켜고 거실을 서성거리기 시작했다. 나는 집 안이 지나치게 환해졌다는 것, 그 환한 빛 아래에 서 있는 남편의 얼굴을 봐야 하는 것이 괴롭다는 생각이 들었다. 잠시 후 남편은 팔짱을 낀 채 침실 문간에 기대서서, 침대에 걸터앉아 있는 나를 바라보았다.

"당신, 도대체 왜 그래?"

"말해봐, 윤이소는 어떻게 된 거야?"

"제기랄, 여보!"

"도대체 윤이소가 편지에 뭐라고 쓴 거야? 왜 그 편지를 매니저의 아내에게는 안 보여준 거야? 윤이소는 어디로 간 거야?"

그가 소리를 질렀다.

"윤이소 이야기 좀 그만해. 당신은 윤이소 좋아하지도 않았잖아? 대체 왜 이제 와서 이 난리야?"

"그게 무슨 소리야? 나는 윤이소 좋아했어. 그 여자가 항상 잘되었으면 좋겠다고 생각했었다고."

내가 항변하듯이 말하자 남편은 내 얼굴을 빤히 바라보

왔다. 그런 후 목소리를 낮추고 말했다.

"당신, 끔찍해. 정말 끔찍해."

나는 그를 노려보았다.

"당신은 윤이소 좋아하지도 않았어. 정말 잊어버린 거야? 당신은 그 여자 싫어했어. 당신이 뭐랬더라? 아, 맞아, 그 여자가 이 세상의 불공평을 드러내준다고 했었지. 그 여자는 좋은 집안에서 태어나서 좋은 교육을 받고, 가질 수 있는 모든 것을 가지고 있다고."

나는 침대에서 벌떡 일어나 그를 향해 소리를 질렀다.

"아니, 난 그런 이야기한 적 없어. 그 여자는 불쌍한 여자야. 알아? 나는 불쌍한 여자를 미워하거나 싫어하지 않아."

"기억 안 나? 우리가 처음으로 함께 연말 모임에 갔다가 집으로 돌아갈 때 내게 했던 이야기. 그 사람들 가족 같아, 이상한 가족, 우스꽝스러워. 그런 말한 거, 기억이 안 나? 그다음에 한 말도 이야기해줘?"

나는 주먹으로 그의 가슴을 때렸다. 그의 팔을, 어깨를, 얼굴을 주먹으로 때렸다. 그가 두 손으로 내 어깨를 꽉 잡았다. 그가 격앙된 목소리로 말했다.

"그 여자가 잘되기를 바랐다고? 그 여자가 불쌍한 처지에 놓였다고 생각하니까, 이제 와서 동정하고 싶은 거야? 그런 기분을 느끼고 싶어?"

나는 그의 말과 행동 때문에 역겨워졌다.

"웃기는 말이지만, 여보, 당신은 완전히 정곡을 찔렀어."

나는 그가 무슨 말을 하는 건지 알아들을 수 없다고 느꼈다. 하, 언젠가 그가 하는 말을 들으며 내가 그런 생각을 한 적이 있었지. 아무렇게나 던진 화살이 과녁을 뚫을 수 있다고. 남편은 계속 말했다.

"당신 말이 맞다고. 윤이소는 이 세상의 불공평을 보여주는 여자야. 그 여자는 자기가 하기 싫으면 아무런 일도 안 해도 돼. 당신이나 나처럼 다른 사람 눈치 볼 필요가 없다고. 여보, 그 여자가 불쌍해? 그 여자는 불쌍하지 않아. 바로 지금 이 순간에도 여전히 공주 대접받으면서 엄청나게 잘 살고 있을 거라고."

나는 고개를 숙였다. 그가 꽉 잡은 내 어깨가 너무 아팠다.

"아파."

"나 역시 그 여자가 고통받지 않아서 안타깝지만 그 여자는 아주아주 행복하게 살고 있어. 그 여자는 여러 번 살수 있거든. 마치 꼬리 아홉 개 달린 여우처럼 말이야."

그의 비꼬는 듯한 말투, 하지만 나는 남편이 진실을 말하는 중이라는 걸 알 것 같았다. 그가 갑자기 손에 힘을 풀고 나를 바라보았다. 다소 멍청하고 진이 빠진 듯한 표정으로.

"당신 요즘 진짜 미친 것 같아."

그렇게 말한 후 그는 거실로 나가 집 안의 모든 전등 스위치를 내리고, 마지막으로 침실로 들어와 독서 등을 껐다. 내가 거기에 오도카니 서 있든 말든. 그리고 침구 속으로 기어들어갔다. 어둠 속에서 그는 숨을 고르려고 노력하고 있었다. 아마 언제나 그랬던 것처럼 그는 성공할 것이다. 결국 숨을 고르고 안정을 되찾을 것이다. 나는 그의 평정심과 무관심이 어떤 식으로 우리 부부에게 도움이 되었는지 잘 알고 있었다. 남편 때문에 회사를 그만둬야 했던 사람들, 남편 때문에 손해를 본 사람들이 있었다. 나도 그런 걸 알고 있었다. 내가 살고 있는 이 집,──어머니가 안심이 된다고 말했던 바로 이 집──내가 몰고 다니는 차, 그 모든 것이 어떤 식으로 내게 왔는지 알고 있었다. 나는 그걸 모른 적이 단 한 번도 없었다.

윤이소는 잘 살고 있다. 그녀는 어디선가 여전히 행복하고 완벽한 삶을 살고 있다.

그때, 송년회에서 만난 윤이소 매니저의 아내는 내게 물었다. "그런데, 당신 누구라고요?" 어머니는 음독자살이 숲속에 살던 그녀의 선택이라고 말했다. 하지만 우리의 선택이 바로 우리의 삶이라는 건 얼마나 무서운 말인가? 이를테면, 그 기사──"그 시절 제 누나의 사정을 제보해주실 분들을 찾고 싶습니다"라고 인터뷰를 한──를 읽었으면서도 그녀의 남동생에게 연락을 하지 않은 어머니의 선택이 바로 어머니의 삶이라는 것을 어머니 자신은 받아들일 수 있을까? 어머니의 딸인 나는 받아들일 수 있을까? 내가 내린 수많은 결정을, 내가 한 그 수많은 선택이 바로 내 자신이라는 걸 내가 받아들일 수 있을까? 누군가가 내게 "그런데, 당신 누구라고요?"라고 물으면 나는 어떤 식으로 대답할 수 있을까? 나는 윤이소를 동경했는가? 증오했는가? 윤이소가 행복하기를 바랐는가? 고통스럽기를 바랐는가?

어머니는 숲속에 살던, 그 분별력을 잃어버린 여자를 사랑했는가? 아니면 혐오했는가?

내가 침실을 빠져나와 불 꺼진 서재로 되돌아갔을 때, 컴퓨터 화면 속에는 그 시절 다른 가수의 무대 영상이 재생되고 있었다. 그녀의 영상은 끝난 것이다. 비로소 나는 울고 싶은 기분이 들었다. 하지만 나는 입술을 깨물고 울음을 참았다. 마치 내가 어렸을 적, 그 작은 동네에 살았을 적에 소나무 숲에서 길을 잃고 넘어졌을 때에도 울음을 참았던 것처럼. 그 순간 시야에 『멋진 깔개』의 표지가 들어왔다. 빨간색 모자를 쓰고 앞발을 번쩍 든 채, 뒷발로 서 있는 커다란 곰. 나는 책을 펴보았다. 남편은 이걸 누가 읽느냐고 내게 물었었다. 내가, 내가 읽어. 그것도 몇 번씩이나 읽고 있어. 나는 내가 번역을 해둔 노트를 펼쳐 보았다. 거기에 적힌 글자들. 나는 그걸 읽는 행위가 누구에게 복수라도 된다는 듯이 글자들을 노려보았다.

"3형제가 집에 돌아갔을 때, 아버지는 죽어 있었습니다. 곰은 아버지의 시체 앞에 앉아 있었습니다. 곰이 아버지를 죽인 것입니다. 하지만 곰은 일부러 그런 게 아니었습니다. 곰은 아버지를 사랑했습니다. 곰은 그저 자신의 힘을 제어하지 못한 것뿐이었습니다. 곰은 사랑과 감사의 의미로 아버지를 꼭 껴안아주었을 뿐이었습니다.

3형제는 그런 속내는 알지 못했고, 알려고 들지도 않았습니다. 그래서 그들은 계획을 세웠습니다. 해가 졌을 때, 그들은 몰래 곰의 뒤에 접근했습니다. 그리고 커다란 돌로 곰의 뒤통수를 쳤습니다. 사실 곰은 3형제가 자신을 죽이려고 한다는 사실을 알고 있었습니다. 그럼에도 불구하고 그들이 다가올 때까지 그저 가만히 있었습니다. 곰은 너무 큰 슬픔에 빠져 있었기 때문에 살고 싶은 생각이 없었습니다. 그렇게 아버지 곁에서 곰의 숨이 멎었습니다.

3형제는 기뻤습니다. 그들은 사회에서 너무 많은 실패를 겪었기 때문에 이번에 곰을 죽인 게 자신들이 겪은 실패를 상쇄해줄 수 있다고 느꼈던 것입니다. 3형제는 자신들이 아버지의 원수를 갚았다고 생각했고, 자신들이 해낸 일 때문에 크나큰 만족감과 행복을 느꼈습니다. 3형제는 무덤을 만들어서 거기에 아버지를 묻고, 곰의 가죽을 벗겨 깔개를 만들었습니다. 아버지와 곰이 함께 살던 집에서, 3형제는 죽을 때까지 행복하게 살았습니다. 멋진 깔개를 깔아놓은 채로 말입니다."

8. 죽은 사람은 말이 없다

그 시절 가수들의 무대가 자동 연속 재생되는 화면을 그대로 둔 채, 나는 내가 만든 스크랩북을 펼쳐 보기 시작했다. 윤이소와 관련된 기사를 일일이 찾아서 프린트하고 스크랩하기 좋게 자르고 붙이는 동안 나는 무슨 생각을 했던가? 나는 안정감을 느꼈던가? 나의 행복, 나의 안전, 나의 삶. 나에게는 이론이 있었다 ― 웃음은 떠나게 하고 고통은 되돌아오게 만든다 ― 하지만 그날 새벽, 조그만 빛에 의지해서 불편한 자세로 의자에 앉아 그 스크랩북을 뒤지고 있던 나는 의구심이 들었다. 이를테면 '얼굴맹'에 대한 기사가 있었다. 그건 외국 저널에 실린 기사를 번역한 것으로, 작년 말 송년회에 다녀온 다음 날 내가 남편의 스크랩북에서 읽었던 것이었다. '얼굴맹'에 대한 기사는 웃음을 유발하는 것인가? 아니면 고통을 유발하는 것인가? 그것은 우리를 떠나게 할 것인가? 돌아오게 할 것인가? '얼굴맹'에 관련된 기사를 간단하게 요약하면 이런 내용이다. 어떤 사람들은 태어날 때부터 다른 이들의 얼굴을 잘 구별하지 못한다. 그 정도가 아주 심해서 타인의 얼굴을 아예 기억하지 못하는 경우도 있지만, 그렇게까지 심하지 않은 사람들도 종종 있다는 것이었다. 그런 사람들은 자신이 누군가의 얼굴을 잘 알아보지 못한다는 사실이 '병적'이라는 것, 그것이 하나의 증상이라는 사실을 미처 깨닫지 못한다. 사실 일상생활을 하는 데에 큰 불편을 겪는 것도 아니다. 어쩌면 때때로 그들은 자신의 기억력이 나쁘다는 것을 마음에 들어 하지 않을지도 모른다. 다른 것들은 기억을 잘하면서 어째서 사람의 얼굴을 기억하지 못하는 걸까? 의아하게 생각할지도 모른다. "어떤 사람들은 자신이 얼굴맹 환자라는 사실을 죽을 때까지 알지 못한다. 그들은 가끔 자신의 경험을 희화화할 수도 있을 것이다. 이를테면 약속 장소에 나가서 알지도 못하는 전혀 다른 사람에게 악수를 청했다든지, 하는 에피소드들을 늘어놓으면서 말이다. 다른 사람의 얼굴을 알아보는 것, 그것은 때때로 상대에 대한 관심의 유무, 혹은 사려 깊음의 평가 잣대로 활용되기 때문에 때때로 경미한 얼굴맹 환자들은 자기 자신을 자책하기도 할 것이다. 그것은 치명적이지는 않지만, 애매하고 얼버무리는 방식으로 한 사람의 기질이나 특질을 바꾸어놓을 수도 있다."

분명히 이 이야기가 웃음을 유발하지는 않을 것이다. 하지만 적어도 나에게 고통을 유발하지도 않았다. 경미한 얼굴맹 환자들이 고통스러운 삶을 살 거라는 생각이 들지도 않았다. 왜일까? 나는 곧 그게 '얼굴맹'이라는 단어 때문일지도 모르겠다는 생각이 들었다. 만약 그 기사에서 '얼굴맹' 대신 '안면 인식 장애'라는 표현을 썼다면 나는 다른 식으로 느꼈을지도 모른다고 말이다. '얼굴맹'이라는 단어는 마치 내게 이렇게 말하는 것만 같았다. 우리는 타인의 얼굴을 잃어버렸으면서, 잃어버렸다는 사실조차 깨닫지 못하는 사람들이야. 그러니까 당신은 무조건적으로 우리를 사랑해줘야 해.

남편은 그렇게 말했었다. "여보, 그걸 특정한 사람들만의 일로 치부해서는 안 돼. 그건 우리 모두가 겪은 일이나 마찬가지라고." 하지만 그가, 내 남편이 그런 걸 알겠는가? 이를테면 큰 화재 때문에 사랑하는 이를 잃은 경험이 있는 사람들이 모여 사는 마을이 있다는 것. 형편이 되지 않아서 그 마을을 떠날 생각조차 하지 못했다는 것. 그래서 개를 키워야 했다는 것. 물론 나는 이미 오래전부터 어머니의 그 말—그 작은 동네에 살던 사람들은 가족을 잃은 슬픔을 달래기 위해 개를 키운다는—이 사실이 아니라는 걸, 그저 개를 키우고 싶어 했던 어린 나의 소망을 거절하려는 어머니 나름의 방식이었다는 사실을 알고 있었다. 그럼에도 불구하고 나는 그들이—가족을 잃은 그들—슬픔을 극복할 방법이 있었기를, 그리고 개를 키우는 것만으로도 그것이 가능하기를 바라곤 했다. 그가 그런 생각을 해본 적이 있을까? 그런 동네를 상상이나 해본 적이 있을까? 결정적인 순간마다, 자신의 어머니로부터 그런 이야기를 들어본 적이 있을까? "이 동네에서 불이 나서 죽은 사람들을 생각해봐. 그걸 아무도 바꿀 순 없어. 얘, 네가 고칠 수 있는 일 같은 건 없어. 일어난 일은 그냥 일어난 대로 둬야 해." 나는 그 동네의 이름을 알고 싶어졌다. 그 동네의 이야기를 그의 앞에 들이밀고 그가 틀렸다는 것을 알려주고 싶었다. 그가 그저 허세를 부리고 있을 뿐이라는 사실을 인정하게 만들고 싶었다. 하지만 어떻게 내가 그 동네의 이름을 알 수 있단 말인가? 어머니는 죽었는데. 아버지에게 물어봐야 하나? 순간, 나는 한 가지 방법이 떠올랐다.

나는 동영상을 끄고 기사가 아카이빙된 사이트로 들어가서 어머니와 아버지가 광주에 정착한 이후부터 내가 태어나기 1년 전까지를 검색 범위로 설정해놓은 후 '경기도,

광주, 화재'라는 단어를 넣어보았다. 그렇게까지 큰 화재
였다면 어딘가에 분명히 기록이 남아 있을 것 같았기 때문
이었다. 기록이 나온다면 나는 그 지명을 알 수 있게 될 것
이었다. 하지만 기대와 달리 별다른 게 없었다. 나는 이번
에는 '화재'라는 단어 대신, '불'을 넣어보았다.

    1980년 5월 27일의 기사 —— 26일 오후 11시 30분쯤 경기
도 광주군 광주읍 경안리 47 광주 국민학교에서 이름 모를
불이 나 단층 8개 교실을 태워 2천만 원여의 피해를 내고
40분 만에 꺼졌다……

눈여겨볼 기사는 이 정도여서, 나는 이번에는 '경기도'를
빼고 '광주'와 '불'을 남겨보았다.

    1980년 6월 6일의 기사 —— 5일 밤 10시 55분쯤 전남 광
주시 동구 충장로 3가 38의 9 만년장 호텔 지하실 거북장
살롱(주인 김창섭)에서 불이 나 홀과 밀실에서 술을 마시던
손님과 종업원 등 23명이 질식되거나 불에 타 숨졌다……

    1982년 3월 20일의 기사 —— 부산 미국 문화원 방화 사건
을 수사해온 경찰 수사본부는 사건 발생 12일 만인 30일,

범인 일당 8명 중 4명을 검거했다······

1983년 12월 7일의 기사 ─ 7일 오전 4시 20분쯤 광주시 북구 임동 100 일신 방직 주식회사(사장 김영호) 광주 공장 방적 제2공장에서 원인을 알 수 없는 불이 나 4천1백 평짜리 공장 건물 1채 중 3천5백여 평과 방직기 2백여 대를 태워 7억 원 상당(경찰 추정)의 피해를 내고 긴급 출동한 소방대에 의해 2시간 만인 6시 20분쯤 진화됐다······

화재를 나타내는 기사는 이 정도였다. 그나마도 전부 다 전라도 광주에 대한 것뿐이었다. 나는 조금씩 당황스러워지기 시작했다. 왜? 어째서 나오지 않는 걸까? 내가 뭔가 실수를 한 걸까? 나는 숨을 한 번 크게 내쉬었다. 떨지 않으려고, 아무 일도 일어나지 않았다는 사실을 나 자신에게 상기시키려고. 하지만 그런 걸 내게 상기시킬 필요도 없었다. 왜냐하면 아무 일도 일어나지 않았으니까! 나는 다시 한번 정렬된 기사를 차근차근 읽어보았다. 빼먹은 건 없었다.

그 화재 ─ 동네 하나를 잡아먹고 사람들을 죽인 ─ 가 나오지 않을 이유는 두 가지뿐이었다. 내가 기사를 못 찾고 있거나 혹은 그렇게까지 엄청난 화재가 일어난 적이 없거나. 화재가 일어난 적이 없다고? 그럴 수가 있을까? "불이 난 적은 없어. 네 엄마는 너에게 거짓말을 한 거야." 아, 아버지가 그렇게 말했었지. 몇 달 전 눈으로 온 도시가 마비되었던 날 밤, 도심의 식당에서 아버지가 그렇게 말을 했었다. 나는 그날 아버지가 내게 거짓말을 한다고 생각했었다. 나와 어머니의 관계를 흔들어놓기 위해, 내가 어머니를 미워하게 만들려고, 어머니와 나 사이의 균형을 깨버리려고. 내가 그런 생각을 한 건 억지가 아니었다. 오히려 그게 자연스러운 생각이었다. 당연했다. 어머니가 겨우 일곱 살이었던 내게 거짓말을 해야 할 이유가 무엇이 있단 말인가? "이 동네에서 불이 나서 죽은 사람들을 생각해봐. 그걸 아무도 바꿀 순 없어." 하지만 — 아, 어떻게 이제껏 이런 식으로 한 번도 생각을 해보지 못한 것일까? — 만약 그 마을 전체가 불탈 만큼 그렇게 큰 화재가 있었다면 그 커다란 소나무 숲은 어떤 식으로 받아들일 수 있단 말인가? 어째서 그 소나무 숲은 아무런 손상도 받지 않을 수 있었단 말인가?

숨이 막히는 것 같았다. 몸 전체가 뭉근하게 압박당하는 듯한 느낌, 폐 속에 물이 차오르는 것 같은, 물에 빠져서 허우적거리고 있다는 듯한 착각, 진부한 착각. 왜 우리는 그것이 명백한 착각인 줄 알면서도 빠져나오지 못하는가? "……앞으로 나아가게 되어 있어. 팔을 앞으로 휘젓고 발만 힘차게 차면 돼. 그러면 앞으로 나아가게 되어 있어……" 나는 수면 바깥으로 갑자기 튀어나온 사람처럼 밭은 숨을 내쉬었다. 한동안 서재 안에는 나의 호흡 소리만 가득했다. 시간이 흐르자, 호흡은 점차로 잦아들었다. 그게 자연의 이치니까. 숨은 잦아들게 되어 있으니까. 다만, 나는 어떤 소리들이, 소란스러움이 간절해졌다. 물 밖의 세계, 그 소리들이 언제나 거추장스럽다고 생각했었는데…… 어릴 적, 수면 속에서 내가 느끼던 기분을 ― 이 세계와의 끈이 끊어진 것 같은 ― 갈구했던 건, 그걸 가능하게 했던 건, 바로 언제나 수면 밖의 세계가 거기에 그대로 존재하리라는 믿음 때문이었다. 나는 그걸 알 것 같았다. 너의 삶, 너의 행복, 너의 안전. 만약 불이 난 것이 거짓이라면, 오빠의 죽음은? 아버지는 오빠가 죽은 건 사실이라고 말했었다. 그렇다면 오빠는 어떻게 죽었단 말인가? 온몸이 떨렸다. 무슨 일이 일어난 것인가? 도대체, 무슨 일이 일어났던 것인가? 아니, 지금 내게 무슨 일이 일어나고 있는 걸까?

다음 날 눈을 떴을 때, 나는 서재 책상 위에 엎어져 있었다. 온몸이 욱신거렸고, 머리가 지끈거렸다. 나도 모르게 신음 소리가 흘러나왔다. 책상 위의 모니터에는 화면 보호기가 작동하고 있었다. 몽롱한 기분 때문에, 나는 잠시 동안 내 자신이 어디에 있는 건지 알 수가 없어서 혼란스러운 마음이 들었다. 내가 어디에 있는지 알게 되고, 머릿속이 밝아지는 느낌이 들자, 나는 새벽에 내가 느꼈던 감정이 어쩌면 조금 과장된 것이 아닐까 하는 생각이 들었다. 어머니의 거짓말에 그다지 특별한 의도가 없을 수도 있었다. 그냥 짓궂은 장난, 하지만 돌이키기 어려웠던 그런 거짓말이었을 수도 있었다. 어머니의 의도를 알 수 없었기 때문에 나는 어떤 감정을 느껴야 하는지 결정할 수가 없었다. 한참 동안 두 손으로 머리를 감싼 채로 남아 있던 내가 무심코 몸을 움직이다 키보드를 건드리는 바람에, 모니터 화면이 켜졌고, 거기에는 지난 새벽 내가 마지막으로 보던 기사가 남아 있었다.

······5일 새벽 경기 광주군 동부읍 창우1리 윤영근 씨(39) 부부가 고기잡이 나간 후 실종돼 주민들과 경찰이 수색에 나섰다. 주민들에 따르면 윤씨 부부는 평소와 같이 이날도 새벽 5시에 그물을 배에 싣고 나가 부근 한강에서 고기를 잡고 있었는데 평소 귀가 시간이던 아침 9시가 지나도록 집으로 돌아오지 않아 찾아보니 이들이 타고 나갔던 배만 이날 오전 11시경 동부읍 배알미리 팔당역 나루터 부

근 한강 물에 반쯤 잠긴 채 발견됐다……

1982년 12월 6일, 헤드라인은 "교통 체증, 화마, 조난……
강풍 몰고 온 혹한 사고 연발"로, 하루 동안 일어난 몇 가
지 사고를 하나의 기사로 엮은 것이었다. 아마도 다른 사
건에 등장하는 '불'이라는 단어와 이 사건의 '광주'라는 단
어 때문에 내 검색에 걸린 것 같았다. 한마디로 잘못 걸린
기사였다. 하지만 나는 내가 왜 새벽에 이 기사의 이 부분
을 모니터 중앙에 띄워놓았는지 알 것 같았다. 그 기사가
어부들의 죽음을 말하고 있었고, 나의 외할아버지가 어부
였기 때문이었다. 새벽, 혼란스러움을 느끼던 와중에도 내
머리는 그런 식으로 작동한 것이다. 아니, 나는 순간적으
로 충격을 받고 혼란스러워졌기 때문에 저 기사를 — 결
과적으로는 나와 아무 상관도 없는 기사를 — 읽고 있었던
것이다. 어부들의 죽음. 문득, 그 기사가 떠올랐다. 어머니
의 고향에서 일어났던 간첩 조작 사건. 남편의 스크랩북에
서 읽었던 바로 그 사건. 그것 역시 따지고 보면 어부들의
죽음을 나타낸 것이었다. 나는 책꽂이에 꽂혀 있는 스크랩
북 중에 그 기사가 들어 있는 책을 꺼내서 펼쳐 보았다. "윤
씨는 15년간 복역하고 99년 5월에 출소했지만 이미 가족
은 뿔뿔이 흩어진 상태였다. 특히 윤 씨의 아들은 빨갱이

의 아들이라는 손가락질을 견디다 못해, 윤 씨가 출소하기 석 달 전에 자살한 것으로 알려져 큰 충격을 주었다." 어머니는 살아생전, 내게 오빠의 죽음에 대해 두 번 말했다. 딱 두 번. 내가 일곱 살 때 밥상 앞에서 한 번, 열여섯 살 2월에 도서관에서 한 번. 스멀스멀 나를 잠식하는 위화감. 그 순간들을 따로 떠올렸을 때에는 몰랐는데, 그 두 번을 연결해서 생각해보니까, 미묘한 부자연스러움이 느껴졌다.

나는 욕실로 들어가서 뜨거운 물로 샤워를 하고, 드라이기로 머리를 말리기 시작했다. 그런 후에는 방으로 들어가 옷을 갈아입고 화장대 앞에 앉았다. 거울에 비친 내 얼굴은 수척하고 무방비해 보였다. 나는 크리넥스 휴지를 두어 장 뽑아 코를 풀었다. 내 얼굴 뒤로 비치는 침대 위에는 남편이 자다가 나간 흔적이 남아 있었다. 흔적. 나는 고개를 흔들었다. 아, 나는 너무 오랫동안 집, 아, 그러니까 **집들** 안에 머물고 있었던 것 같아. 나가야 해. 하지만 어디로? 어디로 가야 할까? 겉옷을 챙겨 입은 나는 무작정 주차장으로 가서 차에 올랐다. 주차장으로 가는 동안 넘어질 것 같아서 나는 때때로 걸음을 멈추어야 했다. 어디를 가야 해? 어디로 갈 거야? 나는 차를 출발시켰다. 차가 움직임과 동시에 갑자기 내 심장이 너무 빨리 뛰기 시작했다. 나는 그게 잦아들 거라는 걸 알고 있었다. 그게 자연의 이치니까.

하지만 아니었다. 내가 주차장 바깥으로, 아파트 바깥으로 나와서 도로로 진입하고 한참 후에도 내 심장 소리는 잦아들지 않았고 손이 떨리기 시작하더니, 호흡이 가빠졌다. 자연이 나를 배신하는 때도 있다는 통렬한 깨달음. 나는 나의 오만함을 인정했다. 발작이 올 것 같은 기분을 느낀 나는 갓길에 차를 세웠다. 쿵, 쿵, 쿵, 쿵. 핸들에 얼굴을 박고 숨을 고르려고 애쓰면서 나는 생각했다. 어디로 가려는 걸까? 나는 어디로 가고 싶은 걸까? 이 모든 것, 그 동네의 이름을 포함해서, 나의 궁금증을 풀어줄 수 있는 사람은 이 세상에 둘뿐이었다. 내 어머니와 아버지, 하지만 어머니는 이제 죽고 없으니까, 남아 있는 사람은 이 하늘 아래에 단 한 명, 아버지뿐이었던 것이다.

내 심장 소리를 듣지 않으려고, 신선한 공기를 들이마시고 싶어서, 차창을 활짝 열었다. 차가 달리는 소리와 사람들의 목소리가 순식간에 차 안으로 밀려 들어왔다. 어머니는 이렇게 말할 것이다. 애, 그냥 흘려버려. 그냥 지금의 너의 삶에 집중해. 너의 행복을 지키려고 노력해. 그리고 나는 언제나 결국은 어머니가 말하는 대로 했다. 어떻게 어머니는 내게 그렇게 말할 수 있었을까? 너의 삶, 너의 행복, 너의 안전. 하, 어머니는 실패한 것이나 마찬가지였다. 어머니 당신은 실패했어요. 나는 내 삶이 어디에 있는지 모르겠어요. 아주 오래전부터 그랬어요. 나는 고개를 들고 인도를 걸어가는 사람들의 얼굴을 바라보았다. 얼굴맹. 나는 저들의 얼굴 중 몇 명이나 기억하게 될까? 한 명도 기억하지 못할 것이다. 그렇게 되는 게 당연했다. 그런 생각을 하자, 당황스럽게도 나는 가슴이 미어지는 것 같았다.

한 번도 멈추지 않고 세 시간 정도를 꼬박 달린 나는 경주 근처 휴게소에 차를 세웠다. 차를 운전하는 동안 나는 서서히 마음의 떨림이 사그라드는 것을 느꼈고, 더 이상 다른 생각은 하지 않으려고 모든 관심을 오로지 고속도로 위를 달리는 것에만 두려고 애썼다. 휴게소에 도착했을 때, 나는 내가 지나치게 평온한 상태라는 것을 깨달았다. 마비,라는 단어가 떠올랐다. 발작과 마비. 그런 걸까? 발작 뒤에는 마비가 오는 걸까? 그렇다면 마비 뒤에는 뭐가 올까? 또 다른 발작? 혹은 영원한 마비? 나는 가방에서 휴대전화를 꺼내서 저장되어 있는 아버지의 전화번호를 확인한 후, 차 밖으로 나가 휴게소 공중전화를 찾았다. 아버지는 전화를 금방 받았지만 상대가 나라는 사실을 알고 난 후에는 입을 다물어버렸다.

"끊지 마세요."

수화기에 입술을 바짝 갖다 댄 내가 조급한 말투로 이야기했다. 여전히 아버지에게서는 아무런 반응이 없었다.

"저 지금 경주로 가는 길이에요."

"뭐라고?"

그제야 아버지는 되물었다. 믿을 수 없다는 듯한 말투.

"물어볼 게 있어요."

"정말 웃기는구나."

아버지가 빈정거리듯이 말했다.

"너는 내가 만나달라고 할 때에는 콧방귀도 안 뀌었지. 그러고는 다시 나에게 만나달라고 했어. 하지만 난 군말도 없이 너를 만나러 갔다. 그때 넌 나에게 어떻게 했냐? 나를 거짓말쟁이로 몰았고, 나에게 비열하다고 했어. 그런데 이제 와서 또 너를 만나달라고 하는 거냐?"

"우리를 떠나고 한 번도 찾지 않다가 어머니가 돌아가시니까 갑자기 내 눈앞에 나타나셨잖아요. 제가 뭘 어떻게 할 수 있었겠어요? 제가 반가워할 거라고 생각하셨던 거예요?"

"넌 내가 너에게 화를 내는 걸 부당하다고 생각하겠지. 하지만 난 너에게 할 만큼 했다. 정말로 할 만큼 했어. 다시 내 앞에 나타나서 내 삶을 흔들려고 하지 마라."

"삶을 흔든다고요? 제가요?"

"그래, 나는······"

284

"제기랄, 아버지!"

나는 내가 그런 식으로 말한 걸 믿을 수 없었고, 동시에 그런 식으로 말한 걸 후회했다. 나는 고개를 흔들면서 조용하게 말했다.

"아버지, 아버지가 그날 하신 말이 맞다는 거 알아요. 그 동네에 불이 난 적이 없다는 거 안다고요. 아버지를 만나서 묻고 싶은 게 있어요. 그러니까, 그냥 저를 만나달라고요."

수화기 너머는 또다시 침묵이었다. 경주, 나는 경주에 가본 적이 단 한 번도 없었다. 그 도시가 어떤 식으로 생겼는지 그런 걸 알지 못했다. 하지만 생각해내야 했다. 경주, 경주에 뭐가 있더라? 갑자기 예전에 책에서 봤던 대릉원, 이라는 단어가 떠올랐다. 대릉원, 그게 뭐였지? 무덤의 이름인가? 다른 건 떠오르지도 않았다. 나는 낮은 목소리로, 빠르고 분명하게 말했다.

"저 대릉원에 가 있을게요. 아마도 한 시간 후쯤이면 도착할 거예요. 아버지가 오실 때까지 기다릴게요."

나는 아버지가 대답을 하기 전에 수화기를 내려놓았다. 그제야 긴장이 조금 풀렸는지, 목과 어깨에 통증이 느껴졌다. 나는 휴게소에 있는 카페에 가서 뜨거운 커피를 한 잔 주문했다. 커피를 받아서 내 차로 걸어가다가 갑자기 경주

와 관련된 내가 아는 다른 단어들이 떠올랐다. 첨성대, 천
마총, 월정루…… 하필이면 대릉원이라니, 어떻게 그게 가
장 먼저 떠오를 수 있었던 걸까? 그게 뭔지도 잘 모르면
서…… 갑자기 이 상황 — 전날 밤부터 지금까지 내게 일
어난 모든 일 — 이 우습게 느껴졌다. 도대체 나는 무엇을
위해 아버지를 만나러 가는 걸까? 내가 원하는 게 뭘까?
이제껏 나는 무엇을 원하며 살아왔던 걸까? 차로 돌아온
나는 전화기에 부재중 통화로 아버지의 번호가 찍혀 있는
걸 확인하고 전화기의 전원을 아예 꺼버렸다.

경주 시내 도로는 한산했다. 낮은 건물이 띄엄띄엄 서
있는 거리에는 인적이 드물었고, 도로에는 자동차도 별로
없어서 적막하고 고요한 느낌마저 주었다. 어정쩡한 계절
의 평일이어서 그런 건지도 몰랐다. 언젠가 어떤 친구에게
들은 이야기가 떠올랐다. 문화재 때문에 고도 제한에 걸려
있어서 경주의 구시가지에는 높은 건물을 못 올린다고. 그
는 경주 출신이었는데, 경주에 대해서는 딱 그 말 한마디
만 했었다. 도로 저 멀리 펼쳐져 있는 잘 관리된 잔디밭과
커다란 봉우리들, 그러니까 무덤들이 보였다. 나는 갑자기
그런 궁금증이 들었다. 왜 어떤 무덤들은 사람들의 시야에
드러나면 불경스러운 것으로 치부되고, 왜 어떤 무덤들은

저런 식으로 환하고 위풍당당하게 드러내는 것을 허가받은 걸까? 나는 고개를 저었다. 왜냐하면 그런 질문은 아무런 의미도 없다는 것을 너무도 잘 알고 있었기 때문에.

대릉원에 도착한 후, 나는 난감한 기분을 느꼈다. 대릉원은 내가 막연하게 예상한 것보다 훨씬 컸던 것이다. 아버지는 내가 어디에 있는지 알 수 있을까? 알 수 없을 것이었다. 나는 주차장 끝 쪽, 매표소가 눈에 들어오는 곳에 차를 주차시키고 거기에서 아버지를 기다리기로 했다. 이리로 오게 된다면 아버지는 분명히 매표소 쪽으로 갈 테니까 그게 제일 좋은 결정 같았다. 나는 시계를 보았다. 5시 45분. 하루 종일 먹은 거라고는 휴게소에 산 맛없는 커피 한 잔뿐이었다. 나는 근처 편의점으로 들어가 땅콩버터가 들어 있는 샌드위치를 샀다. 혹시라도 그사이에 아버지가 올까 봐 걱정이 된 나는 얼른 차로 돌아갔고, 차 안에 앉아서 식은 커피와 샌드위치를 함께 먹었다. 전화기를 켤 수가 없으니, 무언가를 보거나 하면서 시간을 때울 수도 없었다. 샌드위치를 다 먹은 후, 나는 그저 팔짱을 낀 채, 매표소만을 주시할 수밖에 없었다. 평일이긴 하지만, 대릉원을 찾는 사람들이 있었다. 작은 아이의 손을 잡은 부부, 피크닉 가방을 든 커플, 한복을 입은 여고생들…… 이상했다. 그들을 보고 있으니까, 나는 내 자신이 오랜만에 아버지를 만나러 온 평범한 딸처럼 느껴졌고, 심지어 아버지를 사랑하는 그런 딸처럼 느껴지기까지 했다. 나는 느긋하게 한 번도 가보지 못한 대릉원의 안쪽 풍경을 상상해보았다. 오솔길과 커다란 능들, 그리고 또 뭐가 있을까? 한 시간이 더 지나도록 아버지는 나타나지 않았다. 전화를 한 번 더 걸어볼까 고민했지만, 그러지 않기로 했다. 한 시간만 더 기다려보고 아버지가 나타나지 않는다면, 그냥 이 일을 잊어버릴 생각이었다. 하지만 그럴 수 있을까? 그 모든 걸 그냥 흘려보낼 수 있을까? 그런 식으로 의문점을 가슴에 품고 평생을 살아갈 수 있을까? 그건 어떤 삶일까? 알 수 없었다. 앞으로도 영원히 알 수 없을 것이다. 왜냐하면 30분쯤 후에, 결국 아버지가 나타났기 때문에. 터틀넥과 겨울용 코트를 입고 목도리까지 두른 아버지가. 나는 차에서 내려 아버지를 불렀다.

"아버지!"

아버지가 잠시 동안 멈추어 서서 나를 바라보았다. 아, 그래, 저게 바로 아버지의 얼굴이구나. 새삼스럽게 그런 생각이 들었다. 내게로 걸어오는 아버지의 모습에서, 작은 동네에 살던 시절, 나를 향해 걸어오던 아버지의 예전 얼굴을 또렷이 건져 올릴 수 있었다. 어떻게 그런 게 가능했을까? 아버지도 그 시절 나의 얼굴을, 나의 흔적을 건져 올릴 수 있었을까? 그랬다. 도심의 식당에서 만났던 날, 한동안 내 얼굴을 탐색하듯 바라보던 아버지. 이번에 아버지는 나를 그냥 지나쳐서 걸어간 후, 마치 자포자기했다는 듯한 태도로 주차된 차 뒤쪽에 있는 벤치에 털썩 앉았다.

"여기 조금만 앉아 있다가, 어디로든 들어가자."

아버지는 화내고 있지 않았다. 하지만 긴장했다거나 어색해한다거나 그런 기색도 찾아보기 힘들었다. 어쩌면 내가 전화기에 대고 아버지에게 "제기랄"이라고 소리 질렀기 때문인지도 몰랐다. 나는 아버지 옆에 앉았다. 아버지와 내가 앉은 벤치 앞에는 커다란 관광버스 두 대와 자가용 한 대가 주차되어 있었다. 매표소 쪽에서는 우리가 보이지 않을 터였다. 아버지는 주차된 버스의 뒤꽁무니에 시선을 고정한 채로 내게 물었다.

"그 동네에 불이 난 적이 없다는 사실을 어떻게 알았다는 거냐?"

"기사를 찾아봤어요. 아무리 찾아봐도 그런 화재가 난 곳은 없었어요."

그 말을 내뱉고 나자, 나는 무력감과 패배감을 느꼈다. 전날 새벽부터 지금까지 내게 일어난 일들이 더 이상 우습게 느껴지지도 않았다. 나는 내가 그 모든 일들을 추상적으로 받아들이고 있었다는 것, 아니 그런 식으로 받아들이려고 애쓰고 있었다는 것을 깨달을 수 있었다. 이제, 아버지와 대면한 이상 더 이상 그 일들을 그런 식으로 받아들일 수 없으리라. 웃음이 가고, 고통을 맞이할 시간이 온 것이다. 나는 마른침을 한 번 삼켰다.

"그래, 궁금한 게 뭐냐?"

머리가 뒤죽박죽이 되어서 무엇을 먼저 질문해야 하는지 알 수가 없었다. 그때, 한 남자가 우리 쪽으로 다가오는 게 보였다. 그는 우리를 흘긋 보고는 우리 앞쪽에 주차된 자가용에 올라탄 후, 잠시 머물렀다. 나는 그가 차를 운전해서 우리 앞에서 사라져버릴까 봐 걱정이 되었다. 이윽고 그 차가 떠나자, 아버지가 입을 열었다.

"네 엄마는 너를 사랑해서 그런 거다. 너를 보호하려고. 아마도 그랬을 거다. 그래서 그런 거짓말을 한 걸 거다."

저 멀리, 초봄, 밤의 서늘한 바람이 초록색 나뭇가지들을 흔드는 게 보였다. 나는 아버지와 내 앞에 서 있는 나머지 두 대의 버스가 영원히 빠져나가지 않기를 바랐다. 여기에서 나와 아버지를 숨겨주기를 바랐다. 아버지와 내가 노출되지 않도록. 그런 문장이 떠오르자 나는 어리둥절한 기분이 들었다. 대체 어디로부터? 무엇으로부터?

"거짓말이 어떻게 저를 보호해주죠?"

아버지는 고개를 흔들었다.

"나도 모르겠다. 네 엄마가 왜 그런 거짓말을 한 건지는 나도 모르겠다. 지금 내가 뭐부터 이야기해야 하는지도 모르겠다. 네 엄마랑 내가 헤어지고 나서 처음 연락을 받은 게 1999년이었어."

"어머니가 왜 연락을 하셨는데요?"

아버지는 무언가 생각에 잠긴 것 같았다. 과거를 복기하고 있는 걸까? 고민에 빠진 걸까? 잠시 후 아버지는 뭔가 결심한 사람처럼 입을 열었다.

"네 엄마가 알려주더구나. 조카가 죽었다고. 그해에…… 그 애가 자살을 했다고 했다. 그런데 그 소식을 누구에게 알려야 할지 모르겠다고 하더구나."

자살? 어머니의 조카라면 어머니의 여동생의 자식을 말하는 것이리라. 어머니는 어머니의 여동생, 그러니까 내 이모가 아들과 딸을 낳았다고, 딸을 낳은 후로 연락이 두절되었다고 말했었다.

"네 엄마가 이모에 대한 이야기를 한 적이 없었던 거냐?"

"하셨어요. 이모에게는 아들하고 딸, 이렇게 자식이 둘 있었다고요. 이모 가족들이 다 돌아가셨는데, 그들의 장례식에 한 번도 가보지를 못했다고요."

"그랬구나…… 다들 죽었구나…… 다들 죽은지는 나도 몰랐다……"

아버지의 주먹에 힘이 들어가는 게 보였다. 나는 아버지가 본론으로 들어가지 않고 있다는 걸, 머뭇거리고 있다는 걸 알았다. 나는 머릿속으로 간첩 사건에 대한 기사와 그날 어머니가 오빠의 죽음에 대해 두번째로 언급했던 날, 그리고 이종사촌이 죽었다는 이야기를 연결시켜보려고 애쓰고 있었다. 어머니는 이종사촌의 죽음 — 자살 — 때문에 오빠의 죽음을 떠올렸던 걸까? 그럴 수 있었다. 어떤 죽음들은 다른 이의 죽음을 자연스럽게 불러오니까, 마치 정해진 수순처럼. 그 시절, 숲속 그 여자가 '방치'되었다는 말을 듣고, 죽은 옆집 할머니의 죽음을 자연스럽게 떠올렸던 것처럼. 지금도 여전히 '방치'라는 단어를 들으면 그들의 모습을 떠올리는 것처럼. 아버지는 두 손을 깍지 끼고 턱을 괸 후 허리를 굽혔다. 나는 아버지가 아무것도 바라보고 있지 않다는 것, 비참해하고 있다는 것을 알아차렸는데, 그건 말도 안 되는 생각 같았다. 아버지가 비참함을 느껴야 할 이유가 무엇이 있단 말인가? 그러다 문득, 질문이 하나 떠올랐다. 이제까지 한 번도 궁금해한 적이 없다는 게 놀라울 정도로 단순한 질문.

"이모의 딸은 어떻게 되었어요? 그 애도 죽었나요?"

"아니, 안 죽었다."

나는 아버지의 말투가 이상하다고 느꼈다. 아버지는 수

292

동적으로 굴고 있었다. 내가 한 질문에만 답을 하고 싶어 하고, 한 걸음 뒤로 물러서고 있었다.

"어머니가 제게 한 거짓말은 그거 한 가지인가요? 그 동네에 불이 났었다는 거?"

"네 엄마는 그 후로 내게 연락을 한 번 더 했었다. 죽을 때가 가까워졌다고 하더구나. 그러면서 너에게 절대 아무 것도 말하지 말라고 내게 신신당부했다. 하지만 나는 진짜 네 엄마의 의도를 알 수가 없었다. 나를 굳이 찾지 않았다면, 내게 연락을 하지 않았다면 나는 네 엄마가 죽은 것도 몰랐을 거고, 너를 만날 생각 같은 건 하지도 않았을 테니까. 무슨 말인지 알겠니? 네 엄마는, 가엾게도 죽기 전까지도 어떻게 해야 하는지, 너에게 말을 하는 것이 옳은지 아닌지 몰랐던 거다. 그런 혼란스러움 속에서 숨을 거뒀던 거다."

"무슨 말씀이세요, 그게?"

나는 아버지를 바라보았다. 아버지는 여전히 시선을 앞쪽에 고정하고 있었다. 나는 아버지가 비참해하는 게 아니라 어쩌면 체념해가는 중일지도 모른다는 생각이 들었다. 아버지는 고개를 절레절레 흔들었다.

"네 엄마는 열아홉 살 때 고향을 등지고 도시로 도망쳐 온 여자였어. 그런 건 아무나 할 수 없는 일이었지. 지금도 힘들 텐데 그때는 어땠겠니. 스물여섯 살 때, 난 서울에 있는 공대를 졸업하고 잠깐 목포로 내려와서 친척 회사일을 돕고 있었어. 그러다 친구가 선생으로 근무하는 학교에 들렀다가 우연히 네 엄마를 봤단다. 아름다웠어. 너는 어떻게 생각할지 모르겠지만 난 네 엄마를 정말로 사랑했다. 아직도 기억이 나. 데이트를 할 때면 주름이 진 노란색 원피스를 입고 나왔어. 아마 너도 알 거다. 그 원피스, 우리가 가족이었던 시절에, 함께 외출을 할 때마다 입었던 그 원피스. 네 엄마는 학교 행정실에서 일을 하면서 방통대에서 교육학 관련 공부를 하고 있었다. 나중에 사람들을 가르치는 일을 하고 싶다고 했어. 똑똑했지. 어쨌든 난 서울로 돌아가야 하는 날이 다가오고 있었어. 그때 나는 확신이 있었다. 네 엄마를 누구보다 행복하게 해줄 자신이 있었어. 그래서 청혼을 했지. 서울로 올라가서 결혼식을 올리고 함께 살자고 말이다. 네 엄마는 내 청혼을 받아들였어. 서울에서 네 엄마는 공부를 계속할 생각이었어. 서울로 올라가기 위해 행정실도 그만두고, 이런저런 준비를 했던 그 시기, 그때가 아마 내 인생에서 가장 행복한 날들이었을 거다. 그 어느 때보다도 말이다. 모든 게 완벽했어. 모르겠다. 그 시기가 내게는 그런 식으로 기억이 되는구나. 그런데, 서울로 올라가기 위해 준비를 하고 있던 차에 네 엄마의 동생에게 연락이 온 거였다. 사실 난 그때까진 네 엄마가 고아인 줄 알았어. 여동생이 있다는 건 알지도 못했어."

여기까지 말한 후, 아버지는 물끄러미 나를 바라보았다. 이번에는 어안이 벙벙한 표정으로. 자신이 이런 이야기를 입 밖에 내고 있다는 사실을 믿을 수 없다는 듯한 표정으로.

"아마 넌 상상도 못 할 거다. 그때가 어떤 시절이었는지. 하긴 나도 그땐 무슨 일이 벌어지고 있는지 잘 몰랐다. 하루하루 사는 게 중요했어. 우리 집도 그리 넉넉한 편이 아니었고, 내가 먹고살려면 다른 방법이 없었어. 공부를 열심히 하고, 남들이 말하는 좋은 대학에 들어가야 했지. 군대에 다녀왔고, 대학을 졸업하고, 그런 식으로 사랑하는 여자를 만나서 결혼을 앞두고 있었던 거다. 그게 중요했어. 그래, 내겐 그게 중요했다. 그게 내 삶이었어. 그런 삶을 지키는 게 중요했다. 그런데, 네 엄마의 여동생이 연락을 해서는…… 임신을 했는데 아이를 낳는 걸 도와달라고 했다는 거다. 네 엄마는 그때 동생이랑 계속 연락을 주고받았었는데도 임신 중이라는 걸 그제서야 알았다는 거야. 산달이 다가오고 있었는데 말이다. 그동안 동생이 임신에 대해서는 한마디도 하지 않았다는 거다."

"왜죠?"

나는 아버지가 그런 이야기들을 왜 하는지 모르겠다는

생각이 들었다. 대체 왜? 이런 이야기들을 대체 왜 한단 말인가? 아버지는 나를 데리고 어디까지 뱅뱅 돌 작정이란 말인가? 그런 식으로 숲속을 뱅뱅 돌다 나를 멈추게 할 생각인 걸까?

"왜냐면 네 엄마 여동생의 남편, 그러니까 나한테는 동서가 되는 셈이지. 그가 거짓 간첩 혐의를 받고 20년 형을 선고받았기 때문이지."

아버지의 그 말을 듣자마자 심장이 두근거리고, 얼굴에 열이 오르는 것 같았다. 마치 무슨 창피라도 당한 사람처럼. 나의 치명적인 잘못이 사방팔방에 알려지기라도 한 것처럼.

"그때는 거짓 혐의라고는 생각도 못 했지. 그건 나중에 정말 너무 많은 시간이 흐른 후에 밝혀진 사실이었어."

나의 잘못이 있었는가? 있었다. 투박한 경솔함. 미금도에서 있었던 간첩 조작 사건에 대한 기사를 봤을 때, 나는 뭐라고 생각했는가? 나는 그 일이 내 어머니와는 어떤 식으로도 연결되지 못할 거라고 생각했었다. 그리고 나는 그런 걸 궁금해했었다. 어머니는 한 번이라도 그들의 얼굴을 본 적이 있을까?

"나중에 알고 보니 그 일은 신문에도 대대적으로 보도가 되었어. 나도 본 적이 있었지. 그래, 본 적이 있었다. 네 엄마도 아마 봤을 거다. 그 당시 네 엄마에게는 티브이가 없었지만 신문 기사로는 본 적이 있겠지. 그렇지만 너네 엄마나 나나 그걸 그렇게 유심히 살핀 적이 없었던 거다. 그저 그런 일이 일어나면 안 된다고만 생각했지. 간첩이라니, 나쁜 놈들이라고, 아마 그런 식으로 생각했을 거다. 어쨌든, 네 엄마의 동생은 남편이 끌려가고 얼마 지나지 않아서 자신이 임신했다는 사실을 알게 되었던 거다. 그 후로 그 여자는 복대를 하고 그 누구에게도 임신한 사실을 알리지 않았어. 본인의 언니에게조차. 그리고 산달이 되어서야 네 엄마에게 연락을 했던 거다. 얘, 그때 우리는 결혼을 앞두고 있었어. 하늘이 무너지는 것 같았지. 그 전날까지만 해도 네 엄마와 나는 평범한 예비 부부였는데 갑자기 그런 일 속에 떠밀려 들어간 거다. 네 엄마의 동생은 아이를 낳을 수 있도록 도와달라고 하는데, 얘…… 우린 병원에 갈 수도 없었어. 네 엄마는 하숙집에 살고 있었고 나는 친척 집에 머물고 있었다. 그래서 우리는 여관방을 하나 빌렸다. 수소문해서 산파 할머니를 불러왔지. 그렇게 겨우겨우 여관방에서 아이를 낳았던 거다. 딸이었어. 그리고 그 딸을 네 엄마에게 맡긴 거다."

잦은 멈춤과 주춤거림 끝에 이야기를 여기까지 이끈 아버지는 더 듣고 싶냐는 듯이 나를 바라보았다. 나는 두 손으로 벤치의 끝부분을 꽉 잡고 있었다. 그렇게 하지 않으면 어디론가로 떠밀려 가기라도 할 것처럼. 떠밀려 가서 다시는 내 자신으로 돌아오지 못하기라도 할 것처럼. "앞으로 나아가게 되어 있어……" 어머니는 그렇게 말했었다. 나는 아버지의 이야기를 이해하고 있으면서도 이해하고 있지 못했다. 아니, 이해하지 못하면서도 이해하고 있었다. 하지만 이게 다 무슨 말이란 말인가? 문득 그 목소리가 떠올랐다. 작년 송년회 때 화장실에서 우연히 만난 윤이소 매니저의 아내가 내게 던진 그 말, 그 목소리. "그런데, 당신 누구라고요?" 나는 그런 목소리들이 내게 밀려드는 걸 원하지 않았다. 귀를 막고 싶었다. 멈추라고 말하고 싶었지만, 마치 커다란 돌이 내 목구멍을 틀어막고 있기라도 한 것처럼 나는 아무 말도 할 수가 없었다. 눈물이 날 것 같았다.

"맡겼다는 표현은 틀린 것 같다. 뭐라고 표현해야 할지 모르겠다만, 여튼 그렇게 된 거다. 나는 그 모든 일에 반대했다. 간첩? 간첩의 딸을 맡아 키운다고? 미친 짓이라고 생각했어. 너무 위험한 일이었지. 심지어는 부도덕한 일이라고 생각했어. 범법자의 딸이잖니. 게다가 그걸 누가 알게 되기라도 한다면 어떤 일이 벌어지겠니? 상상도 할 수 없었어. 하지만…… 네 엄마는 단호했지. 나보고 떠나도 좋다고 말했어. 자신에겐 그 아이를 평생 보호해야 할 의무가 있다면서. 그게 자신의 지상과제라고 하면서 말이다. 난 그 모든 게 미친 계획이라는 걸 알고 있었다. 혼자 서울로 떠나려고 했었지. 하지만 그 모든 사실을 숨길 수 있을 거라고도 생각했어. 아무도 모르게 감쪽같이. 그래서 나는 결국 네 엄마의 뜻에 따르기로 한 거다. 왜 줄 아니? 내가 그만큼 네 엄마를 사랑했기 때문이었어. 내 말 알아듣겠니? 나는 도저히 네 엄마를 떠날 수가 없었던 거야. 사흘 후에 딸을 두고 떠나던 네 엄마의 동생이 아직도 떠오른다. 섬으로 돌아가기 위해 배에 올라야 하는데, 그 여자는 한 번도 뒤를 돌아보지 않았어. 네 엄마도 눈물 한 방울 안 흘렸어. 그리고 그 둘은 완전히 인연을 끊었던 거다. 전혀 모르는 사람들처럼. 한 번도 만난 적이 없는, 아무런 관계도 없는 사람들처럼 말이야. 그리고…… 그때 태어난 그 여자아이가 너네 엄마와 나 사이의 유일한 자식이 된 거다.

네 엄마는 끝까지 고집을 부렸지. 나는 우리 부모님에게 그 애가 우리 둘 사이에서 태어난 아이라고 말하자고 했지만, 그렇게 할 수가 없다고 했지. 우리 부모님은 내가 자식이 있는 여자와 결혼을 하는 걸로 알고는 노발대발하셨어. 이혼을 할 때에도 내가 잘못된 선택을 했기 때문에 결국 실패하게 된 거라고 하셨지. 그래, 나는 실패를 했다. 하지만, 그땐 그게 내가 할 수 있는 가장 좋은 일 같았어."

어머니와 아버지 사이의 유일한 자식, 그 애 — 그게 바로 '나'를 지칭한다는 사실 때문에 나는 숨을 쉴 수가 없었다. 내 아버지가 죽었다. 내 어머니가 죽었다. 그리고, 내 오빠가 죽었다. 왜냐하면 간첩으로 몰린 자신의 아버지 때문에 삶이 무너져 내려서. 그 삶을 견딜 수가 없어서. 나는 그가 죽었을 때 스무 살 정도였다는 것을 떠올리고 마음속에서 무언가가 무너지는 듯한 느낌을 받았다. 그가 너무 일찍 죽었기 때문이 아니라, 그가 너무 늦게 죽었기 때문에. 그가 그 기간 동안 너무 큰 고통을 받았으리라고 생각되었기 때문에. 그리고, 나는 살아남았기 때문에. 살아남은 나는 여기에 이렇게 앉아서 아버지 — 아, 도대체 이제 내 옆에 앉아서 두 손으로 얼굴을 묻고 있는 이 늙은 남자를 뭐라고 불러야 한단 말인가? — 의 이야기를 듣고 있는 것이다. 나는 어머니가 그들의 장례식에 대해 언급했던 날을 떠올렸다. 내가 그들의 죽음을 슬퍼했으면 좋겠다던 어머니에게 나는 뭐라고 대답했는가? "엄마, 전 그분들 얼굴도 모르는걸요." 나는 마음속에서 작은 구슬 같은 것들이 끊임없이 쏟아지는 것 같은 기분을 느꼈다. 고통, 신체적인 고통을 느꼈다.

"그렇게 경기도 광주로 들어갔다. 아무도 찾지 않을 것 같은 동네로 말이다. 거기에 가서 너네 엄마가 제일 먼저 한 일은, 그동안 동생과 주고받은 사진과 편지 들을 불태우는 거였어."

나는 어릴 적 내가 살던 집을 떠올려보았다. 높게 쌓아올린 벽돌, 마당과 통하는 미닫이문, 항상 굳게 잠가놓은 대문. 어머니 — 아, 그녀를 다른 어떤 식으로 호명해야 한단 말인가? — 는 작은 마당 한가운데에 쪼그려 앉아서 양철통을 가져다 놓고 소중하게 간직하고 있던 편지와 사진들을 그 안에 넣은 후 불을 질렀다. 그리고 내게는 그 동네가 모두 불에 타버렸다고, 그래서 사람들은 소중한 가족을 잃었다고, 그때 너의 오빠도 죽었다고 거짓말을 했다. 그리고, 몇 년 후 나의 오빠가 진짜 죽었다는 사실을 알게 되었을 때, 어머니는 무슨 생각을 했을까? 갑자기 두꺼운 밧줄이 내 심장을 옥죄고 있는 기분이 들었고, 토할 거 같은 기분이 들었다. 폐쇄. 몇 달 전 친구를 만났을 때, 내가 발음했던 그 단어 — 폐쇄된 동네. 어머니는 폐쇄된 채로 살기로 결정한 거였다.

"이제 그만 이야기하셔도 돼요."

나는 온몸이 덜덜 떨리는 듯한 착각을 느끼며 아버지에게 말했다. 하지만 아버지는 멈추지 않았다. 한번 시작한 이상 절대로 멈출 수 없다는 듯이.

"그 여자, 기억할 거다. 숲에서 자살했던 그 여자. 그때, 우리 생활은 안정적이었어. 네 엄마가 가끔 병적으로 너에 대해 걱정한다는 걸 알고 있었지만, 나는 시간이 갈수록 불안감 같은 건 전혀 느끼지 못하고 있었어. 회사일도 잘되고 있었어. 모든 게 좋았다. 그냥 그런 식으로 살아갈 수 있을 거라는 자신감이 들었어. 그런데, 네 엄마가 그 여자와 가깝게 지낸다는 사실을 알게 된 거다. 그 여자는 어쨌든 유명인이었어. 그 당시에도 그 여자에 대한 소문이 있었다. 어떤 정치인의 아이를 가졌다고, 우리에게는 너무 위험한 여자였던 거야."

주위는 이미 어두워진 뒤였다. 낮과 비교할 수 없을 정도로 공기는 차가워져 있었다. 어디선가 검은색 봉지가 저 멀리 허공으로 날아오르는 게 보였다. 아주 약한 공기의 움직임으로 맥없이 날아오르는 비닐의 연약함만으로도 나를 해칠 수 있을 것 같아서 두려워졌다. 나는 내 심장을, 내 손의 감각을, 내 육체를 놓치지 않으려고 애를 썼다. 그것들을 꽉 잡고 있어야 했다. 그것만이 나를 증명해줄 수 있는 유일한 것이었으니까. 나는 내뱉듯이 말했다.

"진짜, 이제 그만하셔도 돼요."

뒤의 이야기는 뻔한 것이었다. 경찰이 찾아왔고, 아버지는 겁에 질렸다. 그래서 아버지는 우리를 떠난 것이다. 더 들여다볼 것도 없는 명료한 진실. 하지만 이번에도 아버지는 멈추지 않았다. 아버지는 화가 난다는 듯이, 쥐어짜는 듯한 목소리로 이야기를 이어갔다. 나는 아버지가 말을 하는 상대, 자신의 이야기를 듣기를 바라는 상대가 내가 아닐지도 모른다는 생각이 들었다. 자신의 이야기를 듣기를 바라는 대상은 바로 자기 자신, 아버지 당신일지도 모른다고.

"네 엄마와 헤어지고 난 후에도 몇 년 동안은 계속 불안감에 시달렸어. 완전히 불안감에 잡아먹혀버렸지. 경찰만 보면 심장이 내려앉는 것 같았다. 때때로는 그 동네에 살고 있을 때보다 훨씬 더 불안했던 것 같아. 술을 입에 대기 시작했고, 일에 제대로 집중하지도 못했지. 내가 예상했던 삶과는 멀어졌어. 그걸 위해서 떠나온 건데, 모든 게 어그러져버린 거다. 가끔씩은 화가 나서 견딜 수가 없었지. 인생이 망가졌다고 생각했다. 네 엄마가 그 여자와의 관계에서 그토록 경솔하게 군 걸 이해할 수가 없어서 화가 났고, 때때로는 너에게 화가 났지. 네가 만약 그 책가방을 그 여자네 집에 두고 오지 않았다면, 네 엄마와 그 여자를 연결시키는 증거는 없었을 테니까. 아니, 그 전에 니가 그 소나무 숲 별장을 발견하지 않았다면, 그래서 그 여자와 네 엄마가 만날 일이 없었다면…… 아니…… 애초에……"

아버지는 거기에서 멈췄다. 어디까지 갈 수 있을지 가늠

할 수 없어서, 그저 돌진하다가 주위를 둘러보고 아연실색한 듯한 순간적인 정지. 애초에 내가 태어나지 않았다면, 아버지가 하고 싶은 말은 바로 그것이었을까? 그때, 누군가 우리 쪽으로 다가오는 소리가 들렸다. 경비원이었다. 그는 주차된 두 대의 버스 사이로 불빛을 비추었다. 갑자기 비춰든 불빛에 노출된 탓에 나는 갑자기 시력을 잃어버린 사람처럼 아무것도 볼 수가 없었다.

"거기에 누가 있는 거요?"

아버지가 벤치에서 소리쳤다.

"조금만 있다가 돌아갈 겁니다!"

곧이어 투덜거리는 소리, 우리로부터 멀어지는 발소리. 다시 어둠 속에 단둘이 남아 있게 되자, 빛의 잔상들이 눈앞을 떠돌았다. 나는 눈을 비볐다.

"난 아직도 잘 모르겠다. 모든 일에 안전을 기하고, 심하다 싶을 정도로 다른 사람들과의 관계도 맺지 않았던 네 엄마가 어째서 그 여자와는 그런 식으로 계속 만나고 싶어했는지. 왜 그 만남을 멈출 수가 없었는지, 도대체 그렇게 만든 게 무엇이었는지, 나는 모르겠다."

나도 알 수 없었다. 나는 어머니가 그 여자를 품에 안다시피 하고 속삭이던 그 문장을 떠올렸다. "당신은 다시 살 수 있어요. 몇 번이나 다시 살 수 있어요."

"영원히 알 수 없겠죠."

나는 대답했다. 그럴 것이다. 영원히 알 수 없을 것이다. 왜냐하면 그 이유를 말해줄 수 있는 사람은 어머니뿐인데 그녀는 이제 세상을 떠나고 없으니까. 죽은 사람은 말이 없으니까. 나는 벤치에서 벌떡 일어나서 이번에는 아버지에게 소리를 질렀다.

"아무도 영원히 알 수 없게 되어버렸다구요!"

나는 아버지를 뒤에 두고 빠르게 걷기 시작했다. 아버지가 나를 바라보고 있을까? 나는 그러기를 바랐다. 나는 휘청이지 않으려고, 균형을 잡으려고 안간힘을 쓰며 앞으로 걸어나갔다. 물속에서뿐만 아니라, 물 밖에서도 마찬가지였다. 팔을 휘젓고 발만 차면 어쨌든 앞으로 나아가게 되어 있었다. 나는 아까 사람들로 북적이던, 이제는 문을 닫은 특산물이나 기념품을 파는 가게들을 지나쳐갔고, 아직도 영업을 하고 있는 편의점을 지나갔다. 편의점 앞에는 십대 후반으로 보이는, 교복을 입은 여자애 두 명이 아이스크림을 손에 든 채 서 있었다. 나는 그 애들에게 다가가서 말을 걸고 싶은 충동을 느꼈다. 수다스럽게, 무슨 말이든 내뱉고 싶었다. 마치 미친 사람처럼. 너의 삶, 너의 행복, 너의 안전. 나는 어머니가 내게 쏟아부은 것, 내게 주려고 한 것, 그리고 자신은 절대 돌려받지 못한 것이 무엇인지 알 것 같다는 생각이 들었다. 하지만, 그것을 도대체 누가 돌려받았을까? 어머니가 돌려받아야 마땅한 그것 — 그것이 무엇인지는 알 수 없었지만 — 은 도대체 어디를 떠돌아다니고 있단 말인가? 하, 그랬지, 어머니는 죽기 전까지 자신이 하고 싶은 말을 끝까지 참아야 했다. 그 모든 것을 마음에 품어야만 했다. 죽은 자는 말이 없다지만, 어머니는 죽기 전에도 입을 다물고 있어야 했지. 나는 소리를 지르고 싶은 기분을 느꼈다.

얼마 후 정신을 차려보니까, 나는 좁은 길 위에 서 있었다. 차 한 대가 겨우 지나갈 만한 길. 붉은색과 회색 블록이 규칙적으로 깔린 이 좁은 길이 어디까지 이어지는지 알 수가 없었다. 길을 사이에 두고 양쪽으로는 내 키만 한 하얀색 시멘트 담장이 이어져 있었는데, 담장 안으로는 기와지붕을 한 집들이 늘어서 있었다. 나는 거기에 서서 어두운 하늘 위로 이어지는 전신주의 줄을 바라보았다. 그러다가, 문득 나의 열 살이 끝나가던 그 겨울, 내가 최초이자 마지막으로 가출을 시도했던 그해 겨울을 떠올리게 되었다. 그때 나를 멈추게 한 것이 무엇이었을까? 아주 오랫동안 나는 그 당시의 나를 멈추게 만든 것, 나를 결국 버스에 오르지 못하게 만든 게 우리 가족, 더 엄밀히 말해서는 어머니라고 생각했다. 내가 벗어나고 싶었던 대상도 어머니였고, 나를 멈추게 한 대상도 어머니라고. 하지만 어쩌면 그날 내가 진정으로 떠나고 싶었던 건 어머니가 아니라 그 작은 동네였는지도 모른다. 그리고, 나를 멈추게 한 것도. 화재로 누군가를 잃은 적이 있는 사람들이 모여 사는 곳, 그 슬픔을 극복하기 위해 개를 키우는 곳, 내가 태어나기도 전에 얼굴도 알지 못하는 오빠가 죽은 곳. 어머니와 함께 그 작은 동네를 떠난 후에도, 내 마음속에는 언제나 그 작은 동네가 존재하고 있었다. 그리고 그 동네는 내가 어떤 선택을 할 때마다, 나를 붙잡거나 밀어내는 역할을 했다는 것을 안다. 그래서 결국 나는 이렇게 생각하게 되었다. 내가 그 동네를 떠나야 했기 때문에 진정한 의미에서 그 동네를 떠날 수 없었던 것이라고. 하지만 이건 잘못된 생각이었다. 왜냐하면 그런 동네는 존재한 적이 없었으니까. 화재가 일어나고, 사람들이 상실감 때문에 개를 키우고, 내 오빠가 죽은 그런 동네는 존재한 적이 없으니까. 나는 그 순간 내가 정말로 해야 하는 일이 무엇인지 알 것 같았다. 나는 아버지에게로 돌아가야 했다. 아버지의 얼굴을 보고 해야 하는 말이 있다는 생각이 들었다. 나는 왔던 그대로 다시 걷기 시작했다. 무작정 그냥 걷기 시작했다. 하지만 걸으면 걸을수록 나는 경주의 이름 모를 그 작은 동네에 갇혀버린 것 같았다. 나는 걷고, 걷고, 또 걸었다. 좁은 길과 끝도 없이 늘어선 집들과 전신주를 보다가 나는 울음을 터뜨렸다. 울고 싶지 않았지만 울음을 멈출 수가 없었다. 주차장으로 다시 돌아간다 한들, 더 이상 거기에 아버지가 남아 있지 않을 거라는 사실을, 나는 알 것 같았다.

몇 시간 후, 나는 경주 시내에 있는 호텔 객실에 있었다. 휴대전화를 켜니까, 남편에게서 부재중 통화가 두 통 와 있는 것 빼고는 다른 연락이 없었다. 아, 그렇지, 이게 내 삶이었다. 남편에게 전화를 걸었다. 남편은 내게 어디에 있느냐고 물었다.

"경주에 왔어. 아버지를 만나러."

남편은 더 이상 다른 질문은 하지 않았다. 나는 우리 사이에 무언가 잘못된 것이 있다고, 그렇지만 그게 전적으로 당신의 잘못이 아닌 걸 안다고 말해주었다. 그는 도무지 내가 무슨 말을 하는지 모르겠다고 대답했다. 그는 전화를 끊기 전에 내게 말했다.

"조심해서 돌아와."

돌아와. 나는 내가 돌아가야 하는 곳이 어디인지에 대해 생각했다. 서울로? 그곳으로 돌아간 후에는 내가 무엇을 해야 할까? 알 수 없었다. 나는 이제 웃으면서 회피할 수도, 그렇다고 무작정 고통스러워할 수도 없을 것 같았다.

나는 무언가를 해야 했다. 하지만 그것이 무엇인지는 알 수 없었다. 나는 씻지도 않고, 옷도 갈아입지 않고, 객실의 불을 끈 후 침대 위에 모로 누웠다. 창밖으로 어둠 속에 빠진 경주 시내를 바라보며, 나를 낳아준 어머니와 아버지, 그리고 오빠에 대해 생각해보려고 애썼지만 잘되지 않았다. 나를 낳아준 부모가 따로 있다는 사실이 잘 실감 나지 않았다. 나를 살리기 위해 나의 두 어머니가 한 그 공모가 잘 실감 나지 않았다. 아버지는 자신이 실패했다고 말했다. 그렇다면 그녀들은 실패했는가? 성공했는가? 나는 어둠 속에서 눈을 감았다. 발작과 마비, 발작 뒤에 마비가 오거나 마비 뒤에 발작이 오는 게 아니라, 발작 속에 포함된 마비, 혹은 마비 속에 포함된 발작의 순간들이 있는 것이리라. 문득, 아무런 맥락도 없이 그런 생각이 들었다. 그들의 삶이 궁금하다고. 나는 모두의 삶이 궁금하다고. 이를테면, 죽은 내 아버지가 잡혀갈 때 입고 있었던 옷 같은 게, 나를 낳고 돌아선 어머니가 가방을 들고 있었는지, 아니면 빈손이었는지에 대해, 내가 전날 밤에 기사로 봤던 (전라도든, 경기도든) 광주에서 일어난 사건들에서 살아남았거나 죽은 사람들에 대해. 어떤 환상이나 기만, 망상 같은 것들이 작동하는 순간들이 있었다. 그건 요청되는 것이었다 (하지만 도대체 누구로부터? 어디로부터?). 어머니가 그 여자를 대하던 두 가지 태도—달래고 비난하기—가 있었다. 문득, 윤이소가 떠올랐다. 나는 사라진 윤이소가 건강하고 행복하게 살고 있으리라는 생각을 하며 만족감을 얻고 싶었다. 하지만 그 만족감은 윤이소가 불행하게 살고 있을 가능성을 전제로 하는 것이었다. 같은 의도의 다른 일면, 혹은 이중적인 메커니즘으로 작동하는 동일한 환상. 때때로 어떤 사람들은 그런 환상을 지속하고 싶어서 무모한 도박을 한다. 왜냐하면 어떤 삶은 그런 식으로 매 순간 판돈을 걸지 않으면 앞으로 나아갈 수 없기 때문에.

너의 삶.

너의 행복.

너의 안전.

어둠 속에서 천천히 일어난 나는 창밖을 바라보고 우뚝 섰다. 갑자기 할 일이 생각난 것처럼. 그게 마치 일생일대의 중요한 일인 것처럼. 나는 두 손을 깍지 낀 후 두 팔을 머리 위로 쭉 펴서 뒤쪽으로 잡아당겼다. 그러고는 두 팔을 한 번은 오른쪽으로 다른 한 번은 왼쪽으로 번갈아 가며 힘껏 잡아당겼다. 그다음, 나는 천천히 몸을 접으면서 팔을 아래로 내리기 시작했다. 피가 머리로 쏠리는 느낌. 무릎 뒤쪽과 허벅지에 퍼지는 고통과 쾌감. 고통과 쾌감은 함께 온다는 그 얄팍한 진실은 나를 구역질 나게 만들었지만 다른 한편으로는 안심하게 만들었다. 아무도 내게 이런 걸 알려준 적이 없는데. 태어나서 처음으로 방문한 도시의 어두운 호텔 방에서, 이리저리 신체를 쭉쭉 펴고 있는 이 상황이 나조차 의아하게 느껴졌지만, 그 행위를 멈추지는 않았다. 언제 멈춰야 할까? 그런 건 자연스럽게 알게 될 거라고, 나는 생각했다. 얼마나 시간이 지났을까? 목덜미와 이마에 맺힌 땀방울이 느껴졌다. 또르르 신체의 곡선을 타고 맺힌 작은 소금 물방울들. 나는 손등으로 그것들을 닦아내고, 그대로 뒤로, 침대 위로 풀썩 넘어졌다. 그러고는 스르르 눈을 감았다.

내 눈앞에 그 작은 동네에 살던 그 여자애가 떠오른다. 열한 살의 여름, 뜨거운 열기가 대기를 감돌고 있던 날 밤에 침대 위에서 자고 있던 여자애는 갑자기 눈을 뜬다. 아닌가, 아예 잠에 들지 않았던 걸까? 그 애는 방의 불도 켜지 않고 침대 위에 그대로 누운 채, 기다린다. 무엇을? 자신의 눈이 어둠에 익숙해지기를. 마침내 그 애는 천천히 침대 위에서 일어난다. 이미 약간 지친 것처럼 보이는 그 애는 옷장으로 다가가 그 안 깊숙이 숨겨놓은 책가방, 빨간 머리 앤이 그려진 책가방을 꺼낸다. 그걸 어깨에 메지 않고, 그냥 품에 안고 마루로 나와 마당으로 통하는 미닫이문을 조심스럽게 연다. 어머니가 깨서는 안 된다. 마당에는 떠나기 전 버리려고 묶어놓은 온갖 짐들이 쌓여 있다. 여자애는 어머니의 옷이 들어 있는 상자를 찾고 싶다고 생각하지만 금방 그런 생각은 그만둔다. 그건 너무 허황되고 위험한 일같이 느껴지기 때문이다.

긴팔 티셔츠와 반바지를 입고 책가방을 품에 꼭 안은 여자애는 슬리퍼를 끌고 걸어간다. 약간 몽롱하고 여전히 꿈을 꾸고 있는 것 같다는 생각이 들지만, 자박자박 들리는 슬리퍼를 끄는 소리가 자신이 이 땅 위에 발을 딛고 실제로 걷고 있다는 사실을 일깨워준다. 더위 때문에 이마와 목덜미에 땀이 송글송글 맺힌다. 어디선가 개구리가 우는 소리가 들린다. 여자애는 평소에는 개구리를 싫어하지만 적막한 밤, 그래도 무언가 깨어 있는 생물이 있다는 사실에 안도한다. 여자애는 책가방을 들고 소나무 숲으로 갈 생각이다. 그걸 거기에 묻어놓으려고 한다. 영원히, 아무도 찾지 못하도록. 마치 저주를 거는 것처럼. 하지만 여자애는 막판에 생각을 바꾼다. 여자애는 할머니와 개가 살았던 옆집으로 가기로 한다.

눈이 내리던 날, 방문했던 이후로는 이 집 안에 들어온 게 처음이다. 여자애는 그게 3년 전의 일이라는 사실을 깨닫고 약간 아찔한 기분이 든다. 이 집에는 불빛이 아예 없어서 주위는 칠흑같이 어둡다. 개집은 반쯤 허물어져 있

다. 왜? 왜? 어떤 것들은 저런 식으로 그저 존재하는 것만
으로도 허물어지는 걸까? 툇마루에는 먼지가 뽀얗게 쌓여
있다. 여자애는 두 손으로 그걸 한 번 쓸어보고 기겁을 한
다. 그러고는 신발을 벗지 않고 툇마루 위로 올라간다. 여
자애는 예전에 할머니가 살았던 방문 앞에 서 있다. 한 번
도 열어본 적이 없는 문. 죽은 할머니가 며칠 동안 방치되
어 있었던 곳. 여자애는 나중에 자신이 죽으면 그런 식으
로 방치되지 않게 해달라고 잠시 동안 마음속으로 기도를
한다. 결심을 했다. 결정을 내렸다. 여자애는 두려움을 이
겨내려고, 두 눈을 감고, 예전에 언제나 할머니가 머물렀
던 방문을 연다. 무언가 풀썩 내려앉는 기분이 들어서 여
자애는 소리를 낸다. 엄마야! 그건 흙과 먼지일 뿐이다. 여
자애는 방 안으로 발을 들여놓는다. 방 안에는 아무런 가
구도 없다. 누군가 다 가지고 간 걸까? 누군가 다 버린 걸
까? 천장 구석에는 거미줄이 있고 창문이 깨져 있다. 여자
애는 품에 안고 있던 자신의 책가방을 거기, 그 방 한가운
데에 내려놓는다. 방바닥에 놓인 책가방 앞에 그려진 빨간
머리 앤은 여전히 용감하고 씩씩하게 웃고 있다. 그 애는
한동안 가방을 내려다보다가 갑자기 몸을 돌리고 방을 빠
져나온다. 방을 빠져나오다가 툇마루 아래에서 그 애는 무
언가를 발견한다.

그건, 자신이 몇 년 전, 눈 오던 날 툇마루에 놔두었던 사탕이었다.

여자애는 사탕을 집어 들고 이리저리 살펴본다. 갑자기 눈물이 삐져나오는 걸 느낀다. 그 애는 두 손으로 빨간색 사탕 봉지를 열고 그 안의 사탕을 바라본다. 여자애는 사탕 알을 입속에 넣고 굴리면서 먼지투성이인 툇마루에 앉아본다. 몇 년이 지나도, 사탕의 단맛은 그대로이다. 그건 변하지 않았다. 그 사실 때문에 여자애는 조금 충격을 받는다. 여자애는 발끝으로 땅을 툭툭 치며 한동안 거기, 그 어둠 속에 오랫동안 앉아 있는다. 여자애는 절대로 사탕을 깨물지 않는다. 입안에서 사탕이 다 녹자, 여자애는 자리에서 벌떡 일어난다. 그리고 다시 툇마루 위로 올라가서 아까 책가방을 놓아두었던 할머니의 방문을 한 번 더 열어본다. 거미줄, 깨진 창문, 먼지, 그뿐이다. 방바닥 위에는 아무것도 없다. 여자애는 한동안 방 안을 멍하니 바라보다가, 문을 닫고 툇마루 아래로 내려가서 빠르게 걷기 시작한다.

나는 그 애가 바라는 것이 무엇인지 잘 알 것 같다고 느낀다.

「6. 멋진 깔개」에 나오는 신문 기사는 「하늘서 벗은 '간첩누명'… 납북귀환어부 이상철 사건」(『경향신문』 2010. 01. 28.)과 「간첩 조작사건, 왜 어부가 단골 대상이었을까」(『오마이뉴스』 2011. 01. 19.)에서 모티프를 얻어 재구성하였으나, 소설 속 사건은 모두 창작된 것으로 실제 사건과는 관련이 없다.